Zu dem Buch

Die Autobiographie erzählt in vielen kleinen Sequenzen das alltägliche Leben eines Mannes aus dem letzten Jahrhundert.

Um dem Leser ein überschaubares Lesevergnügen zu bieten, wurde eine Dreiteilung des umfangreichen, im Jahr 2011 verfassten Werkes unter Berücksichtigung von abgeschlossenen Zeitabschnitten vorgenommen.

Im 1. Band berichtet der Autor in lebhaften, sinnlich erfahrbaren Bildern von der Zeit des Krieges um Berlin, von der Jugendzeit, von ersten sexuellen Verführungen, der ersten Ehe und dem Alltag als angestellter Architekt in der geteilten Stadt.

Im 2. Band werden die wilden 60er und 70er Jahre lebendig, Partys, die Abkehr von der Familie, eine zweite Ehe, sexuelle Affären, Canabisrausch, berufliche Herausforderungen und eine monatelange Reise nach Afghanistan im VW Bus.

Der 3 Band thematisiert die persönliche Veränderung des Protagonisten durch Reisen zu spirituellen Orten in Indien und Marokko der 80er Jahre und Erfahrungen mit alternativen Therapieformen der 90er, die er als Leiter und Therapeut eines Instituts ´Centrum für bewusstes Leben´ - CBL machte.

Um die Wahrnehmungen und Gefühle des Protagonisten im Verlauf der Entwicklung adäquat zu beschreiben, wählte der Autor für jeden Zeitabschnitt eine eigene Ausdrucksweise.

Das Werk, AUGEN AUF UND DURCH bringt dem Leser einen Mann nahe, der, wie viele aus seiner Generation vaterlos aufwuchs und fast "ohne Eigenschaften" nach der Maxime lebte: Entscheide dich nach dem Lustprinzip.

AUGEN AUF UND DURCH

Biographisches von der Suche nach

einem lustvollen Leben

von

Satgyan Alexander

Band 1

Teil 1-2-3

© 2018 Satgyan Alexander
Umschlaggestaltung Satgyan Alexander

Verlag und Druck: tredition GmbH, Halenreie 42, 22359 Hamburg

ISBN
Paperback: 978-3-7469-1593-7
Hardcover: 978-3-7469-1594-4
E-Book: 978-3-7469-1595-1

AUGEN AUF UND DURCH

Band 1

TEIL 1 Zeitsplitter

TEIL 2 Zeitausschnitte

TEIL 3 On the sunny site

Band 2

TEIL 4 Desolater Morgen

TEIL 5 Zeitbeben

TEIL 6 Morgenlandfahrer

Band 3

TEIL 7 Wahrhaftig gelogen?

TEIL 8 Die Jahre der Provinz

TEIL 9 Anhang

Als Vorwort

Eine leere Dose poltert über die Pflastersteine. Sie fliegt mit Schwung von rechts nach links, klebt einen Moment an einem Schuh und scheppert wieder nach rechts. Sie kullert, macht leise Nachschwingungen und bleibt unbeachtet liegen. Sie hat noch ihre Form und ich ahne, sie ist ein Sinnbild meiner Existenz. Kein Fuß trifft. Beine bewegen sich wie im Scherenschnitt von rechts nach links, von links nach rechts, dunkle Hosenbeine mit nackten Füssen in Sandalen. Glatt geschliffen schimmern die Pflastersteine im Regen vom hin und her des täglichen Besorgens. Die Dose liegt geschützt in einer Vertiefung, Füße streifen sie leicht, sie wackelt, klappert, bleibt liegen. Jetzt kommen von links farbige Umhänge, aus denen Frauenfüße schauen. Eine helle Bewegung nackter Unterschenkel über den Boden, hin und her, durcheinander diagonal, schnelle Schatten werfend, bewegliche Schatten über graue Steine, vorbei an der Dose.

TEIL 1
Zeitsplitter

Das Gitterbett 11 — Der Weihnachtsmann 12

Die Wendeltreppe 13 — Der kleine Koffer 14

Weihnachtsbäume am Himmel 15 — Es brennt 16

Schwarz auf Weiß 17 — Menschen in der Wohnung 18

Schläuche unter den Füßen 20 — Kommandantura 21

Lebensmittel besorgen 24 — Panzerspähwagen 28

S-Bahnbrücke 29 — Der Hausmeister 31 — Rote Beete 32

Mauerziegel fliegen 33 — Unter der Treppe 35

Mohrrüben 36 — Oma im Gegenlicht 37 — Bei Anderen 38

Ein Sommertag 40 — Spielplatz Oper 42 — Warten 44

An der Brandmauer 46

Engel, Dämonen und Fensterkunst 48 — Vor dem Haus 50

Straßenkunst 52 — Glitzern auf der Straße 54

Raus mit der Elektrischen 55 — Kino, Kino 58

Kino, Kino Fortsetzung 60 — Die Kartenlegerin 62

Anprobe 63 — Sylvester 66 — Hausmusik 68

Sonntags bei den Kleingärtnern 69 — Die Abreibung 72

Das war knapp 74 — Der Alte auf der Bank 76

TEIL 2

Zeitausschnitte der 50er

Die Bürgschaft 81 − Vater, ach Vater 84

Die Anfänge des Kinoabiturs 89 − Martina 92

Karin & Ingrid 94 − Vater wird sechsundfünfzig 97

O.G. (ohne Gehör) 101 − Jazz at the philharmonic 103

Suche nach dem Geheimnis 107 − Kunstversuch 109

Letzte Anstrengungen 110 − Eine Lehre 113

Holzplatzgeschichten 118 − Tanzstunde 121

Samstags In der Wanne 123 − Abschlussball 125

Fräulein Hidegard 129 − Geheimnisse am Weg 132

San Franzisco Bar 136 − Cinema Paris 141

Verwirrungen 144 − Die Tür zur Verführung 151

Vorbei 154 − Fasching, Partys, Nachtclubs 155

Leere ausfüllen 159

Leere ausfüllen 2 161 − Jazz-LP Erwerbungen 163

Auch Vater kann einsichtig sein 166

Strandbad Wannsee 172

Das Jahr 1958 174

TEIL 3

On the sunny side

Neues bahnt sich an 177

Laterna Magica 180

Eine Reise mit Mutter 183

Schöne Zeit 186

Mensageschichten 190

Farbe und Form 194

Uli und Susanne 198

Hin-und hergerissen 199

Begeistert von Jutta R. 202

Bernd Z. 203

Semesterarbeit 204

Semesterferien 207

Schöne Zeit endet 212

Noch eine Lehre 216

Halbzeit 222

Zwischenbericht 226

Ende gut, alles gut? 227

Das Gitterbett

Der Raum ist hoch, die Zimmerdecke weit über mir. Ich blicke direkt auf eine Tür, die mir riesig scheint. Sie ist eingeteilt in zwei senkrechte Füllungen oben und zwei quadratische unten, die ich nur teilweise sehen kann. Die Tür glänzt elfenbeinfarbig mit einer gold farbenden Klinke und einem länglichen Schlüsselschild in derselben Farbe. Davor läuft eine hellbraune Leiste, in der runde Stäbe stecken. Die Leiste ist auch rechts und links von mir und wenn ich den Kopf nach oben hinten drehe, sehe ich die seitlichen Leisten in eine rückwärtige enden. Hinter mir gibt es jedoch keine Stäbe mehr. Hinten ist das Gestell geschlossen. Der Abstand zwischen den seitlichen Stäben ist so breit, dass ich meine Hand durchstecken könnte, aber nicht den Kopf.

Ich könnte den Kopf gar nicht durchstecken, denn ich liege platt auf dem Rücken und kann mich nur wenig bewegen. Irgendetwas hindert mich. Meine Beine sind in einem Sack gesteckt und meine Arme unter einer Decke dicht an dem Körper gedrängt. Nur meine Hände kann ich etwas bewegen und auf meinem Körper nach oben zum Gesicht führen.

Das dünne, weiche Tuch, welches unter meinem Kinn liegt, habe ich jetzt über mein Gesicht gezogen und es bewegt sich beim Atmen. Es ist ganz weich. Sehen kann ich die Zimmerdecke nicht mehr, auch nicht die Tür, durch die sonst meine Mama kommt. Aber sie kommt nicht. Ich habe schon genug gerufen, geschrien und geweint. Niemand kommt. Um mich herum ist ein großer heller Raum und auf meinem Gesicht das Tuch, das sich auf und nieder bewegt, während ich erschöpft einschlafe und träume.

Der Weihnachtsmann

Es gibt ein Foto von mir, auf dem ich noch klein, vielleicht drei Jahre alt bin, in einem dunklen Mäntelchen mit Pelzkragen. Ich stehe auf dem Alexanderplatz neben einem großen Mann mit weißem Bart, der einem langen, roten Mantel trägt und in der Hand eine Rute und einem Sack hält. Um uns herum stehen viele Leute und schauen zu. Und jedes Mal, wenn ich das Bild betrachte, höre ich innerlich Weihnachtslieder von Kinderstimmen und im Hintergrund den Verkehrslärm. Es duftet nach gebrannten Mandeln und nach einem scharfen Gewürz. In der Luft liegt eine Ahnung von Schnee, von nasser Kälte und die Dämmerung kündigt sich durch viele Glühbirnen an, die ringsum bereits aufleuchten. Dann höre ich auch meine eigene Stimme: "Weihnachtsmann! Ich hab ihm die Hand gegeben" und als Echo höre ich diesen Satz von meiner Mutter sagen, wenn sie mit mir in dem Lebensmittelladen in unserem Haus ihre Einkäufe macht und von dem Ausflug zum Weihnachtsmarkt berichtet.

"Hat er das nicht hübsch gesagt?" Und alle Leute in dem Geschäft wollen den Satz auch noch einmal von mir hören. Ich schau die Leute an, schüttel den Kopf und die Besitzerin des Ladens bezweifelt, dass ich reden kann. "Kann er denn wirklich schon sprechen?"

Ich interessiere mich mehr für die silberne Milchmaßkanne, mit der die Frau die Milch aus einem großen Behälter in der Ladentheke herausschöpft und in die mitgebrachten Milchtöpfe füllt. Sie hat zwei Gefäße mit Henkeln. Einen größeren und einen kleineren mit denen sie die weiße Flüssigkeit in unsere Kanne schöpft. "So! Einen dreiviertel Liter, bitte schön."

Und ich freue mich schon auf das Schüsselchen Sauermilch mit einer Haut obendrauf und viel Zucker darüber.

Die Wendeltreppe

Wir sind wieder aus dem Keller nach oben gelaufen, die erste untere Wendelung, zweimal im Oval, die Hand immer am glatten Handlauf, der so weit oben ist. Die Holzstufen auf Stahlblech sind eng gewendelt, links schmal, rechts breit, in der Mitte sind sie abgetreten, hellbraun. Das begleitende Blech an der Wand mit dem Schwung nach oben ist grau, auch das Blech in der Mitte am Treppenauge.

Es sind viele Stufen, vielleicht 25, dann ein Podest aus Holzdielen mit einer Tür, stabil aus Rahmen und Füllung gebaut, die abblätternde Farbe ist graubraun. Dort wohnen Kahls.

Und nochmal 25 Stufen. Weiter nach oben im Oval der Spirale. Wieder ein Podest und eine Tür. Das ist der hintere Eingang zu unserer Wohnung, der Kücheneingang. Endlich steckt Mutter den großen Schlüssel ins Schloss und dreht ihn, bis es Klack macht. Jetzt sind wir in Sicherheit. Aufatmen! Alles ist noch da.

Der vertraute Fliesenboden reicht bis zur Hälfte des Raumes, dahinter beginnt das Linoleum mit der abgetretenen Kante an den Fliesen. Gleich hinter der Tür steht ein gusseisernes Ungetüm mit Rankenmustern. Ein hoher Heizkörper ist mit dicken Rohren verbunden, die seit vielen Tagen kalt sind.

Der Tisch steht in der Mitte mit dem Auszugsteil zum Abwaschen und, wenn die Tür endlich geschlossen ist, sehe ich durch das Küchenfenster mit den Glasresten und der dazwischen vorgenagelten Pappe das Hinterhaus aufleuchten und den rötlich gefleckten Himmel. Das Dröhnen der Flugzeuge liegt noch in der Luft und eine brennende Hitze und stickiger Rauch.

"Kann ich jetzt wieder in mein Bett?"

Der kleine Koffer

Der kleine Koffer hat einen Ledergriff, der aus mehreren Schichten besteht. Zwei blanke Schnappverschlüsse, die durch seitliches Schieben der Schlossknöpfe aufspringen, machen dann Klack. Der Koffer birgt meine Schätze. Er liegt auf meinen Knien. Wenn ich den Deckel aufmache, dann sehe ich zuerst den Klettermax, der auf der Leiter immer abwärts saust und sich um sich selbst dreht, auf die nächste Sprosse hinunterfällt, sich wieder um sich selbst dreht bis er ganz unten in den Kofferkasten fällt. Nun nehme ich ihn wieder und stecke ihn auf die oberste Sprosse und sein Abstieg beginnt erneut. Ich kann ihn nicht deutlich sehen. Es ist nicht sehr hell hier unten in dem Raum mit den vielen Menschen. Eine kleine Glühbirne schwingt hin und her, manchmal flackert sie, zeitweise ist es dunkel. Es rumpelt, die Wände beben, Putz rieselt. Ich höre noch das Klack, Klack des Klettermaxen und dann auch das Atmen und Jammern um mich herum. „Wie lange wird es diesmal dauern?", fragt eine Stimme.

Ganz eng sitzen wir hier auf Holzstühlen, mit dem Rücken zu unverputzten Wänden aus Ziegeln, die weiß überstrichen sind. Jetzt ist das Dröhnen wieder stärker, das um uns herum wie Staub die Luft erfüllt. Das Dröhnen nimmt so zu, dass ich den Mund aufmachen muss. Jetzt wieder das Beben, dass alle Wände zittern und dazu die Dunkelheit. Mutter ist dicht bei mir und Oma auch. Den Koffer halte ich ganz fest auf meinen Knien: "Sie sind wieder weiter", sagt jemand erleichtert. Das Dröhnen nimmt ab, die Lampe flackert wieder. Die Eisentür mit den großen Griffen wird aufgemacht und Brandgeruch zieht durch den Keller. Dann das Aufrappeln, Aufatmen und Schlurfen von müden Füßen um mich herum, und ich gehe wieder an der Hand, die so vertraut ist, durch den langen, dunklen Kellergang zur Wendeltreppe. Die Kerze flackert und wirft merkwürdige Schatten. Der phosphoreszierende Anstrich an den Wanddurchgängen reflektiert schwach das Licht.

Weihnachtsbäume am Himmel

Atemlos, nachdem wir die Treppe runtergelaufen sind, blicken wir in den Nachthimmel. Das Dröhnen der Flieger, das Pfeifen, Kreischen und Wummern der abgeworfenen Bomben hat nachgelassen. Jetzt hören wir wieder die Sirenen und die Fanfaren der Feuerwehr. Prasseln und Bersten von Feuer, Knistern und Brechen von zusammenstürzenden Decken und Wänden dringen von verschiedenen Seiten auf uns ein. Über uns am Himmel, beleuchtet von Flakscheinwerfern, die noch hin und her wandern auf der Suche nach feindlichen Flugzeugen, sehe ich die Leuchtmarkierungen, die langsam nach unten schweben. Helle Lichtkaskaden lösen sich auf und sinken als einzelne Punkte wie eine Lichterkette zur Erde. In dem Ausschnitt des Himmels, den unser Hof bildet, erkenne ich mehrere sogenannte Weihnachtsbäume, die eine Fläche nördlich von uns markiert haben. Dort sind Sprengbomben und Phosphorbomben abgeworfen worden. Wir haben diesmal Glück gehabt.

Ganze Areale werden so markiert, damit die Bomber in der Nacht ihre Ziele nicht verfehlen. Systematisch zerstören sie Quartier für Quartier. Einzelne Häuser bleiben verschont und ragen wie Symbole des Widerstandes aus den Ruinen. Ich kann meine Augen gar nicht von dem himmlischen Feuerwerk lassen, aber Mutter zieht an meiner Hand. Wir müssen weiter hinunter in den Luftschutzkeller. Die nächste Angiffswelle dröhnt schon am Himmel.

Heute sind wir spät dran. Wir hätten schon längst im Keller sein müssen, wo die anderen Hausbewohner und Oma seit vielen Stunden ausharren. Aber ich wollte doch wenigstens einmal die "Weihnachtsbäume" am Himmel sehen

Es brennt

Wir, Mutter und Ich, kommen von unten aus dem Keller, über die Wendeltreppe, durch die Küche, sehen den flackernden Himmel im Küchenfenster. Durch den kleinen Flur, der dunklen Schutz bietet, erreichen wir das Wohnzimmer, das in rotgrelle Helligkeit getaucht ist. Jetzt sehe ich die Feuerwand. Es knallt und berstet. Es riecht nach Brand, es zischt und stürmt. Ich stehe wie erstarrt. Ganz vorsichtig, Schritt für Schritt gehe ich durch die große Flügeltür in das Erkerzimmer mit den grossen Fenstern. Viel Glas ist nicht mehr vorhanden, nur noch gesprengte Reste. Die Pappen, als Glasersatz aufgenagelt, verfärben sich jetzt gelblichrot. Sie verziehen und wellen sich. Eine unglaubliche Hitze dringt wabernd in den Raum, sie nimmt mir den Atem.

Es ist eine riesige, erdrückende Feuerwand, rotgelb, an den Rändern bläulich weiß. Sie greift in den dunklen Himmel, der nicht mehr dunkel ist, weil überall die Flammen über den Häusern stehen. Der Dachstuhl des Hauses gegenüber, der mir doch seit Jahren als rotbraune Ziegelfläche so vertraut war, ist verschwunden. Es knallt und das Feuer rutscht und stürzt in die Wohnung darunter, brennt sich durch die Decken und schlägt aus den Fenstern. Die Flammen werden immer höher. Das unerträglich laute Lodern und Knacken des Feuers und das Brechen von Steinen, Balken und Möbeln, die sich aufgeben, verbinden sich mit dem Brausen all der Feuer um uns herum und mit dem Zischen des Löschwassers.

Jetzt sind Rufe von Helfern zu hören.

Ich stehe still und starre auf die Gewalt des Feuers und bin irgendwie auch fasziniert von der Schönheit und der Kraft der Veränderung, die das Feuer bringt.

Wie anders das Haus gegenüber jetzt aussieht. Und wie wird es morgen bei Tage sein?

Schwarz auf weiß

Im Herbst und Winter des Jahres 43-44 waren wir bei Onkel Ernst in Schievelbein auf seinem Landgut. Mutter hatte alle Möbel des Schlaf- und des Wohnzimmers in einer Scheune unterstellen lassen. Und wir drei, Mutter, Oma und ich waren dort einige Monate zu Gast. Viele Kinder mussten Berlin wegen der Bombenangriffe verlassen und waren bei irgendwelchen Leuten oder in Heimen untergekommen. Ich hatte Glück und konnte mit meiner Familie in das schöne Haus auf dem Land unterschlüpfen.

Das Klinkerhaus lag von Bäumen umgeben allein in der flachen Landschaft. Mutter erzählte mir, dass Onkel Ernst als Sanitätsrat bereits pensioniert wäre. Er hatte daher viel Zeit für uns und auch für seine Hunde und Pferde. Ein Pony hatte es mir besonders angetan, auf dem ich im Kreis reiten durfte. Vor den Gänsen hatte ich Angst, sie rannten mit ihren langen Hälsen auf mich los und schnappten nach mir. Aber sonst war es dort sehr schön und ruhig nach den schrecklichen Nächten in Berlin. Immer aus dem Schlaf geschreckt und an Mutters Hand durch die Wohnung taumeln, die Wendeltreppe im Dunkeln runter, durch den Keller hasten, in den Luftschutzraum hinein und warten bis die Sirenen zur Entwarnung heulten, das gab es dort nicht. Da gab es gutes Essen und gute Landluft. "Es ist wie in der Sommerfrische", meinte Mutter.

Einmal ging sie mit mir auf der Chaussee mit den großen Bäumen zur nächsten Kleinstadt. Das war ganz schön weit und das Pflaster mit dem nassen Laub rutschig. Diese endlose Weite des flachen Landes, der pfeifende Wind, der die Bäume bewegte und meine Atemwolke, die ich vor mir sah, sind noch Erinnerungen an diesen Weg zu einem Kino. Aus einem Spielfilm mit dem Titel „Schwarz auf Weiß" erinnere ich eine Szene: ein Schornsteinfeger hinterlässt mit seiner Hand auf dem Hintern der Köchin einen Abdruck, auf ihrer weißen Schürze. Den ganzen langen Weg auf der Landstraße zurück, bis in die Gegenwart, sehe ich immer noch dies Bild vor meinem inneren Auge.

Menschen in der Wohnung

Im letzten Jahr wurde es immer enger in unserer Wohnung. Gut, es ist eine Fünfzimmerwohnung mit großem Bad, Küche, Mädchenkammer und einem WC. Aber vor den Bombenangriffen hatten wir zu viert in den Räumen gelebt: Mutter, Oma, Tante Hete und ich. Vater war im Krieg und wollte auch nicht mehr zu uns zurück. Oma und ihre Schwester wohnten früher in Friedenau. Nun, in diesen schlimmen Zeiten war es besser zusammenzuziehen, sagten sie mir. Außerdem war Tante Hete schon ganz wackelig auf den Beinen. Als ich mal in die Küche rannte und sie voll Freude umklammerte, rief sie aufgeregt, "er wirft mich um, er wirft mich um!" und sie hielt sich an der Kochmaschine fest.

Seit ein paar Tagen wohnt nun eine Familie, die ausgebombt waren, mit in unserer Wohnung. Sie wurden eingewiesen. Mutter hat das Büro vom Vater ausgeräumt. Es stand sowieso nicht mehr viel darin und mein Kinderzimmer ist jetzt auch verändert. Die Zimmer sind nicht groß, aber ausreichend. Die Leute haben keine Möbel mehr. Erstmal haben sie Matratzen zum Schlafen hingelegt. Die Vorhänge hat Mutter hängen lassen. Einen alten Tisch und ein paar Stühle haben die Ausgebomten vom Dachboden geholt. Wir müssen nun leider das Badezimmer mit denen teilen. Glücklicherweise haben wir noch eine kleine Mädchentoilette neben der Küche.

Das Schlimmste ist aber, dass die Leute durch unser Wohnzimmer gehen müssen, um in die Küche zu gelangen.

"Entschuldigung, wir müssen mal heißes Wasser machen". Tür auf und Tür zu und wieder Tür auf und Tür zu. Ganz vorsichtig, um uns nicht zu stören, gehen sie auf leisen Sohlen im hinteren Teil des Wohnzimmers durch den Raum. Wir sitzen deswegen auch schon öfter im Erkerzimmer, wo wir jetzt auch schlafen. Oma und Tante Hete wohnen im alten Schlafzimmer zum Hof. Aber in keinem Zimmer sind wir richtig unbeobachtet, denn alle unsere Türen zum Flur haben Glasfelder. Mutter flüstert noch mehr als sonst schon. Den ausländischen Sender mit dem Bum, Bum, Bum hört sie so leise, dass ihr Kopf schon im Gerät steckt. "Wir wissen ja nicht, woher diese Leute kommen, vielleicht sind das PG´s." und "Wie soll das alles in der Küche aufgeteilt werden? Sollen wir ihnen einen Platz im Küchenschrank freimachen?" "Und dauernd die Störungen im Wohnzimmer". Mutter und Oma versuchen eine Lösung zu finden. Die Garderobenschränke vom Flur und aus dem Schlafzimmer werden im Wohnzimmer parallel zur hinteren Wand aufgestellt, damit so etwas wie ein Flur entsteht. Nur der Zugang zur Küche bleibt offen. So sieht man wenigstens nur einmal die Leute beim Durchgehen. Aber man hört natürlich beide Türen schlagen. Das größere Problem werden wir im Winter bekommen, weil der kleine Kanonenofen bisher am Schornsteinanschluss an der hinteren Wand stand, wo nun der Behelfsflur ist. Aber noch ist ja Sommer.

Jahre Später:

Nach dem Tod der Tante und der Oma im Jahr 47 zog eine Anwaltspraxis in das alte Schlafzimmer. Und in meinem Kinderzimmer kam das Kreisbüro der CDU für Charlottenburg, sozusagen begann dort die Wiege der Demokratie. Jahrelang fanden dort die Besprechungen und Wahlvorbereitungen statt. Dann folgten Studenten und Studentinnen, darunter der Schriftsteller Sten Nadolny, der Jahre in dem Zimmer wohnte. In Vaters altem Büro neben dem Erkerzimmer, das nach vorne raus geht, waren immer wieder Flüchtlinge untergekommen, später dann in den 50er Jahren junge, allein stehende Damen, die daran interessiert waren, ein Zimmer direkt neben der Eingangstür mit Blick auf die Straße anzumieten. Nach der Anwaltspraxis lebte in dem alten Schlafzimmer zum Hof jahrelang ein junges Paar, das sich mit dem Kinderkriegen Zeit ließ, bis es in eine eigene Wohnung ziehen konnte. Mit dieser Familie ergab sich so etwas wie eine Wohngemeinschaft. Oft saßen wir alle in der Küche zusammen, redeten, lachten, kochten und feierten gemeinsam.

Schläuche unter den Füßen

Wenn ich vom Hof durch den kleinen Flur zur Straße gehe, vorbei an der Tür von Familie Ehrlich, der Portierschen, die auch einen Mann hat, muss ich so an die 15 Meter laufen. Unser Haus ist ziemlich tief. Im Hof ist ein großes Loch ausgehoben worden. Der Garten ist total verschwunden bis auf die ringsum laufenden Fliesengänge gibt es nur Wasser. Ein Löschteich spiegelt die Hoffassaden wieder, die Ostseite zum Nachbargrundstück ist offen, der Zaun ist fort. Alles gehört nun zusammen: Die Häuser Kantstraße Nr. 46 und 47 haben einen großen gemeinsamen Hof, nur durch einen Geländeunterschied getrennt. So können die Menschen zur Not von einem Haus ins andere fliehen, hat man mir gesagt.

Aus dem Teich, ich kann den Grund schwach erkennen, kommen Schläuche, die sich in alle Richtungen verteilen. Dicke, braungrüngraue Schläuche wie Arme eines riesigen Kraken verschwinden sie in Hausfluren, um dann auf der Straße weiter zu kriechen. Und jetzt stehe ich auf diesen Weichteilen, die bei jedem Schritt durch den Hausflur nachgeben. Es ist nicht möglich den Fußboden zu sehen. Schlauch liegt an Schlauch, die Türen lassen sich nicht mehr schließen.

Wie lange das schon so ist? Ich kann mich nicht erinnern, dass das jemals anders war. Dieses Nachgeben unter meinen Gewicht und dieses Geräusch des Knarzens und Schlurren beim Auftreten, das kenne ich seit langem sehr gut. Es ist ein Gefühl, wie auf Lebewesen zu treten und dazu der eigenartige Geruch von nassem Gummi und faulem Wasser, ziemlich schrecklich.

Aber jetzt stehe ich auf der Straße und fühle das Pflaster unter meinen Füßen. Endlich!

Kommandantura

So viele Tage und Nächte sitzen wir schon hier unten in unserem Luftschutzkeller mit den unverputzten, gekalkten Wänden. Luft kommt aus einem Kellerschacht, der außen noch durch Gitter und Bretter abgesichert ist. Es gibt eine Tür, die sogenannte Luftschutzsicherheitsschleusentür aus Eisenblech, mit großen Hebeln oben und unten, die nur der Luftschutzwart des Hauses bedienen darf. Wenn jemand nach dem Sirenenalarm nicht schnell genug hier unten seinen Platz eingenommen hat, kommt er nicht mehr rein. Dann muss er vor der Tür im normalen Kellergang warten. Das ist schon viel gefährlicher, weil die Kellerdecke nicht zusätzlich abgestützt ist, aber andererseits sind die Kellergänge sehr schmal und die Wände hier unten sehr dick. Der Raum vor der Luftschutztür führt auch direkt ins Freie, in den Hof, über eine aus Ziegelsteinen gemauerte Treppe. Von dort könnte ich die Bomber am Himmel in den Suchscheinwerfern sehen.

In den letzten Tagen war so viel Alarm, dass wir den Keller nicht mehr verlassen haben. Mutter, Oma und ich sitzen auf einfachen Küchenstühlen, die wir aus unserer Wohnung geholt haben. In Decken gehüllt und auf Sitzkissen warten wir auf das Ende. Es ist irgend ein Tag im April 45. Vielleicht ist es auch Nacht. Hier unten ist es sowieso dunkel, bis auf die eine Glühlampe, die von der Decke baumelt, oft flackernd, wenn sie überhaupt brennt. Sonst zünden sie Stearinkerzen an verschiedenen Ecken des Raumes an, der so an die 20-25 m² groß ist und mit Stühlen an den Wänden vollgestellt ist, auf denen nun alle Hausbewohner sitzen, sich unterhalten, schlafen oder nur vor sich hin stieren.

Es sind fast nur Frauen und ein paar Kinder. Die Männer, die noch hier unten sind, sind ganz alt bis auf den Luftschutzwart, der sicher auch schon über 50 Jahre alt ist. In der Mitte des Raumes tragen zwei Holzstiele zwei Balken, die auch an den Wänden unterstützt sind. Alle Holzbalken sind mit einer weißen Farbe gestrichen, es sei ein Flammenschutzanstrich hat man mir erklärt.

Es riecht nach Menschen, nach alten Leuten, nach feuchten Klamotten, nach Stearin, nach Keller und hin und wieder nach Pisse und Erbrochenem. Wenn die Angriffe direkt über uns hinweggehen und alles bebt und wackelt, höre ich Einzelne wimmern. Die Angst vor dem Tod, vorm Verschütten und Verbrennen ist dann unmittelbar spürbar.

Bisher ist unser Haus verschont geblieben, obwohl ringsum eine Schneise der Zerstörung gebombt wurde. Die Bomber sollen die Kantgarage treffen, da dort riesige Treibstofftanks im Keller liegen. Dann wäre von uns nichts mehr übrig. Bei jedem Angriff auf die Garage rieselt der Putz aus den Ziegeln der Decke über uns und unter uns bebt der Boden durch die Explosionen. Jetzt wieder ist eine Detonation direkt über uns oder im Nebenhaus? Alle fahren erschreckt mit den Köpfen hoch und der Luftschutzwart macht die Tür auf und schnell wieder hinter sich zu, um nachzusehen.

Direkt über unserem Luftschutzraum liegt der Lebensmittelladen und darüber sind die Vierzimmerwohnungen an der Brandwand zur Weimarer Straße 27. Hier im Keller ist auch ein Fluchtweg an der Brandwand markiert, die dann aufgebrochen wird, falls unser Haus getroffen und wir darunter verschüttet werden.

Der Luftschutzwart kommt erregt zurück und ruft, "Löschkommando! Eine Brandbombe hat das Dach und das vierte Geschoss getroffen und ist in die 27 rein! Also los, Löscheimer nehmen". Die Angriffswelle ist vorüber und die alten Männer und fast alle Frauen, auch Mutter, stürzen hinaus. Frische Luft kommt rein, aber auch der beißende Geruch von Verkohlten. Ich muss husten und andere mit mir. Oma streicht mir über den Kopf und sagt nichts.

Tage und Nächte vergehen mit Schlafen, Dösen und Warten. Hin und wieder essen wir trockenes Brot. Ein Löffel Ersatzhonig wäre wundervoll im Mund und liesse die Stunden erträglich sein. Zum Spielen bin ich schon viel zu müde. Wenn ich zwischendurch eingeschlafen bin, wache ich meistens durch die Detonationen und das Schießen von draußen auf.

Ich höre fremde Laute vom Hof, eine nie gehörte Sprache. Die Frauen tuscheln und verändern ihr Äußeres. Die Jüngeren verbergen sich hinter den Alten, schmieren Dreck ins Gesicht, zerreißen ihre Kleidung. Es donnert an der Tür. Mutter nimmt mich auf ihren Schoß. Immer mehr Schläge an der Tür. Es dröhnt im Keller. "Die Russen sind da!" Die Eisentür ist nur von innen zu öffnen. Der Luftschutzwart dreht endlich die Hebel auf. Die Tür fliegt auf und dunkle Gestalten mit Maschinenpistolen dringen ein. Totenstille und angehaltener Atem. Der Luftschutzwart hat sich hinter der Tür versteckt. Die Russen, sind es drei oder vier? haben Taschenlampen und leuchten uns ins Gesicht. "Frau, komm mit!". Sie greifen eine von den Hausbewohnerinnen, noch eine und ziehen sie hinter sich her. Die Schreie und das Weinen verlieren sich im Dunkeln.

Andere Russen kommen: "Uri, Uri". Sie reißen den Leuten die Uhren und den Schmuck vom Körper.

Dann kommt eine Gruppe mit einem Offizier, der etwas Deutsch kann. Er erklärt, dass wir keine Angst haben müssten. Die Russen seien ein friedliches Volk und in der Kantstraße Nr. 48 sei eine Kommandantur eingerichtet worden. Aufatmen bei allen.

Als erneut Russen in unseren Keller eindringen, rufen alle im Raum: "Kommandantura" und zeigen in die Richtung des Haues Nr.48. Die Soldaten bleiben stehen, diskutieren und ziehen sich zögernd zurück.

Immer wieder dieselben Ängste und das Aufatmen danach. Wie viele Tage wir hier noch bleiben müssen, wissen wir nicht.

Lebensmittel besorgen I

Es soll Brot geben. In der Leibnizstraße. Dort ist noch ein Bäcker tätig. Von draußen sind Schüsse, Rufe, Maschinengewehrfeuer zu hören. Wir haben schon seit Tagen kein frisches Brot mehr gegessen. Brot mit einer Kruste, das wäre schön. Nach langem Zögern entschließt sich Mutter den Weg zu wagen. Über den Hof zur Kantstraße 48, dort durch den Hausflur auf die Kantstraße, an den Ruinen der nächsten Häuser im Schutz der Schuttberge, mehr oder weniger im Zickzackkurs in Richtung Zoo gehetzt. Bis zur Leibnizstraße sind es nur 200 Meter. Es gibt aber nur noch ein Haus, das nicht zerstört wurde und den Schutz der Eingänge bietet. Um die Ecke gerannt. Dort ist das nächste Haus auf dieser Seite erhalten. Von der großen, schweren Holztür lässt sich nur ein Flügel öffnen.

Jetzt erst mal durchatmen. Es stehen noch mehr Frauen in der Toreinfahrt. Vom Hof fällt genug Licht in das Dunkel, sodass sie die angespannten Gesichter unter den Kopftüchern erkennen kann. Draußen wird schon wieder geschossen. Auf der anderen Seite, so schräg gegenüber, ist die Bäckerei durch den schmalen Spalt des angelehnten Türflügels zu erkennen. Hin und wieder drängt sich eine Frau hinaus und beginnt zu laufen. Im Laufe der Zeit kommen noch andere hinzu, die von der Nachricht gehört haben. Außer Atem springen sie in den Schatten der Einfahrt, klopfen an die Tür um Unterschlupf zu finden.

Jetzt kommt eine junge Frau mit einem Brot unter dem Arm vom Laden herüber gerannt. Es wird geschossen. Sie rennt im Zickzack auf die Hofeinfahrt zu. Auf dieser Seite der Straße ist die Durchfahrt der einzige Schutz. Der Torflügel wird einen Spalt aufgemacht um sie hereinzulassen. Geschosse schlagen in das Holz der Flügel. Einige durchschlagen die obere Füllung. Die Frauen drängen zur Wand oder werfen sich zu Boden. Mutter steht dicht an der Öffnung hinter den dicken Rahmenhölzern, die die Einschläge abfangen. Noch einen großen Schritt und die Frau ist in Sicherheit.

Plötzlich schreit sie auf, stolpert nach vorn in die Durchfahrt, fällt auf das Gesicht und das Brot liegt neben ihr auf dem Boden. Sie bewegt sich nicht mehr. Ob sie nur ohnmächtig ist? Oder tödlich getroffen? Hilfe gibt es nicht. Keinen Arzt, keinen Sanitäter. Mutter nimmt das Brot auf und wartet viele lange Minuten. Die Schießerei nimmt ab. Einige Zeit später kommen wieder Frauen mit Broten unter den Armen über die Straße gelaufen. Kein weiterer Schuss. Durch den Spalt gezwängt, wieder im Freien, tritt Mutter in Hasensprüngen den Rückweg über die Schuttlandschaft der Kantstraße an. Völlig erledigt, aber erleichtert und unverletzt gelangt sie in unseren Keller.

Lebensmittel besorgen II

Was ist denn da hinten an der Kant- Ecke Leibnizstraße los? Dort an der alten gusseisernen Pumpe liegt ein zweirädriger Karren mit den Deichseln nach vorn in Richtung Zoo unserem Blick entzogen. Deshalb können wir, Mutter und ich, auch nicht genau erkennen, was vor dem Wagen zwischen den Deichseln geschieht. Ich sehe Menschen mit Eimern in der Hand rennen. Um Wasser zu holen muss man nicht rennen, denke ich.

Eine Traube Menschen umgibt den Karren, von dem nur die Rückfront zu sehen ist. Der Karren scheint leer zu sein. Wir beginnen nun ebenfalls zu laufen. Da ruft Mutter, "ein Pferd liegt am Boden! Geh du mal schon weiter, ich laufe schnell nach Haus einen Eimer holen". "Wozu einen Eimer?", grübele ich.

Beim Näherkommen sehe ich zwischen den Leuten, die vornübergebeugt wild herumfuchteln, im Sonnenlicht etwas aufblitzen. Viel kann ich noch nicht erkennen, weil viele Unentschlossene um das Geschehen herumstehen. Es riecht beim Herantreten ziemlich penetrant, ganz anders als Pferdemist, so süßlich. Durch einen Spalt der Menschentraube quetsche ich mich Stück für Stück nach vorn durch. Wirklich, ich sehe ein Pferd, es ist zusammengebrochen. Aber es ist nicht mehr vollständig.

Große Stücke aus dem Leib fehlen bereits. Der Kopf und die Unterschenkel sind noch unversehrt. Aber sonst überall das rohe, dunkelrote Fleisch und Blut fließt auf die Straße. Einige versuchen das Blut in Töpfen aufzufangen. Was ich von weitem blitzen sah, sind die Messer, die immer tiefer in den Körper dringen und schneiden. Die Augen des Tieres blicken ins Weite. Es ist fast so, als wäre es noch gar nicht tot. Es zuckt sogar noch, oder ist das Zucken durch das Schneiden und Ziehen und Stoßen der Messer verursacht? Mir wird ein bisschen schummrig vor Augen.

Die Leute sind wie im Rausch. Sie schreien von allen Seiten, "bring mir auch ein Stück! Da hinten ist noch was dran!" Jetzt liegt das Skelett schon fast frei und immer mehr Leute kommen ange-rannt um ein Stück zu ergattern. Ich stehe dazwischen, wie er-starrt. Ich kann nichts tun, ich kann nicht weg. Ich muss auf dieses Tier schauen, wie es weniger und weniger wird und höre wie die anderen um mich herum anfangen zu johlen. Sie freuen sich über die unerwartete Gabe des Himmels. Dieses Pferd muss doch je-mand gehört haben?

Endlich sehe ich auch Mutter zwischen den Schlachtenden und wie sie ein großes Stück Schenkelfleisch in ihren Eimer wirft. Sie macht mir Zeichen uns eilig zu entfernen, um das Erbeutete nach Hause zu bringen. Dabei sagt sie leise, "das letzte Mal sind sie übereinander hergefallen, als nichts mehr zu holen war. Also komm schnell!"

Als ich mich noch mal umblicke, sehe ich am Straßenrand auf der Bordsteinkante einen alten Mann sitzen, seinen Kopf in die Hände vergraben, schluchzend und weinend.

Panzerspähwagen

Jetzt ist der Schutt vom Bürgersteig auch weggeräumt. Unser Haus steht noch. Bis auf eine Ecke zum Nachbarhaus in der Weimarer Straße ist das große Eckhaus erhalten geblieben. Einschusslöcher und zerstörte Fensterscheiben sind überall zu sehen. Vor der Drogerie an der Ecke hat sich ein Panzerspähwagen in das Granitpflaster eingegraben. Die Reifen sind zerfetzt. Der Wagen ist nach vornüber geneigt, wie ein Stier zum Angriff hat er sich in das Pflaster eingegraben.

Natürlich ist der leer; der Krieg es schon seit Monaten vorbei. Vieles ist auch schon von Schrottsammlern im Inneren abmontiert worden. Es riecht nach Metall und Pisse. Trotzdem spielen wir gerne darin, wenn uns die großen Jungen lassen. Durch einen Schlitz vorn blicke ich auf die Straße, das kurze Kanonenrohr zielt in Richtung Ruine der gegenüberliegenden Straßenecke. Das Lenkrad lässt sich leider nicht mehr drehen, liegt bestimmt daran, dass der kleine Panzer vorn in der Erde steckt. Am schönsten ist es, sich in dem Ding zu verstecken.

Manchmal denke ich an die Menschen, die darin waren und kämpfen mussten und bin froh, dass ich den Krieg nur im Keller erlebt habe. Wie lange der kleine Panzer vor unserem Haus gestanden hat, weiß ich auch nicht mehr. Nachdem es uns langweilig wurde darin zu spielen, haben wir nicht gemerkt, wie er eines Tages abgeholt wurde. Jetzt ist das Pflaster wieder hergestellt.

Aber ich sehe ihn immer noch dort stehen, vornübergebeugt, wie eine Wildkatze zum Sprung bereit.

S-Bahnbrücke

Täglich, von Montag bis Samstag, gehe ich immer denselben Weg zur Schule. Die Kantstraße entlang, vorbei an den Ruinen gegenüber der Kant Garage, vorbei an den hohen Fassaden mit den Fensterlöchern, die den Himmel sehen lassen. Ein Haus gegenüber ist stehengeblieben mit Vorgarten und einer niedrigen Einfassungsmauer aus abgerundeten Klinkersteinen in dunkelbraun und schwarzrot. Darauf balanciere ich jeden Tag beim Vorbeigehen. Im Vorgarten steht noch ein niedriger, knochiger Baum, der rote Blüten trägt.

An der Kantstraße Ecke Leibnizstraße liegen noch immer große Schutthaufen und Reste der Brandwände ragen in die Luft, die nach oben in spitzen Zacken enden oder als Silhouette den ehemaligen Hausumriss erkennen lassen. Die Wände der Erdgeschosse und teilweise darüber sind mit Schutt ausgefüllt, der durch die Öffnungen quillt. Träger und Wellbleche liegen wüst durcheinander. Die Holzbalken und Holzfenster sind nicht mehr da. Entweder sind verkohlte Reste noch übrig oder die Öffnungen sind nackt. Das brennbare Holz hat irgendjemand bereits verheizt. Über den alten Ladenfronten hängen noch Reklamebleche, auf denen <Drogerie>, <Gemischtwaren> oder <Mode für ihn und sie> zu lesen ist, mit Einschusslöchern gesprenkelt.

Auf der anderen Seite der Leibnizstraße vor der S-Bahn-Brücke ist der Klinkerbau der Post noch erhalten. Auf meiner Seite steht dagegen kein Haus mehr, nur Schutt. Vor der Stahlkonstruktion der S-Bahn-Brücke halte ich erstmal an und lausche, ob nicht ein Zug angedonnert kommt. Wenn nichts zu hören ist, dann schnell darunter durchgerannt. Es sind viele Gleise über mir, nicht nur die S-Bahn, auch Fernzüge können aus beiden Richtungen kommen.

Die Stützträger sind aus dicken Blechen zusammengesetzt und werden von großen Nieten mit runden Köpfen zusammengehalten. Wenn ich unter der Brücke durchrenne, muss ich immer auf diese Kugelhälften von der Größe eines Eis starren, dicht an dicht, ehemals grau, aber jetzt durch Einschüsse und Roststellen gealtert; kaum löse ich den Blick, muss ich wieder hinstarren, als wollten sie mich festhalten.

Und nur, wenn ich es durch die Unterführung schaffe, ohne dass ein Zug hinüberfährt, kann ich mit gutem Gefühl weiter zur Schule gehen. An den Kleingärten vorbei und einem riesigen, roten Gebäude, das wie eine Fabrik aussieht. Die folgenden Häuser sind nur teilweise zerstört und die Schule in der Sybelstraße ist fast unversehrt. Auf dem Dach muss noch das Rote Kreuz auf weißem Grund zu sehen sein.

Fensterscheiben haben wir in dem Klassenraum keine mehr, aber es kommt doch genug Licht durch die alten Röntgenbilder mit denen die Öffnungen gegen Wind und Regen versehen wurden.

Wir sind über 30 Kinder in der Klasse und der alte Lehrer Herr Metscher unterrichtet uns in allen Fächern. Am liebsten spielt er Völkerball mit uns im Hof. Wenn er von meiner Mutter eine gehamsterte Wurst bekommt, erhalte ich gute Zeugnisnoten.

Auf dem Nachhauseweg spielt die S-Bahn-Brücke nochmal Schicksal über den weiteren Nachmittag. Diesmal rennen wir, mein Freund Hansi und ich, beide gemeinsam unter der Brücke durch und kein Zugrattern hat uns erwischt. Jetzt noch an dem zerstörten Häusern der Kantstraße entlang getrödelt mit einem Seitenblick auf die Spielplatzruine der Kant Garage. Vor der Haustür zum Hof, endlich ohne die stinkenden Schläuche am Boden, trennen wir uns. "Nach dem Essen gegenüber in den Ruinen!", rufe ich ihm zu und auch noch, "ich warte auf dich!".

Der Hausmeister

Wenn wir in der Ruine gegenüber unserem Haus spielen wollen, gehen wir immer durch die Hofeinfahrt von Nummer 18. Die Häuser in der Weimarer Straße Nr.17, 18 und 19 sind noch erhalten, naja, die Vorderhäuser. Von der 17 fehlen der Seitenflügel und das Hinterhaus. So können wir, ohne dass uns jemand aus unserem Haus bemerkt, heimlich in die Ruinenlandschaft des Eckhauses Weimarer Straße 20, Kantstraße 48 gelangen. Und das Haus daneben in der Kantstraße ist auch zerstört. Das ist natürlich eine wunderbare Abenteuerwelt.

Da gibt es noch Treppenhäuser, die bis ins dritte Geschoss ragen und Hoffassaden bis zum ersten Obergeschoss. Fensteröffnungen, Türbögen und in der Mitte eine ziemlich leere Fläche, wo einmal der Hof von der Kantstraße 48 und 49 war. Da haben die Größeren von uns kleine Hütten aus Steinen mit niedrigen Türen, kleinen Fensteröffnungen und drinnen einen kleinen Herd zum Kartoffelbacken gebaut. Das sieht mit den acht, neun Hütten wie ein kleines Dorf aus. Die Dächer sind aus Wellblechen von den Balkondecken abgedeckt und die kleinen Löcher darin noch mit Decken und Erde zusätzlich abgedichtet. Das riecht zwar nass und faulig in den Hütten, aber mit dem Feuerchen ist es gemütlich.

Heute haben sich die Großen uns Kleine vorgenommen und in die Mitte des Dorfes aufgestellt. Und jetzt sollen wir unsere Hosen ausziehen. Aber wir wollen nicht. Und sie wollen uns nicht nach Hause lassen. Na, dann ziehen wir die Hosen eben aus. Wir treten von einem Bein aufs andere. Ich schäme mich. Die Großen deuten mit Fingern auf uns und lachen. Schließlich können wir uns wieder anziehen und rennen weg, durch die Trümmer und den Hausflur der Nr. 18.

Da schreit der alte Blockwart aus dem Fenster im Erdgeschoss, "macht dass ihr hier wegkommt! Ihr Gören! Wenn ich euch noch einmal erwische!" Er schwingt böse seinen Stock hinter uns her.

Rote Beete

Einmal ist Mutter mit mir in einem richtigen Restaurant essen gegangen, naja, vielleicht war es eher eine Gaststätte, aber mit Tischtüchern auf den quadratischen Tischen, weißer, dicker Stoff mit Mustern im Stoff und mit vier Stühlen herum. Wir haben auf zweien gesessen: Mutter und ich. Die beiden anderen Stühle blieben leer. Der Raum war angenehm kühl und die anderen Menschen sprachen ganz leise. Ich hörte nur das Klappern der Bestecke auf den Tellern. Ein alter Mann mit Handtuch um den Bauch fragte, was wir wollten. Dann brachte er eine Suppe, alle löffelten diese Suppe, mit viel Wasser und wenig Gemüse darin. Danach war erstmal nichts und ich war neugierig und kippelte mit dem Stuhl, während ich die Menschen beobachtete. Manche gingen in eine Ecke des Raumes und kamen dann wieder nach einiger Zeit zurück. Was die wohl dort machten? Zur Toilette? "Ich will auch". Mutter nahm mich an die Hand und wir gingen zu dem hinteren Raum durch eine Tür und noch eine Tür. "So, nun mach mal". "Ich muss nicht, ich wollte nur mal sehen, wie es hier aussieht".

Zurück zum Tisch, das Essen kam. Solche gerollten Blätter mit was drin, das nach Fleisch schmeckte. Aber war es Fleisch? Später lernte ich dazu Kohlrouladen sagen. Die Kartoffeln schmeckten muffig und wässrig, aber die Soße war schön heiß, dickflüssig und salzig. Die Blätter der Kohlrouladen ließ ich übrig. Jetzt fehlte noch der Nachtisch. Deswegen waren wir ja hingegangen. In ein Restaurant, wo es Nachtisch gab.

Nach geraumer Zeit des Kippelns kam endlich ein Glasteller mit dunkelrotem Kompott und ebensolcher Soße. Und ein kleiner Löffel. Jetzt waren so kleine Würfel auf dem Löffel und schon im Mund. "Was ist denn das? Iiii. das schmeckt ja strohig und fad und gar nicht süß, sondern bitter und streng, wie eine alte Kartoffel. Das kann ich nicht essen und der schöne Saft ist auch sauer und eklig". Der Mutter schmeckte es und ich schob ihr den Teller rüber. Es waren rote Beete.

Mauerziegel fliegen

In der Pestalozzistraße findet heute ein Bandenkrieg statt. Unsere Bande aus den Jungs der Kantstraße und Weimarer Straße treffen sich an dem Eckhaus Nr.16 bei der Apotheke, die noch völlig verbrettert ist. Wir, Hansi und ich, gehen mit den Brüdern Rudi und Richard aus der Kantstraße schon mal vor. Vorbei an der Kneipe von Frau Nebel, dem vernagelten Laden der Nr.19, dem Hausflur und der Stadtküche May in der Nr.18. Aus der Bäckerei in der Nr.17 duftet es nach Brot. So ein Amerikaner wäre jetzt toll, aber ich habe kein Geld. Jetzt noch vorbei an mit Rollläden verschlossene Fenster und die Ladenfront der Nr.16, an dem kleinen Hauseingang vorbei, der in den Hof des Eckhauses führt. Wir könnten hier den Weg abkürzen und aus dem anderen Hauseingang zur Pestalozzistraße rauskommen. Nur, wir haben uns ja an der Apotheke verabredet.

An der Ecke wartet auch schon der Heiner auf uns und noch einer, den ich nicht kenne. Wir gehen jetzt zusammen weiter, vielleicht kommen noch mehr von uns nach. Direkt gegenüber dem Kirchplatz, also gleich neben dem Eckhaus, ist alles kaputt. Ein wunderbares Trümmerfeld. An der Straße steht nur noch die Fassade bis zum ersten Geschoß. Durch den Hauseingang, die Haustür ist schon lange verheizt, kommen wir über Schuttberge in den Hof. Das vordere Treppenhaus ist total ausgebrannt. Die Podestträger halten alles irgendwie zusammen. Wir gehen nach links zu dem Treppenhaus des Seitenflügels. Der steht noch bis ins vierte Geschoss. Nur die Decken gibt es nicht mehr, alles weggebrannt. Aber die Treppenkontruktion ist bis auf die Stufen erhalten. Die Podeste und Läufe sind als Gewölbe in Stein gemauert.

Jetzt hören wir schon von gegenüber aus dem anderen Seitenflügel die ersten Rufe und Gejohle. Wir werden schon erwartet! Steine fliegen zu uns rüber und knallen gegen die Außenwand. Wir rennen schnell die Treppen hoch. Je höher wir sind, desto besser können wir die Steine schmeißen. Man muss ziemlich aufpassen, dass man keine Klamotten abbekommt. Die fliegen durch die großen Fensteröffnungen in das Treppenhaus rein. Die Mauerreste der Stufen sind auch nicht mehr in Ordnung. Ich stolpere und muss mich an der Wand festhalten. Das Geländer der Treppe ist ja mit den Stufen auch verbrannt. Oder verheizt worden.

Jetzt sind wir fast oben und wir sehen die gegnerische Bande verteilt in den einzelnen Geschossen. Steine liegen genug herum, ansonsten brechen wir sie aus den Türleibungen heraus. Man muss schon weit ausholen, um so einen Viertelmauerstein über den Hof zu schleudern. Das fliegt und knallt und alle schreien und stoßen die übelsten Drohungen aus. "Mit jebrochenen Jliedern und einjeschlagenen Köppen looft ihr heulend nach Muttern" und "ihr Milch-Bubis", "Arschlecker, ihr".

Plötzlich steht einer von der gegnerischen Bande auf der Brandwand über dem Treppenhaus und versucht von dort in unser Treppenhaus zu zielen. Wir kriegen alle `nen Schreck. Als er ein wenig beim Ausholen schwankt, halte ich den Atem an. Mir ist ganz mulmig. "Komm wieder runter", rufen alle. Das war schon eine tolle Mutprobe, aber die Schlacht macht jetzt keinen richtigen Spaß mehr. Hin und her fliegen nur noch vereinzelt Steine.

Leider steht Hansi hinter mir, als er noch einen halben Stein wirft. Aus so einer kurzen Entfernung tut es ziemlich weh, auch wenn der mich nur ein bisschen gestreift hat. Jedenfalls blute ich mächtig am Hinterkopf. Das alte Taschentuch ist mit Blut vollgesogen. schnell laufen wir beide nach Hause. Hansi ist ganz verzweifelt und heult.

"Das verstehe ich nicht", denke ich, "ist doch mein Kopf, der wehtut. Hab ich das Loch im Kopp, oder er?".

Unter der Treppe

Mein Blick geht gegen die schräg liegende Decke, durch die ich die Schritte von der Marmortreppe höre. Ein Hausbewohner kommt von oben, steht jetzt auf dem unteren Podest in der Vertiefung, in der mal eine Abtrittmatte gelegen hat und schließt die schwere Eisentür auf um sie zu öffnen. Dann höre ich das Zuknallen und wieder das Schließen. Noch drei Schritte auf den Granitstufen und nun das Trippeln von spitzen Absätzen auf dem Kleinpflaster vor dem Haus, das sich verliert. Jetzt ist wieder Ruhe in dem fensterlosen Raum, der eine Abstellkammer ist, so breit wie die hochherrschaftliche Treppe über mir zum ersten Obergeschoss. Hinter mir ist der Raum nur 50 cm hoch und dann ansteigend bis zur Wand mit der schmalen Tür, die in den Raum führt. Licht und Luft kommt durch ein kleines Fenster hinter mir, das durch eine Öffnung unter den Granitstufen mit draußen verbunden ist. Hier drinnen ist es zwar nicht kalt, aber trostlos. Wieder mal allein, weil Mutter "Hamstern" fahren musste. Ohne Aufsicht wollte sie mich nicht lassen und ohne Essen auch nicht. So befinde ich mich mal wieder in der Kammer der Portierswohnung bei Frau Ehrlich. Es ist ja nur für ein bis zwei Tage, sagen sie immer. Stickig ist es hier, weil wenig Luft durch die kleine Öffnung kommt. So liege ich nun mit offenen Augen zur Decke starrend im Dämmerlicht und erforsche den Raum, in dem mein Blick die Linien der Wand- und Deckenbegrenzungen folgt. Stimmen aus dem Wohnzimmer sind leise zu hören. Von dort konnte man früher durch ein kleines Fenster in das Treppenhaus sehen. Damals mussten die Besucher sich dort anmelden. Jeder wurde kontrolliert, der ins Haus wollte. Heute ist es nicht mehr nötig. Es leben zu viele fremde Leute in dem Haus, Jetzt nähern sich auch wieder Schritte und Leute steigen, sich unterhaltend, die Steinstufen hoch, stehen vor der schweren Eisentür. Sie schließen auf und wieder zu.

Ihre Schritte dröhnen durch die Decke über mir und verschwinden hallend langsam nach oben.

Mohrrüben

Stolz kommt Mutter mit einem Sack nach Haus. Sie zieht ihn hinter sich her, weil sie ihn nicht mehr tragen kann. "Von dem Bauern aus Burg bei Magdeburg", sagt sie, "einen ganzen Sack mit Mohrrüben. Die Reste aus einer großen Miete. Jetzt haben wir endlich genug zu essen". Die Mohrrüben, noch mit Erde, die an den Rüben klebt, verströmen einen feuchten, erdigen Geruch aus der Ecke des Wohnzimmers, wo der grobe Leinensack steht. Er darf nicht zu dicht am Ofen sein, aber auch nicht zu sehr am Fenster, wegen des Frostes. Die Möhren müssen die richtige Temperatur haben; sie müssen für lange Zeit unseren Hunger stillen. Jetzt gibt es Mohrrüben Buletten, Mohrrüben Püree, gekochte Möhren, gebratene Möhren, Möhrensuppe und zu besonderen Anlässen Mohrrüben Marzipankartoffeln. Die schmecken eigentlich nicht nach Marzipan, aber die Form und der Geruch von Bittermandelessenz erwecken schon eine gewisse Illusion. Und wenn außen herum auch noch eine weiße Schicht aus Ersatzpuderzucker klebt, schmecken Möhren schon eine Zeit lang. Nur Möhren Buletten wollen überhaupt nicht nach Fleisch schmecken. Es sei denn, sie sind sehr scharf gebraten, also fast schon schwarz. Dann kann ich mir schon Fleisch hineindenken. Aber die gekochten Möhren ohne alles, also nur im Wasser gekocht und etwas Salz darüber, schmecken mir nach drei Monaten überhaupt nicht mehr! Es gibt nämlich nichts anderes außer Möhren und der Sack ist noch immer nicht leer. Jetzt sehen die Möhren auch schon richtig unansehnlich aus. Sie trocknen immer mehr zusammen und werden schrumpelig und bekommen schwarze Stellen. Bald können wir sie als Trockengemüse klein schneiden und in Wasser wieder aufweichen, wie die Trockenkartoffeln, die wir seit Monaten anstelle von richtigen Kartoffeln erhalten. Wenn man die trocken in den Mund schiebt, dann kann die Spucke noch ein bisschen Geschmack rausholen.

Aber Mohrrüben finde ich einfach nur noch widerlich.

Oma im Gegenlicht

Es ist die kalte Zeit im Winter 47. Das Wohnzimmer ist eiskalt. Die Küche ist kalt. Das Erkerzimmer können wir in diesen Monaten gar nicht benutzen. Der kleine Kanonenofen in der Ecke des Wohnzimmers ist rötlich glühend, aber die Wärme reicht nur für wenige Meter. Schon an der Tür zum Flur ist es kalt. Und auf der anderen Seite der Rückwand, an der Tür zur Küche, ist es noch kälter. Der Raum ist groß und hoch. Bis zu dem Fenster brauche ich über 20 Schritte. Davor liegt der Balkon. Sehen kann ich ihn kaum. Nur durch einige wenige Röntgenbilder mit Wirbel- und Lungenabbildungen kommt Licht in den Raum. Die restlichen Fensteröffnungen sind durch Pappen und Decken gegen Kälte und Wind verschlossen. Ein Raum voller Kälte mit einem kleinen Ofen, um den wir sitzen.

Vorn, mehr zu der Balkontür, gleich neben der Flügeltür zum Erkerzimmer ist eine Liege quer in den Raum gestellt. Darauf liegt sie, die Oma, still, unbeweglich auf dem Rücken. Die Hände liegen auf dem Körper gefaltet. Die Nase ganz dünn und spitz nach oben gerichtet und die Wangen so eingefallen, noch viel mehr, als schon in der letzten Zeit, als sie noch auf ihren Stock gestützt vom Wohnzimmer in die Küche schlurfte und helfen wollte, wo sie doch schon lange nicht mehr konnte. Die kleine, gekrümmte Gestalt mit ihren vorstehenden, lieben Augen. So gerne legte sie die Hand auf meinen Kopf und streichelte mich: "Das Günterchen, das Günterchen. Was soll nur werden?" und "Hauptsache das Kind hat etwas zu essen". Und nun liegt sie dort in dem nüchternen Licht der Röntgenplattenfolien in dem kalten Raum. "Warum verlässt du uns, Oma? Was mache ich ohne dich? Bei wem kann ich mich nun einkuscheln? Du warst doch immer für mich da!".

In der Erinnerung liegst du aufgebahrt wie eine Königin aus alter Zeit.

Bei Anderen

Es ist ein schmaler, hoher Raum. So wie die Kammern in den Berliner Wohnungen für die Dienstmädchen sind. Die Farbe ist ein schmutziges Weiß an den Wänden und an der Decke. Vielleicht noch der erste Anstrich von vor 40 Jahren. Von der Decke hängt eine Glühbirne in einer Fassung ohne Schirm. Die Tür liegt dicht vor mir. Wenn ich meinen Kopf anhebe, kann ich sie sehen. Eine Tür mit drei Füllungen und einem Schnappriegel innen. Von außen steckt der Schlüssel. Eine Klinke gibt es nicht. Die Farbe hat sich von Elfenbein in schmutziges Beige verwandelt. An der Schlossseite ist schon das blanke Holz zu sehen. Es riecht muffig nach alten Kleidern. Und die Zudecke, unter der ich liege, kratzt.

Die Dämmerung ist schon fast in dunkle Nacht übergegangen. Das Licht, aus dem Fenster hinter mir, wird rasch weniger. Die Glühlampe erscheint rötlichweiß im Abendlicht. Es ist zwar schon 10 Uhr abends, aber im Sommer ist es halt lange hell.

Der Sommer ist auch die beste Zeit fürs Hamstern. Mutter musste wieder los. Für ein paar Tage ins Brandenburgische. Sie kennt da einen Bauern, wo sie schon einige Male geholfen hat. Bei der Kornernte die Ähren ausschlagen und die Reste von den Äckern aufsammeln. Hoffentlich bringt sie nicht wieder einen Sack Mohrrüben wie das letzte Mal. Das kann diesmal dauern. Die Züge sind übervoll. Manchmal musste sie schon draußen auf dem Trittbrett einen Teil der Fahrt machen. Die Leute stehen in den Abteilen aufeinander.

Einmal bin ich mitgefahren. Ich wäre fast erstickt, so eng war es im Abteil. Jedes Abteil hat auf beiden Seiten eine Tür zum Ein- und Aussteigen und Holzsitze an den Abteilwänden. Wenn du da drin bist, kannst du nicht mehr raus, außer der Zug hält. Es war fürchterlich! Ich habe sehr geweint. Schließlich hat mich ein Mann hochgehoben und ins Gepäcknetz gesetzt, nachdem er einen Karton von oben runter gehoben hatte. Ich musste die ganze Fahrt gebückt da oben sitzen, über mir die Wagendecke, aber immerhin hatte ich einen Überblick über alles. Nur schrecklich heiß war es da und es stank nach alten Sachen, Schweiß und Menschenleibern.

Hier riecht es auch, nicht so stark und es ist auch nicht so heiß. Aber langweilig ist es.

Die Zugfahrt hatte auch ewig gedauert. Stundenlang gefahren, angehalten, gewartet, dann wurde mal die Tür aufgemacht und der Gestank ließ nach. Einmal haben wir mehrere Stunden gestanden. Ich war ganz krumm, als ich aus dem Netz gehoben wurde.

Na, zum Glück kann ich jetzt hier liegen. Aber ich bin eigentlich gar nicht müde. Warum muss ich denn überhaupt schon so früh ins Bett? Vom Hof höre ich noch Gejohle, da gibt es doch noch Kinder, die spielen.

Die Bekannten von Mutter sind auch komisch. Die können sich gar nicht in Kinder hineinversetzen. Naja, die sind schon ziemlich alt. Vielleicht haben die nie Kinder gehabt oder haben welche verloren? Ich weiß es nicht. Sie haben irgend sowas gesagt. Aber vielleicht habe ich es falsch verstanden. Nach dem Abendessen in der Küche waren sie so verschlossen und nun liege ich hier jeden Abend in dieser schmalen, hohen Kammer. Wer weiß wie lange?

Zum Glück darf ich am Tage raus und mit Hansi in der Weimarer Straße spielen. Hier kenne ich ja niemanden. Ich weiß nicht mal den Straßennamen und wie die Leute heißen, habe ich auch vergessen.

Ein Sommertag

Auf dem Erntewagen hoch oben sitzen wir nun erschöpft, durchgeschwitzt und zerkratzt. Es geht schwankend in Richtung Dorf. Zwei starke Pferde ziehen den Wagen, der über das Kopfsteinpflaster fast lautlos auf Vollgummirädern hin und her schaukelt. Der Wagen ist so hoch beladen, dass wir uns manchmal ducken müssen, damit wir nicht von den ausladenden Ästen der Alleebäume herabgerissen werden. Es ist immer noch heiß, auch wenn die Sonne schon in Richtung Dorfkirchturm dem Horizont zustrebt.

Heute Morgen um kurz nach 6 Uhr fuhren wir auf dem Leiterwagen hinaus aufs Feld. Gestern Abend sind wir nach langer Fahrt mit dem Zug auf dem kleinen Bahnhof angekommen. Mutter wusste noch den Weg zum Bauern. Arbeitskräfte werden im Sommer auf dem Lande gebraucht. In Berlin bekommt man die Lebensmittel nur auf Marken, wenn es welche gibt. Oder auf dem Schwarzmarkt. Aber frisches Gemüse, ein Stück Butter und vielleicht einen Sack Kartoffeln sind in der Stadt ganz schwer zu ergattern. Deshalb fährt Mutter Hamstern und ich musste mit, weil mich niemand für 2-3 Tage aufnehmen wollte.

Vormittags war es noch angenehm: frischer Wind und die Sonne noch flach über den Bäumen. Der Wagen hielt unter einer Linde, die Pferde wurden ausgeschirrt, die Knechte schärften die Sensen und begannen sofort mit dem Schneiden des Korns. Ich staunte über den Schwung und die Kraft mit der die Männer die Sensen führten. Die Mägde räumten die Körbe fürs Frühstück und Mittag vom Wagen, stellten alles in den Schatten und rannten aufs Feld um die gemähten Halme in Bündeln aufzustellen. Wie schnell und geschickt sie jedes Bündel banden und aneinander gelehnt auf dem Feld hinstellten. Während sie weiter und weiter durch das Getreide ihre Schneisen schnitten, fingen wir an hinter ihnen den Boden nach abgerissenen und liegen gebliebenen Ähren abzusuchen, die wir in Henkelkörben einsammelten. Die frisch geschnittenen Halme waren am Boden unangenehm hart und schnitten ins Fleisch, die kurz geschnittenen Halme zerkratzen die Füße sogar in den Sandalen und die längeren die Unterschenkel. Strümpfe halfen gar nicht, weil alles darin stecken blieb und bei der Hitze des Tages ein schreckliches Jucken einsetzte.

Überhaupt lag über dem Feld nach ein paar Stunden so ein Schleier von Staub und Spreu, vor allem, als noch ein bisschen Wind aufkam. Es war ein langer Vormittag, immer gebückt vorwärts. Auf den Knien habe ich es versucht, die habe ich mir nun auch zerkratzt und die kleinen Hautrisse brannten vom Schweiß. Wir mussten in der knallenden Sonne die Körbe füllen, hinter den Knechten und Mägden her, mit schmerzendem Rücken, Kratzer an den Beinen und konnten sie nie erreichen. Das Hemd war verschwitzt und als ich es endlich auszog, legten sich feine, in der Luft wirbelnde Spreureste auf meine feuchte Haut und es juckte noch schlimmer. Nach der Pause in der Mittagshitze unter der Linde arbeiteten wir aufrecht. Die zusammengestellten Ährenbündel wurden aufgeladen. Die Pferde zogen den Wagen von Bündel zu Bündel übers Feld und die Mägde warfen die Bündel zu den Knechten, die sie höher und höher stapelten. Ich konnte nicht glauben, dass wir alle da oben auch noch sitzen sollten.

Es schwankt ziemlich hier oben, vor allem auf der Dorfstraße, die zwar mit Kopfsteinpflaster befestigt ist, aber große Löcher hat. Die Straße ist von Bäumen in drei Fahrstreifen unterteilt. Die beiden seitlichen vor den Bauerngehöften sind unbefestigte Wege. Im Dorf liegt der Bauernhof hinter einer Mauer, die Torflügel sind geöffnet. Enten und Gänse stieben vor den Pferden lärmend auseinander. Der Wagen hält vor der Tenne. Jetzt wird abgeladen um das Korn zu dreschen. Die Sonne steht ja immer noch am Himmel. Und trockene Tage müssen genutzt werden. Ich klettere vom Wagen und setze mich auf eine Steinstufe.

Puh, ein Bad wäre jetzt zu schön!

Spielplatz Oper

Es gibt Tage, an denen laufen wir, Hansi, Klaus und ich auf der Weimarer Straße in die Richtung Bismarckstraße. Auf der rechten Seite des Kirchplatzes stehen nicht mehr viele Häuser. Und rings um die Kirche ist die ehemalige Grünanlage aufgeteilt und mit niedrigen Zäunen aus Stöckern, Draht und Blechen eingegrenzt. Es ist eine Vorgartenkolonie der Anwohner entstanden, die dort auf den kleinen Flächen Mohrrüben, Kartoffeln und Kohl ernten wollen, falls nicht andere bei Nacht schon geerntet haben. Es macht uns schon verdächtig auf dem Weg neben dem Kleinacker entlang zu gehen und drohende Rufe sollen uns einschüchtern. Wir kümmern uns nicht um die Rufe, wir wollen zur Oper. Nach Überqueren der Goethestraße erreichen wir die Schillerstraße. Die Wohnquartiere sind nahezu zerstört, so dass wir quer durch die Blöcke über Trümmer unseren Weg machen. Nur vereinzelt stehen Hinterhäuser und mal ein Stück eines Vorderhauses. Die Fahrbahn und die Bürgersteige sind alle vom Schutt geräumt. Die kleinen Kipploren sind verschwunden, die von den Trümmerfrauen, gefüllt mit Steinen und Schutt, auf schmalen Gleisen zu einer Sammelstelle gefahren wurden. Jetzt lagern nur noch große Blöcke abgeklopfter Altziegel, immer vier zu vier kreuzweise übereinander gestapelt, zum Abholen bereit. Die Stapel sehen mächtig aus, übermannshoch, den ganzen Bürgersteig einnehmend, verführen sie uns zum Höhlenbau oder dazu Hohlräume auszuräumen, um sich darin zu verstecken. Der riesige Freiraum zieht sich über mehrere Straßenzüge bis zur Bismarckstraße hin. Die Bomber haben hier ganze Arbeit geleistet. weil sie das Tanklager in der Kantgarage treffen wollten. Es ist unglaublich, wie das große Gebäude in dieser Trümmerwüste davon gekommen ist. Die Glasfronten sind zwar alle zerstört, aber die Spindelrampen zum Rauf- und Runterfahren sind gut erhalten. Manchmal rennen wir dort hoch und sausen mit 'nem Roller um die Kurven bis uns der alte Aufseher wegjagt.

Aber heute gehen wir über die Bismarckstraße in das zerstörte Opernhaus. Das ist ein riesiges Gebäude. Die Fenster- und Türöffnungen sind mit Brettern zugenagelt. Auf der Ostseite im Vorgarten des zerstörten Opernrestaurants steht noch eine Flugabwehrkanone. Der Vorgarten ist etwas erhöht angelegt und von Mauerpfeilern und Geländerresten umgeben. Die Flak dreht sich wie ein Karussell auf ihrer Grundplatte und die Kanone lässt sich mit einer Kurbel noch immer ganz schnell hoch und runter drehen. Wir kennen kein schöneres Spielzeug und rasen wild im Kreis herum.

Später schauen wir, ob wir nicht irgendwo in das Hauptgebäude reinkommen. Tatsächlich haben vor uns schon andere die Idee gehabt und ein Brett einer Türöffnung lose gemacht. Großartige Räume entdecken wir da, breite Flure um den Zuschauerraum, aber ohne Türen, die sind verschwunden, vermutlich verheizt worden. Im Zuschauerraum können wir den Himmel über uns sehen, mit verbogenen Eisenkonstruktionen, und viel Schutt auf dem Boden, die Wände schwarz verraucht. Im Obergeschoss hängen sogar noch Kristalllüster an der Decke des Foyers. Wir kommen an die Lampen nicht heran, aber auf dem Boden liegen vereinzelt die wunderbar geschliffenen Gläser, die in allen Regenbogenfarben schimmern, wenn man sie ans Licht hält. So viele, wie wir können stopfen wir in unsere Taschen.

Über viele Gänge und Treppen gelangen wir schließlich noch in den hinteren Teil der Oper, in unzerstörte Räume. Da liegen Kleider auf dem Boden und Helme und alle möglichen Sachen, wie zum Kostümfest hingeworfen. Es riecht ein bisschen moderig und brenzlig. Wir sind auch nicht sicher, ob wir hier allein sind. Ganz schnell greifen wir uns jeder einen Säbel mit Handschutz, damit wir wie die Musketiere fechten können.

In der Eile des Rückzuges bemerken wir jedoch nicht, dass die Säbel nicht scharf sind und auch zuhause gelingt es uns nicht, sie zu schärfen.

Warten

"Drängele dich nicht vor! Kannst du denn nicht sehen, dass du noch nicht dran bist?" "Du kommst auch noch dran! Ich hab es eilig! Du hast ja noch viel Zeit".

Die Großen haben es immer eilig. Jetzt mag ich nicht mehr. Ich will auch mal drankommen. "Na, Kleiner, was willst du denn?" "Eine Schnecke und n` Amerikaner".

Puh, bloß raus hier, eine Schubserei und Vordrängelei ist das immer. Die Tüte raschelt vielversprechend. Hin zum Hausflur, auf die oberste der drei Stufen gesetzt, hinter mir die alte schwere Eisentüre mit den Blumenranken. Hier fühle ich mich sicher, die Nachmittagssonne wärmt mein Gesicht. Die Kühle der Marmorstufen und der Geruch des Kellers aus der Stufenöffnung vermischen sich in meiner Erinnerung mit dem Schmelzen des Zuckergusses auf der Zunge. Der weiche Teig löst sich im Mund auf und besänftigt mich. Ich warte auf Hansi. Wo der wieder bleibt. Der Mund und die Finger kleben, süße Herrlichkeit zum Vergessen von Ärger, der Langeweile und der Warterei.

Die Sonne schiebt sich hinter die Brandwand des gegenüberliegenden Hauses und Schatten fällt auf die Asphaltdecke, auf den Bordstein, das Kleinmosaik, auf meine Knie, auf mein Gesicht. Die Kühle des späten, abnehmenden Nachmittags breitet sich von rechts nach links aus. Einige Minuten lasse ich den Körper in der halben Sonne, dann wird es auch auf der linken Gesichtshälfte kühler. Das schattenwerfende Haus verliert die dunkle Kontur und lässt Fenster, Balkone und Erker sichtbar werden und das Erdgeschoss der Kneipe <Bei Nebel>. Jetzt kann ich auch die offene Tür erkennen. Gläserklirren und Stimmen, die wie von überall her zu kommen schienen, werden auf die eine Türöffnung zusammengedrängt. Die Schäferhündin liegt wie immer vor der Tür und blickt in meine Richtung. Sie sieht mich vermutlich als einen Teil des Eingangsportals, so wie ich sie als einen Teil der Nachmittagsszene erinnere. Wie viel Zeit wohl wieder vergangen ist? Wann kommt denn nun Hansi?

Die Tüte mit den Kuchenkrümeln aufblasen und zerknallen. Es ist nur ein dumpfes Reißen von Papier und die hellen Zuckergussreste fliegen auf die unteren Stufen, wo sie mit der Körnung des Granits ein gemeinsames Muster bilden.

Die Sonne beleuchtet jetzt die Brennnesseln drüben auf unserem ´Spielplatz´. Die Schuttberge hinter den Mauerresten der Ruinen locken mich, ebenso die Eisenträger, die Steine, der Staub und die eingestürzten Keller, der Geruch von Moder, das Wasser im Keller und die vergammelten Läufer. Wenn Hansi jetzt käme, könnte wir noch schön an unserem ´Hochhaus´ weiterbauen. Drei Geschosse hat die Höhle jetzt mit den Wänden aus den alten Mauersteinen, den Decken aus Eisenstangen, Wellblechen und den muffigen Stoffresten zum Auspolstern

Vielleicht sollte ich nochmals hochgehen und Kartoffeln für unser Feuer holen. Ach nee, lieber nicht, sonst muss ich die Schularbeiten machen. "Aus den Augen, aus dem Sinn!". Wenn ich abends nach Hause komme, ist immer noch Zeit genug, oder morgen früh oder ich gehe einfach ganz langsam morgen zur Schule. Dann komme ich zu spät und warte draußen im Flur, bis die Stunde vorbei ist. Ach ja, das ist das Beste. Wo nur der Hansi bleibt? Ob ich ihn hole? Ach was, er wird schon kommen.

An der Brandmauer

Die Ruinenlandschaft gegenüber unserer Wohnung ist der beste Spielplatz. Von unserem Balkon aus kann man die Höhle nicht sehen, die wir dort im Trümmerfeld des Innenhofes gebaut haben. Jeden Tag treffe ich dort Hansi und Klaus, die beide im Hinterhaus im ersten und zweiten Geschoss wohnen. Hansi hat auch noch eine kleine Schwester, auf die er hin und wieder aufpassen muss.

Dort in der Ruine steht versteckt unsere Nachmittagszuflucht. Aus den alten Ziegeln, die überall rum liegen und von denen wir teilweise die Mörtelreste abgeklopft haben, damit die Wände nicht wackeln, haben wir in den letzten Tagen ein kleines Hochhaus mit drei Räumen übereinander gebaut. Um Halt zu bekommen, haben wir als Rückseite die Brandwand des stehengebliebenen Hauses der Kantstraße Nr.50 genommen. Ringsum stehen ja noch die Wände der alten Gebäude bis zum ersten und auch zweiten Geschoss mit den offenen Fenster- und Türöffnungen wie eine Schutzmauer, so dass uns niemand sehen kann.

Es ist nämlich verboten in den Ruinen zu spielen und kurz nach dem Krieg sind ja auch aus dem Keller vorne an der Straße Kinder von der Feuerwehr tot rausgeholt worden, die durch den Einsturz der Wände verschüttet waren. Aber das ist schon lange her. Wir müssen nur aufpassen, dass wir beim Braten der Kartoffeln im Holzfeuer keine Rauchsäule aufsteigen lassen. Einmal ist doch der Herr Kahl aus der Wohnung unter uns in die Ruine gekommen und hat uns am Schlafittchen genommen, ausgeschimpft und uns zu Haus abgeliefert, weil wir die Rauchsäule nicht beachtet hatten.

Heute war ich der Erste. Nach dem Mittagessen sofort runter gerannt, über die Straße, durch die Hofeinfahrt der Nummer 18 und dann über die Trümmer des Seitenflügels in die zerstörte Hoffläche bis zur Höhle. Durch die kleine Öffnung in der Mauer zwänge ich mich in den unteren Raum und dann durch die Zwischendecke aus Eisen, Brettern und alten Teppichen in das nächste Ge-

schoss. Es stinkt ganz schön nach den alten Teppichen, die draußen gelegen hatten. Danach noch in die darüber liegende Ebene
geklettert und dann bin ich auf über 2 Meter Höhe in meinem
Baumhaus aus Steinen. Dort habe ich aus den kleinen Gucklö-
chern nach allen Seiten einen tollen Überblick. Der Geruch von
verbrannten Kartoffeln und feuchtem Moder, der aus der Dach-
konstruktion über meinen Kopf und von überall her in meine Nase
zieht, ist gerade so durch die Zugluft von den kleinen Öffnungen
auszuhalten.

Ich lehne mich an die Brandwand, freue mich riesig, dass ich
der Erste bin, greife nach einem abgegriffenen, schmalen Comic
Heft und blättere ein bisschen darin herum. Ich kenne die Geschichten von Tom Mix schon zu gut und verbringe die Zeit lieber
mit Umherblicken, mit Warten und der Hoffnung, dass die anderen bald mit den Kartoffeln kommen.

Mein Blick fällt auf unser Haus gegenüber und ich sehe das dritte Geschoss mit dem alten Balkongeländer aus Schmiedeeisen
und den Halterungen für die Blumenkästen und plötzlich sehe ich
mich auf unserem Balkon im zweiten Geschoss darunter, wie ich
vor ein paar Tagen voller Wut über meinen Freund Heiner auf den
Balkon gestürzt war, am Geländer hochkletterte, eine Hand voll
Erde aus dem Kasten riss und mit vollem Schwung auf die Straße
schmiss, um den Heiner da unten zu treffen. Und ich höre auch
noch den Schrei von Mutter, die hinter mir her rannte, aus dem
Wohnzimmer, "was machst du, was ist los?" und nach mir griff
und mich zurückriss, damit ich nicht auf die Straße stürzte. Wäre
ich sowieso nicht, ich hatte mich nämlich mit der Linken gut festgehalten.

Wenn Mutter die Geschichte erzählt und das tut sie oft, behauptet sie immer, ich hätte einen Schutzengel um mich.

Engel, Dämonen und Fensterkunst

Das Ehebett der Großeltern aus der Jahrhundertwende steht im Erkerzimmer. Die Möbel von Mutter sind alle in Pommern geblieben. Das Bett ist zweiteilig, mit Betthaupt und Fußende, geschmückt mit Linien, die Pflanzen darstellen, aus hellbraunem Holz. Das Betthaupt hinter meinem Kopf schließt nach oben mit einer geschwungenen Leiste ab und dahinter hängt ein Gobelin, der eine zweiflügelige Tür verdeckt, die in ein anschließendes Zimmer führt.

Dieses Zimmer war früher das Büro von Vater, jetzt wohnt eine Familie darin. Der Gobelin soll die Geräusche von nebenan mildern. Da die Tür total verdeckt ist, vergisst man diese mit der Zeit und fühlt sich nahezu ungestört. Vor allem aber gut behütet, denn die beiden Engel, die auf mich herab blicken, kommen von oben schwebend aus den Wolken und breiten segnend die Arme über mich aus.

Die Glocken der Trinitatis Kirche läuten an diesem Sonntag bereits zum zweiten Mal. Es ist jetzt kurz vor 10 Uhr. Mein Blick geht von den Engeln über mir hoch zu der Girlande aus Gipsornamenten, die die Decke in einem großen Oval schmückt. Je nachdem, wie ich den Bildausschnitt wähle, kann ich verschiedene Gesichter erkennen. Eine dickbackige Fratze mit kleinen Augen, schiefgesichtigte Häupter oder verknautschte Ungeheuer bis hin zu gutartigen Dämonen. Viele Stunden kann ich so liegen und entdecke immer wieder neue Visagen, die ich aus den Ranken und Blumenornamenten zusammen schaue.

Die Mitte der Decke besteht aus einem großen Blumenarrangement, ebenfalls aus Gips, aus dem die Deckenlampe herab hängt mit einem lachsroten Seidenschirm von der Größe eines Wagenrades, am unteren Rande mit Fransen versehen, die sich im Wind bewegen oder wenn ich kräftig puste. Die Lampe ist eindeutig Lampe, da nützt mir meine Fantasie gar nichts.

Aber ein Blick nach rechts zum Erkerfenster unterhält mich wieder für einige Zeit. Von den drei großen Fenstern zur Straße und den beiden seitlichen schmalen Fenstern, alle unterteilt in untere und obere Flügel, sind die mittleren großen Fensterflügel durch aufgenagelte Leisten verkleinert und teilweise mit Pappen verschlossen.

Die schmalen Seitenfenster haben noch die ursprünglichen Scheiben, viele mit Sprüngen und bei manchen fehlen Glas Segmente. Aber das Licht kommt bei den Kastendoppelfenstern zwischen den versetzt aufgeklebten Pappen ausreichend hindurch.

Die oberen Flügel der drei Frontfenster haben senkrechte Sprossen mit kleinen Scheiben, die noch überwiegend vorhanden sind. Nur die inneren Flügel sind mit Leisten und Röntgenfolien provisorisch ausgefüllt. Das Licht kommt da mild gebrochen durch die unregelmäßigen Öffnungen. Die abgebildeten Knochendarstellungen von Brustkörben und verschiedenen Hüft- und Kniegelenken faszinieren mich immer aufs Neue.

Das Provisorium hält den Wind gut ab, obwohl eine leichte Zugluft im Sommer schon angenehm ist. Und für die Augen und die Fantasie ist halt immer wieder etwas Unterhaltung dabei.

Vor dem Haus

Nach dem Essen treffe ich Hansi und Klaus fast täglich vor dem Haus um zu beraten, was wir spielen könnten. Wir sitzen dann auf den drei Granitstufen vor der eisernen Tür, die einen sehr gediegenen Eindruck macht, mit dem aufgesetzten Ranken aus Schmiedereisen vor dem Glas.

Wenn Hausbewohner rein oder raus wollen, rutschen wir drei zusammen und lassen sie vorbei. Manche bitten uns, die Tür zu öffnen, weil sie die Hände voll haben. Dann müssen wir uns zu zweit gegen die Eisentür stemmen, so schwer ist sie. Es gibt auch Leute die uns anfauchen, weil wir ihnen im Wege sind. Wenn uns das Geschimpfe zu viel wird, verlegen wir unseren Platz zu einem Baumstumpf vor dem Haus.

Um den Rest des Baumes, der uns in dem kalten Winter 47 das Wohnzimmer wärmte, ist ein Viereck Erde im Pflaster freigelassen. Mit den Händen graben wir ein Loch, nehmen die Murmeln aus den Hosentaschen, legen die Reihenfolge fest und bewundern unsere Zielgenauigkeit.

Während wir spielen, kommt hinter unserem Rücken der alte Tischler aus seiner Werkstatt neben der Haustür und stellt einen geleimten Stuhl vor die Tür. Die Werkstatt ist ganz schmal, geht tief nach hinten ins Dunkle. Die Hobelbank steht vorn am Schaufenster, das noch aus der Zeit des Krieges mit Brettern verkleidet ist und nur durch eine kleine Öffnung Licht in den Raum lässt. Die Tür steht deshalb auch meistens offen. Und wenn wir uns langweilen, stehen wir am Eingang und beobachten ihn bei der Arbeit, bis er uns wegschickt. Er bewegt sich ganz langsam, weil er ziemlich alt ist.

Neben der Tischlerei liegt ein Geschäft, das völlig zugenagelt ist und als Lager benutzt wird. Zwischen dem Lager und der nächsten Ruine liegt unser Lebensmittelladen. Beim Öffnen der Tür klingelt ein feines Läutewerk über uns und die kleine, gekrümmt gehende Besitzerin kommt von hinten und fragt nach unseren Wünschen.

"Für 10 Pfennig saure Drops aus dem großen Glasbehälter". Sie nimmt eine spitze Papiertüte und zählt 10 Drops in die Tüte. Die Münze lege ich auf die Glasplatte über mir, unter der verschiedene Wurstsorten liegen. Ha! Jetzt bekomme ich schon wieder Hunger. Aber ich will nicht bei Frau Sperling wegen einer Wurstscheibe anschreiben lassen.

Dann habe ich eine Idee! Während wir das Läuten der Tür noch in Ohr haben, sage ich zu Hansi und Klaus, "wie wäre es, wenn wir zur Stadt Küche May rübergehen? Da kann ich für meine Mutter anschreiben lassen. Habt ihr auch Hunger auf "Moppelkotze"?" Im Nu sind wir über die Straße gerannt, haben die Tür aufgerissen, sind in den kleinen Laden hinein gerannt und haben schon gerufen, "Frau May, bitte ein viertel Pfund Fleischsalat, für meine Mutter anschreiben". Ich sehe die großen Schüsseln mit Kartoffelsalat, mit Heringssalat und der Mayonnaise hinter der Glasscheibe und mir läuft das Wasser im Munde zusammen.

Ein schönes Schälchen, großzügig gewogen, reicht uns Frau May mit einem freundlichen Kopfnicken, "wollt ihr es gleich hier essen?" Wir setzen uns an den kleinen runden Tisch, der an der Wand gegenüber der Ladentheke steht.

Da können wir nur zu zweit sitzen. Klaus muss leider stehen. Mit den kleinen Holzlöffeln lässt sich der Genuss eine gute Weile hinziehen. Mayonnaise, Fleischwurst und Gurkenstückchen, Hm! Das schmeckt einfach prima!

Und als Nachtisch haben wir ja noch die sauren Drops.

Straßenkunst

Die Fahrbahn gehört uns. Wenn wir nicht in den Ruinen spielen und es auch nicht regnet, treffen wir uns auf der Straße. Ein Stück Kreide in der Hand, zeichne ich auf der Mitte der Fahrbahn die Draufsicht eines Schiffes, vorne den Bug in Richtung Kirchplatz, hinten das Heck in Richtung Kantstraße. Es gibt zwar nur eine sichtbare Ebene, aber in unserer Fantasie ist das Schiff mit einem Motorraum und einem Unterdeck auf Fahrt. Deswegen habe ich auch eine Treppe, die nach unten führt, aufgemalt.

Auf dem Hauptdeck läuft außen herum eine offene Galerie, in der Mitte sind Kabinen mit Türen und Betten markiert. Die Kapitänskajüte ist für mich bestimmt. Auf der Brücke am Steuerrad steht Hansi. Klaus muss aufpassen, dass wir nicht irgendwo anstoßen. Wir fahren ja auf einem Kanal, der so breit wie die Fahrbahn der Weimarer Straße ist..

Wenn wir anlegen, malen wir uns eine Brücke zum Bürgersteig und dann können auch die anderen Kinder, die Schwester von Hansi und ihre Freundin auf das Schiff kommen und eine Kabine belegen. Gepäck und Waren werden eingeladen und von uns mit Kreide zur Realität. Manchmal sind Steinhaufen geladen, also richtige und auch Holzreste aus den kaputten Häusern.

Jetzt fehlt uns noch ein Raum als Kombüse und ein Speiseraum. Also wird hinten alles mit Spucke weggewischt und das Schiff noch etwas größer gemalt. Herrlich diese Asphaltstraße ganz für uns.

Auf der Kantstraße fahren vereinzelt Autos und die Straßenbahn mit der Nummer 75, aber in die Weimarer Straße kommen die Autos nur kurz um die Ecke, um bei Kahls Autogeschäft Ersatzteile zu kaufen. Dort ist die Fahrbahn auch ziemlich verschmutzt von dem Motoröl.

Die restliche Straßenfläche ist aber ganz prima zum Malen von Spiralen, Labyrinthen und Hopse Mustern. Hin und wieder sind Risse in der Oberfläche, die sich spinnenartig ausdehen oder auch quer über die gesamte Breite laufen. Aber wir finden für unsere Rennbahn immer eine ideale Fläche. Hindernisse sind ja auch erwünscht, wenn wir mit unseren kleinen Autos, die wir mit Knete schwerer gemacht haben, die aufgezeichnete Rennstrecke entlang sausen lassen.

Wir rechnen die einzelnen Anstöße zusammen, die die Autos mit der Hand bekommen. Wer über die seitliche Begrenzung fährt, muss von dort beim nächsten Mal weitermachen. Manchmal lassen wir auch zusammen alle Autos flitzen, um heraus zu finden, welches das Schnellste ist und welches besonders gut geradeaus fährt. Hansi hat einen ganz tollen Mercedesrennwagen, der wie eine Badewanne aussieht und den wir auch so nennen. Mit dem fährt er viele Siege ein.

Wir hören jetzt auf, weil im Haus gegenüber für die Kneipe von Frau Nebel Bierfässer geliefert werden. Die großen schweren Pferde schnaufen und dampfen vor sich hin. Sie bekommen beim Halt einen Eimer mit Futter um den Hals gehängt und der Kutscher schmeißt einen dicken Ledersack auf den Bürgersteig. Darauf wirft er die Holzfässer, die erst mal da liegen bleiben, um sie später zur Kellerluke zu rollen.

"Bringen sie auch wieder neue Fassbrause?" fragt Hansi und der Kutscher nickt.

Aber wie sollen wir ohne Geld an diesen Genuss kommen?

Glitzern auf der Straße

Es ist schon eine Weile dunkel. Die Lampen in den Läden erhellen schwach den Bürgersteig. Der Schnee ist zur Seite geschoben. Die schweren Granitplatten des Bürgersteiges spiegeln in der Nässe das Licht. Das Kleinsteinpflaster funkelt in vielen Spiegelungen.

Die Eisbahn auf der Fahrbahn ist wunderbar glatt und mit jedem Anlauf rutschen wir um einige Zentimeter weiter. Wir sind zu dritt. Hansi, Klausi und ich.

Der Anlauf braucht fünf bis sechs Meter und dann rutschen wir, die Arme ausgebreitet, segelnd Balance haltend, auf dem sich spiegelnden Licht der Straßenlampen, so schnell, dass die Schneereste seitlich wegfliegen, zehn, zwölf, vielleicht auch fünfzehn Meter weit, bis wir entweder zum Stehen kommen oder sogar über das Ende hinaus fliegen und laufen müssen, um nicht zu stürzen.

Die Atemluft reflektiert das Licht der Lampen während wir zum Anfang zurückrennen, um wieder und wieder das gleitende, scharrende Geräusch des Dahinsegelns zu hören und im Körper zu spüren.

Minute um Minute, Halbstunde um Halbstunde.

In diesem heimeligen Schimmer, wenn ich in das Licht der spiegelnden Straßenoberfläche hineinlaufe, erlebe ich die nie endenwollende Zeit des abendlichen Spiels, aufgehoben in der Erinnerung an den milden Lichtschein der kleinen Schaufenster unserer Straße.

Und wieder beginnt es ein wenig zu schneien und die Schneeflocken vervielfältigen das wenige Licht der sparsamen Beleuchtung zu einem mich einhüllenden Lichtnebel.

Raus mit der Elektrischen

Schön, dass die Elektrische wieder fährt. Die 75 kommt vom Zoo und fährt die Kantstraße entlang. An der Ecke Leibnizstraße hält sie. Wir steigen vorne ein und bleiben hinter dem Fahrer stehen. <Bitte nicht mit dem Fahrer sprechen> steht auf einem Schild über ihm. Er benutzt eine Kurbel zum Anfahren, zum Beschleunigen und zum Abbremsen. Ganz schnell dreht er an der Kurbel um die Bahn in Fahrt zu bringen.

Der Schaffner hält Fahrscheinblöcke in der Hand und vor seiner Brust hat er an einem Riemen eine Kasse hängen, für die Münzen, die er herausgeben muss. Jede Münzsorte hat eine eigene Röhre, oben kommen die Münzen hinein und unten ist ein Hebel für die Herausgabe des Geldes. "Wer ist noch ohne Fahrschein?", ruft er und "Nächster Halt Wilmersdorfer Straße". Leute steigen ein und aus. Der Schaffner blickt aus der Türöffnung, es gibt keine Türen, und zieht die Klingelleine, wenn alle eingestiegen sind. Die Klingel läutet über dem Fahrer und der löst einen großen Bremshebel, der aus dem Wagenboden bis zu seiner Hüfte reicht. Jetzt tritt er auf einen Knopf am Fußboden und läutet zur Abfahrt. Dann wirft er die Kurbel an und der Saft aus der Oberleitung fließt.

Langsam bewegt sich der Triebwagen kreischend in den Schienen voran und wird schneller. Wir müssen uns an den Haltestangen festhalten, weil der Wagen hin und her schleudert. Auf der Fahrerseite ist die Türöffnung mit einer Kette geschlossen und wir sehen die Straße vorbeiziehen. Am Amtsgerichtsplatz hält die Bahn und der Fahrer öffnet das vordere Schiebefenster, nimmt die Weichenstange von der Halterung und verstellt die Weiche, damit die Bahn weiter geradeaus in Richtung Masurenallee fahren kann. "Lietzensee" ist der nächste Halt, der vom Schaffner ausgerufen wird. Wir schauen nach rechts und sehen den See, wir schauen nach links und sehen die andere Hälfte vom See und die Bäume rundherum. Dort waren wir letzte Woche. Wieder klingelt der Schaffner. Die Bahn rumpelt an. Wir gehen in den Fahrgastraum und setzen uns auf eine freie Holzbank. <Bitte nicht hinausslehnen>, steht am Fenster. <Nur für Schwerbeschädigte>, <Für Mutter und Kind>, <Dem Fahrpersonal ist auf Anweisung Folge zu leisten>. Die Bänke sind hart und abgenutzt, helles zerkratztes Holz. Über uns drehen sich kleine Ventilatoren, die durch den Fahrtwind angetrieben werden.

Jetzt sehen wir schon das Haus des Rundfunks mit dem großen Betonbunker daneben. Drei Männer mit Musikinstrumentenkoffer steigen ein, die merkwürdige Mützen tragen, so wie die Basken, sagt man. Über den großen Reichskanz Platz fährt die 75 in die Heerstraße mit der breiten Fahrbahn und den 2 Seitenfahrbahnen. Jetzt wird es schon grüner. Parkähnliche Grundstücke mit modernen, kubischen Bauten für die reichen Leute ziehen unsere Blicke an. Die Abstände zwischen den Villen werden immer größer und nach der Haltestelle "Reichssportfeld" sehen wir die Häuser hinter den Bäumen nicht mehr. An der Stößensee Brücke steigen wir aus. Die 75 fährt weiter nach Spandau.

Hier gibt es einen wunderschönen mit Gras bewachsen Abhang, der unser Ziel ist. Als erstes rollen wir den Hang runter, immer wieder und wieder. Auf eine Körperseite legen und dann um die eigene Achse rollen, immer schneller rollen, so kommen wir unten am Ufer an. Manchmal kullern wir auch übereinander und bilden ein Knäuel, der Hansi, der Klaus und ich. Die Luft ist warm und der Himmel blau mit weißen Wolken. Keine Ruinen um uns herum, niemand ruft uns zur Ordnung. Die Zeit vergeht mit hoch klettern, runter rollen, hoch klettern, und runter rollen, bis wir keine Luft mehr bekommen und unser Schreien und Jauchzen leiser wird. Übersät mit Grasresten auf der Kleidung, setzten wir uns zusammen und schauen nach oben auf die Unterseite der Brücke.

Was für eine überwältigende Konstruktion! Ein riesiger Bogen wölbt sich über das Wasser und dann noch ein zweiter, die beidevon einem Pfeiler in der Mitte abgestützt auf einer Halbinsel ruhen. Und diese vielen kleinen Eisenverstrebungen, die von den

Bögen nach oben zur Fahrbahnunterseite führen. Alle miteinander wie in einem Spinnennetz verbunden. Mehrere Stahlträgerbögen liegen nebeneinander und bilden den ganzen Bogen. In der Mitte zwischen diesen gibt es eine untergehängte Konstruktion, die unter der Fahrbahn die Brückenlänge begleitet. Kabel hängen dort und es sieht so aus, als könnte man innerhalb der Konstruktion über den Fluss gehen. Neugierig geworden suchen wir nach einer Möglichkeit nach oben zu gelangen und wirklich entdecken wir eine feststehende Leiterkonstruktion, die zu dem Gang führt. Die unteren Sprossen gibt es nicht, die Leiter beginnt erst über 2 Meter Höhe. Das ist kein Hindernis für uns. Die Pfeiler der Brücke sind aus Quadern errichtet und in den Fugen finden die Finger und die Zehen Halt. Und außerdem sind wir ja zu Dritt. Hansi klettert zuerst, dann ich und Klaus wird hinterhergezogen. Die Leiter fasst sich kühl an und wir klettern im Schatten der Mauer nach oben. Das ist echt hoch. Klasse, von hier oben sieht das Wasser ganz klar aus. Langsam fließt die Havel unter uns dahin. Wir fühlen die Kühle des Wassers sogar hier oben auf der Haut. Ein ganzes Stück gehen wir auf den Bohlen des Ganges entlang. Aber dann verlässt uns der Mut und wir beschließen den Rückweg. "Was sollen wir denn da drüben?" Unten, am Ende der Leiter springen wir in den Sand und rollen wieder den Hang hinunter. Die Sonne hat sich hinter Wolken verzogen. Hunger meldet sich und die Rückfahrt wird ja auch ganz schön lange dauern.

Nach dem Durchfahren der Masurenallee mit dem Funkturm fahren wir wieder auf der Kantstraße mit den alten hohen Häusern. Je weiter wir in Richtung Zentrum kommen, desto häufiger sehen wir die Ruinenlücken zwischen den Häusern, immer größere, leere Flächen. An der Wilmersdorfer Straße ist alles kaputt. Nur an einer Ecke steht ein neues flaches Gebäude mit Schuhen im Schaufenster. Hier steigen wir aus und laufen den Rest zu Fuß nach Hause, vorbei an dem Kantkino, das glücklicherweise noch erhalten ist. Mal sehen, was die morgen, am Sonntagnachmittag, im Programm haben. Vielleicht gibt es wieder einen Film für uns?

Kino, Kino

Ich liebe Kinos. Ich liebe die Atmosphäre, wenn langsam die Beleuchtung runterfährt, der Vorhang aufgeht und die Wochenschau beginnt mit der bekannten Musik und dem Slogan: "Neues aus aller Welt". Dann sind die Türen zum Eingang noch offen, Leute kommen verspätet, Licht fällt von draußen durch die halb zugezogen Türvorhänge, die aus schwerem Filz und mit Lederbordüren eingefasst sind. Die Sitze im kleinen Kino hinten im Hof an der Wilmerdorfer- Ecke Pestalozzistraße sind mit Cordstoff bespannt und ziemlich hart. Manchmal hocke ich auf dem hochgeklappten Sitz, weil ich nicht die ganze Leinwand sehen kann. Aber wenn das Kino leer ist, also in den Nachmittagsvorstellungen der Woche, sitze ich bequem zurückgelehnt, die Beine über den Vordersitz gelegt, neben mir mein Freund Hansi, Drops aus der Knistertüre klaubend und voller Erwartung auf den Hauptfilm mit Gary Cooper und John Wayne in den Hauptrollen.

Toll, einen Nachmittag nach der Schule in eine andere Welt einzutauchen. Gerade endet die Wochenschau, das Licht geht wieder an, der Vorhang wieder zu. Drei oder vier Jungs, die wir nicht kennen, setzen sich schräg hinter uns, klappern mit den Sitzen. Einer von ihnen rennt noch mal raus zur Toilette. Der Vorhang öffnet sich wieder, Schlagermusik ertönt und die Werbung für eine Tanzschule und für das Langneese Eis, das man in der Pause kaufen kann, sind im Licht der halb abgedunkelten Saalbeleuchtung schwach zu erkennen. Der Raum ist mehr oder weniger quadratisch mit vielleicht zwanzig Reihen und ebenso vielen Sitzen in einer Reihe. Mittendrin eine Mauerstütze. Wenn das Kino voll ist und man Pech hat, sitzt man dahinter und sieht nur die Hälfte des Films.

Nun wird es wieder dunkel, die Türvorhänge werden zugezogen und der Kulturfilm beginnt: Springmäuse in Australien, Kolabären und Kängurus, aber immerhin in Farbe. So vergeht die Zeit. Wieder wird es hell. Neue Zuschauer tröpfeln einzeln herein.

Hoffentlich setzt sich nicht wieder so 'n großer Kerl vor uns. Endlich beginnt die Vorschau für die kommenden Filme: Ein Abenteuerfilm <Die Meuterei auf der Bounty> und der Zorrofilm, zweiter Teil werden in Ausschnitten gezeigt. Irre, der Zorro, ich war schon vom ersten Teil total begeistert. Da gehen wir bestimmt wieder hin. Vorhang zu. Vorhang auf: Twentieth Century Fox in Universal-Verleih zeigt: <Die Schlacht um Fort Knox>. Es wird also viel geritten, geschossen, gestorben, Indianer purzeln von Pferden, Brandpfeile fliegen, die Verteidiger kämpfen bis zur letzten Patrone und die Hilfe trifft rechtzeitig als Kavallerie ein. Wenn bloß nicht immer diese blöden Liebesszenen dazwischen wären, dann wäre es noch schöner gewesen. Als wir das Kino gegen 6 Uhr durch den Hof verlassen, dämmert es schon und wir sehen vor dem Eingang des Kinos eine Besucherschlange für die nächste Vorstellung stehen.

Wir beide, Hansi und ich, gehen siegesbewusst und stolz nach der gewonnenen Schlacht breit ausladend in Richtung Heimat. Der Colt im Halfter, an meinen rechten Oberschenkel, ist fast spürbar. Die Filme in dem kleinen Lichtspielhaus gehören zu unserem Alltag. Zweimal die Woche wechseln die Filme und für 50 Pfennig Eintritt sind wir Dienstag- und Freitagnachmittag dabei.

Zorro 2.Teil war wirklich eine Wucht. Wie er sich wieder aus der aussichtslosen Situation befreit hat! Die Wand kam auf ihn zu und er hatte keinen Ausweg. Aber ich erzähle nicht die Lösung, schaut euch selbst den Film an. Ich bin jetzt wieder total mit der Figur des Zorros eins. Ein schwarzer Anzug, ein alter Strohhut mit schwarzem Stoff bezogen, eine schwarze Maske aus der Faschingskiste und ein selbstgebastelter Holzdegen mit Handschutz aus einem Küchensieb macht mich zum Zorro, der in der abendlichen Dunkelheit durch die Grünanlagen des Kirchplatzes strolcht, als Retter der Entrechteten und Gebeugten aus Büschen hervorbricht. Dabei begegne ich manchmal Menschen, die erschreckt und kopfschüttelnd reagieren: "Schämt euch! Habt ihr nicht genug vom Krieg?"

Kino, Kino Fortsetzung

Etwas ganz anderes ist das Kino in der Kantstraße. Da laufen keine Western, Abenteuer- oder Klamaukfilme wie Dick und Doof. Das Haus in der Kantstraße ist aus den zwanziger Jahren und hat eine dekorative Straßen Front. Der Eingang des Kinos führt großzügig über drei breite Stufen in ein richtiges Foyer mit einem runden Kassenhäuschen. Auf der Straße sind in Schaukästen die Fotos aus dem laufenden Film und die Bilder der kommenden Filme gut beleuchtet und hübsch dekoriert zu sehen.

Zu Weihnachten sind die Schaukästen mit Silberkugeln und Lametta geschmückt, Silvester mit Luftschlangen. Die Filme im Kantkino werden vor allem von Familien besucht. An den Festtagen stehen lange Schlangen an der Kasse, um sich einen französischen oder amerikanischen Unterhaltungsfilm anzusehen. Wir Jungens machen um diese Filme einen großen Bogen. Aber mit Mutter war ich schon einmal in dem Kino. Es gab einen Krimi, den ich nur teilweise verstanden habe. Von einem berühmten Regisseur aus Hollywood, Hitchcock glaube ich. Der Film spielte in einem alten Schloss, das zum Schluss abbrannte. Frauen geisterten über die Leinwand, die sich nicht mochten. Mutter war begeistert. Es war die Verfilmung eines Buches, das sie gelesen hatte.

Der Zuschauersaal ist beeindruckend groß. Es ist ein riesig hoher Raum mit einem Rang, der über eine breite Treppe zu erreichen ist. Rote Teppiche liegen auf allen Stufen und breite Flügeltüren führen ins Parkett. Dreißig bis vierzig Reihen füllen den länglichen Raum mit den dunkelrot gepolsterten Armsesseln. Man versinkt förmlich darin. Vor der Leinwand hängt ein schwerer Samtvorhang, der von einem sechs bis acht Meter hohen, breiten Goldrahmen umgeben ist, Der Vorhang ist von Scheinwerfer angestrahlt, die den Stoff von dunkelrot bis hellrosa changieren lassen. Vor Beginn ertönt ein Gong und in jeder Pause kommt ein weiterer Gong hinzu. Der Hauptfilm wird mit vier Gongschlägen angekündigt. Das ist schon ein Erlebnis. Mutter erzählte mir, dass früher, vor dem Krieg, in den Pausen ein Musiker an einer Hammondorgel gespielt hat. Das Kino wurde in der Stummfilmzeit errichtet und damals spielten Musiker während des ganzen Films Klavier oder an einer richtigen Orgel.

Ich empfinde die Größe des Zuschauerraumes als ungemütlich und fühle mich darin ziemlich verloren. Im Winter wird es bestimmt kalt in dem hohen Raum sein. Früher, als das Kino noch beheizt wurde, haben die Besucher an der Garderobe ihre Mäntel abgegeben. Im Vorraum steht noch ein Tresen mit Garderobenständerreihen. Da die Garderobe nun nicht genutzt wird, verbirgt ein roter Samtvorhang die Anlage.

Nach der Vorstellung passieren wir den Vorraum und treten danach ins Freie. Eine Treppe führt in den Hof und die Besucher gelangen durch eine Toreinfahrt wieder auf die Straße. Dort stehen bereits wieder Leute, die Karten für die nächste Vorstellung kaufen wollen. Drinnen im Foyer drängeln sich schon die Kartenbesitzer. Die Karten in diesem Kino haben Reihen- und Sitzplatznummern, sodass eigentlich kein Gedränge entstehen sollte, wie in den einfachen Kinos, in die ich mit Hansi gehe.

Die Besucher sind auch besser gekleidet. Manche haben sich richtig herausstaffiert und die Frauen tragen stolz Handtaschen und Schuhe mit hohen Absätzen zu einem Kostüm. Die Männer haben Anzüge mit weißen Hemden an, Krawatten umgebunden und tragen oft auch Hüte, wie man sie aus den Filmen der schwarzen Serie kennt. Große Gelassenheit und freudige Stimmung liegen über den Wartenden. Die Vorfreude auf ein gemeinsames Erlebnis und die Erwartung auf eine gute Unterhaltung, vereint die Menschen an so einem Herbstabend.

Die Blätter rascheln unter unseren Schuhen auf dem Weg bis zur Ecke Weimarer Straße. In Gedanken versunken, überlassen wir uns den gerade gesehenen Bildern einer künstlichen, fremden Welt, die nichts mit der unseren zu tun hat.

Die Kartenlegerin

Seit einiger Zeit begleite ich Mutter einmal im Monat zu einer Kartenlegerin. Ich muss dort ruhig auf meinem Platz sitzen, darf während der Sitzung nichts fragen, nichts sagen, muss möglichst unsichtbar bleiben. Alte, hohe, dunkle Möbels stehen an den Wänden des Wohnraumes im dritten Geschoß des Hauses Kantstraße Nr. 51. Die Kartenlegerin schnauft schon ein wenig, wenn sie vor uns den langen Flur entlang schlurft, nachdem sie auf unser Klopfen die Tür geöffnet hat.

Ein Tisch mit einer bunten Decke steht unter einer großen mit Stoffblumenmustern bezogenen Hängelampe. Das Licht lässt die Adern der alten Hände der Kartenlegerin unnatürlich hervortreten. Sie mischt die Karten und brummelt etwas undeutlich vor sich hin. Mutter sitzt direkt ihr gegenüber, mit aufmerksamen Augen, erwartungsvoll.

"Ja, dann wollen wir mal wieder. Legen sie das Geld hier auf den Tisch". Und schon legt sie die Karten aus, beginnt angestrengt zu starren, den Kopf hin und her zu wiegen. Bei einer Karte blickt sie freudig auf und Mutter an, "da wartet ein Liebesverhältnis auf Begegnung. Mit dem Reichtum sieht es nicht so gut aus". Dann schiebt sie die Karten wieder zusammen und mischt sie erneut.

Ich sitze seitlich im Schatten. Wenn es bloß nicht so unangenehm nach Kohl und eingeweichter Wäsche riechen würde. Der Stuhl, auf dem ich sitze, ist in den Verbindungen lose und ächzt beim Hin- und Herschaukeln. Das Geräusch lässt die Alte aufblicken. Es ist ein scharfer Blick aus dunklen Augen. Ich halte inne. Eine Stunde kann ziemlich lang werden, wenn Erwachsene Auskunft über die Zukunft einholen. Jedenfalls verabschiedet sich Mutter jedes Mal mit zufriedenem Gesicht und geht schwungvoll die Treppen hinunter und ich denke: "Ob die Glaskugel, die auf dem Tisch den ganzen Raum widerspiegelte, auch einen Zweck hat?"

Anprobe

Frau Kahl, aus der Wohnung unter uns, hat ein Kostüm für den Herbst bestellt und morgen soll die erste Anprobe sein. Da muss sich Mutter wieder ranhalten und vermutlich die halbe Nacht aufbleiben, um das zu schaffen. Auf dem großen Ausziehtisch liegen geometrisch gemusterte Stoffe und darauf mit Nadeln festgesteckte Seidenpapiere, die als Vorder- und Rückenteile für das Kostüm gebraucht werden. Mutter hat die Formen aus einem Schnittmusterbogen ausgeradelt und ausgeschnitten. Nach dem Stoffausschneiden wird erst mal alles locker zusammen geheftet, bis auf die Mittelnähte, die sie schon an der Maschine zusammen näht. Das macht sie immer so. Die immer gleichen Formen der Ärmel mit dem Bogen für die Armkugel liegen aus Packpapier ausgeschnitten auch auf dem Tisch. Diese Vorlagen werden von Mutter immer wieder benutzt.

Ich kenne ziemlich gut die Arbeitsschritte, weil unser Wohnzimmer in letzter Zeit ein Schneidersalon geworden ist. Mutter hat in ihrer Jugend Modezeichnen studiert und dabei schneidern gelernt und jetzt verdient sie damit Geld für uns zwei.

Die junge Frau aus dem dritten Etage über uns hat ein Abendkleid bestellt und will heute Abend gegen 8 Uhr zur zweiten Anprobe kommen. Das Kleid in weißer Atlasseide hängt am Bücherschrank auf einem Bügel. Es hat vorne einen gewagten Ausschnitt und hinten wird es mit Bändern zusammengehalten. Der Rock wird aus einem Überrock aus Organza üppig vervollständigt. Das wird sicher toll aussehen. Es hängt noch eine leichte Duftwolke im Raum, die von der ersten Anprobe am Stoff haftet. Die Kundin benutzt ein Parfüm mit einer ganz eigenen Note, schwer und blumig zugleich.

Es klingelt. Ich gehe den langen Flur entlang zur Tür. Die dreiflammige Glaskugellampe mit den roten Streifen beleuchtet den Weg vorbei an dem Garderobenspiegel mit dem schwarzen Rahmen und das darunter stehende schwarzrote Schränkchen, das in einer darauf liegenden Glasplatte die drei Glaskugeln der Lampe reflektiert. Diese drei Teile sind neben dem schwarzen Klavier im Wohnzimmer die einzigen Möbel, die nicht vor den Bombenangriffen in Sicherheit gebracht wurden.

Nachdem ich letztes Jahr gewachsen bin, komme ich schon gut an die Klinke der riesigen Eingangstür. Ich öffne den rechten Flügel der hohen Tür. Wir begrüßen uns mit Handschlag. Die junge Frau ist Anfang Zwanzig und sieht adrett aus. Wir kennen uns vom Sehen und Grüßen im Treppenhaus. Ich glaube, sie ist erst nach dem Krieg ins Haus gezogen. Ich lasse sie vorangehen. Sie kennt den Weg, sie war ja schon mal bei uns. Die Parfümwolke zieht hinter ihr her und ich folge.

Als ich die Tür des Wohnzimmers schließe, ist sie dabei, den Pullover über den Kopf zu streifen. Sie hat ihre blonden Haare hochgesteckt. Dann streift sie den Rock von den Hüften. Sie steht jetzt in einem hübschen, perlgrauen Unterkleid vor Mutter und lässt sich das Kleid zeigen.

Ich habe mich in eine dunkle Ecke des Wohnraumes verzogen und zum Schein meine Schularbeiten ausgebreitet. Wie ich sehen kann, passt ihr das Kleid gut und es steht ihr. Nur der Ausschnitt kommt nicht richtig zur Geltung, weil sie noch das Unterkleid anhat. Nachdem sie sich ein paar Mal vor dem großen Spiegel mit seinen Altersflecken gedreht hat, entschließt sie sich, das Kleid ohne Unterkleid zu probieren.

Ich dreh mich vorsichtshalber mit dem Rücken zu den beiden um und genieße ihren Anblick nun im Fensterglas. Dort wird vor einem immer dunkler werdenden Abendhimmel die Szene des Wohnzimmers gespiegelt. Sie hat eine hübsche Brust, klar, dass diese noch im BH verpackt ist. Eine Teilkorsage über dem Höschen, an der die Nylonstrümpfe befestigt sind, zeigt ihre Rundungen. Ihre schönen langen Beine werden durch die geraden Nähte der Strümpfe betont.

Mir wird ein bisschen komisch im Kopf. Ich muss etwas trinken und greife zum Apfelsaft. Als ich wieder in die Fensterscheibe blicke, bedeckt das weiße Kleid ihren Körper, im Ausschnitt sehe ich noch Teile des BHs.

"Wunderschön!" höre ich sie sagen, "es gefällt mir sehr gut. Kann ich das Kleid dann am Freitag abholen?" sagt sie noch, als ich mich an beiden vorbei in die Küche schleiche.

Soweit ich weiß, wird nun die junge Frau auf einen Stuhl steigen, damit Mutter den Saum ringsum mit dem Kreidepuster markieren kann. Das Kleid soll ja nicht nur oben herum perfekt aussehen.

Silvester

"Muss ich wirklich meine Eisenbahn abbauen?" frage ich Mutter. Ich habe sie zu Weihnachten geschenkt bekommen. Die Größe 0 zum Aufziehen mit 2 Personenwagen. Eine schöne schwere Lok mit angeschlossenem Kohlentender. Weil die Schienen nicht reichten, habe ich aus Leisten ein Viadukt gebaut, der von dem großen Ausziehtisch hinüber zum Büfett reicht. Dort gibt es einen Kreis mit Weiche und der Zug fährt dann zurück auf den Tisch. Wenn der Zug über die Brücke saust, wackelt die Konstruktion bedrohlich. Wirklich schade, dass ich jetzt alles zusammenpacken muss.

Aber heute ist Silvester und wir wollen zusammen mit der Familie König, die seit Jahren hinten im alten Schlafzimmer wohnt, feiern. Es ist Samstag und aus dem Radio klingt die <Moonlight Serenade> von Glenn Miller. Vielleicht spielen sie auch noch <In the mood>. Das Stück gefällt mir noch besser. Die Sendung läuft immer am Samstagnachmittag: <Tausend bunte Takte, Eins ins Andere, für jeden etwas> vom RIAS Berlin. Hörer wünschen sich bekannte Lieder, Schlager, Operettenmelodien, Opernarien. Am Ende der Sendung kommen die flotten Sachen.

Tja, Mutter sitzt noch an der Nähmaschine. "Ich muss das noch fertigmachen. Ich hab es versprochen. Fräulein Kahl will das heute Abend anziehen". Immer sitzt Mutter an der Nähmaschine. "Du kannst ja schon mit dem Saubermachen beginnen", sagt sie und meint, dass ich dann alles alleine machen kann, weil sie genau weiß, dass sie es gar nicht mehr schafft. Jedes Mal zum Fest, sei es Sylvester, Geburtstag oder Weihnachten ist es dasselbe. Immer wird sie nicht rechtzeitig fertig.

Also los! Den Tisch zusammenschieben und den Teppich ringsum zurückschlagen. Der hat auch schon dünne Stellen. Aus der Küche einen Eimer Wasser und den Scheuerlappen holen. Aber vorsichtig mit dem Wasser, nicht alles so nass machen, sonst dauert das Trocknen zu lange und ich komme mit der Dekoration nicht nach. Die Stühle und der Tisch müssen auch noch unten an den Querstreben mit dem Staubtuch abgewischt werden. So, nun alles wieder an die Stelle rücken. Die Tischdecke mit den Blumenornamenten über die weiche Unterdecke legen, glattziehen und von allen Seiten prüfen, ob sie gleich lang ist.

Ach, den Mülleimer muss ich auch noch runter bringen. Das Geschirr stelle ich erst mal auf das Büfett und beginne die Luftschlangen über die große alte Lampe aus rosa Seidenstoff zu werfen. Jetzt spielen sie im Radio zum Schluss doch noch den <One o´clock jump>. Das beschwingt und ich bin fast fertig mit dem Schmücken. Ein paar Schlangen noch über den Bücherschrank und das Büfett werfen. So, jetzt werde ich mal in der Küche nachsehen, was Mutter zum Essen eingekauft hat.

"Was gibt es eigentlich heute Abend?" frage ich Mutter, die noch immer vornübergebeugt sitzt und mit ihrem Fuß die Nähmaschine am Laufen hält. "Es gibt Würstchen mit Kartoffelsalat" antwortet sie und dann, "ach ja, dabei fällt mir ein, ich habe die Mayonnaise vergessen. Du kannst mal schnell zur Stadtküche May rüber laufen und ein viertel Pfund kaufen. Die haben bestimmt noch um diese Zeit auf, sonst klingelst du hinten. Geld liegt auf `m Klavier". Bevor ich zum Flur raus bin, ruft sie mir noch hinterher, "wenn du wiederkommst, kannst du schon die Kartoffeln aufsetzen!"

Fräulein Kahl hat schließlich noch das Kleid anprobiert. Es saß. Nachdem wir die Würstchen mit Kartoffelsalat verdrückt hatten, haben wir noch viele <Berliner> gefuttert. Ich habe dazu Fassbrause getrunken, die Erwachsenen Wein. Dann haben wir uns um Mitternacht ein gesundes neues Jahr gewünscht.

Natürlich hätte ich lieber Wattepusten gemacht. Da pustet man sich das Gehirn aus dem Schädel und man lacht und lacht bis die Tränen kommen.

Hausmusik

Zweimal in der Woche findet sich bei uns im Wohnzimmer ein Bar Trio ein: Akkordeon, Bass und kleines Schlagzeug. Der Akkordeonspieler spielt auch Klavier. Das steht ja bei uns als schwarzes Möbelstück an der Wand. Dieses, der Notenständer und der Klavierhocker sind die Möbel, die den Krieg überlebt haben. Mutter ist vor allem von dem Leiter des Trios, Herrn Däumichen, angetan, der ihr wunschgemäß immer wieder das Stück <la vie en rose> in der deutschen Fassung auf dem Klavier spielt und dazu mit Gefühl singt, "schau mich bitte nicht so an, denn dann kann ich dir nicht widerstehen. Schau in meine Augen tief.." Dieses Lied werde ich in dieser Version nie mehr aus meinen Ohren bekommen. Zweimal in der Woche am Spätnachmittag üben die drei Musiker ihre Stücke ein, um dann anschließend in einer Bar oder einem Nachtlokal Gäste zu unterhalten. Es macht Spaß, die gut geübten Nummern zu hören, aber die neuen sind oft eine Plage. Sie spielen mit unterschiedlicher Qualität. Däumichen ist der Berufsmusiker, er singt sehr gekonnt die Schnulzen. Er ist groß, gut gebaut, ein Mann mit attraktiver Ausstrahlung, vor allem auf Mutter. Leider kann er nicht so gut die schnellen Sachen von Glenn Miller spielen: <In the mood>, <American Petrol> oder Booggies spielen. Naja, Barmusik muss schwülstig sein und sie verdienen damit ihr Geld. Nach dem Üben werden die Instrumente zusammen gepackt und Mutter bittet: "Heinz, spiel doch nochmal <La vie en rose> und während er mit vielsagendem Blick in die Tasten greift, macht sich Mutter fertig. Ein nettes Kleid hat sie schon angezogen, sie kämmt sich, zieht die Augenbrauen nach, legt Rouge auf und erneuert das Lippenrot. Dann wirft sie den nicht mehr neuen Pelzmantel über ihren Arm und sagt zu mir, "so, in einer halben Stunde gehst du zu Bett. Dass mir keine Klagen kommen. Du bist nicht allein zu Haus. Ich komme auch nicht wieder so spät".

Endlich ist sie weg! In dem Wäscheschrank liegen 4 Bände <Mann und Weib> mit vielen delikaten Bildern darin.

Sonntags bei den Kleingärtnern

Mit der S-Bahn fahren wir seit einigen Wochen sonntags nach Baumschulenweg zum Garten von Onkel Heinz, dem Barpianisten. Baumschulenweg heißt die S-Bahnstation und die liegt in Köpenick. Der Garten gehört eigentlich noch nicht ihm, sondern seiner alten Mutter, die dort in der kleinen Laube ihre Zeit verbringt. Im Garten gibt es kein fließendes Wasser. Zum Bewässern der Pflanzen muss das Wasser in Eimern aus dem Kanal geschöpft und zu einzelnen Tonnen getragen werden. Das ist die Sonntagsbeschäftigung für Heinz und seiner Freundin, die meine Mutter ist. In der Woche hat er keine Zeit, da er nachts mit Musik Geld verdient.

Bevor wir in den Garten gehen, besuchen wir ihn regelmäßig in seiner kleinen Wohnung in Köpenick mit Ausblick auf einen Sportplatz. Jugendliche bolzen dort und ihre Rufe dringen zu uns durch das geschlossene Fenster. Für mich ist es eine trostlose Zeit. Sonntags in einer fremden Wohnung und danach in diesen Garten mit dem Plattenweg, der die Beete aufteilt. Rechts und links die Sträucher mit Johannisbeeren und Stachelbeeren. Im hinteren Teil ein Apfelbaum und eine Birne, die über dem Pappdach der Laube ihre Zweige ausbreitet. Die Laube nimmt die Breite des Gartens mit der Tür in der Mitte ein, rechts und links gibt es kleine Fenster mit Sprossen. Drinnen riecht es streng nach altem Mobiliar, das feucht geworden ist und nach Bratkartoffeln.

Vorne zum Kanal ist der Garten begrenzt durch einen Maschendrahtzaun und mit einer Tür aus dem gleichen Material. Zwischen dem Kanal, der mit schweren Quadern eingefasst ist und dem Garten befindet sich ein ausgetretener Weg mit schmalem Grasstreifen beiderseits. Ein Garten liegt am anderen. Um das Gieswasser zu holen, müssen wir ein Stück nach rechts zu einer Steintreppe gehen, die in der Quaderwand eingelassen ist. Am liebsten würde ich hier immer sitzen bleiben und dem Fließen des Wassers zuschauen. Aber da ich noch nicht schwimmen kann, hat Mutter Angst, dass ich reinfallen und ertrinken könnte. Also laufe ich brav mit meinem kleinen Eimer hinter den Erwachsenen her. Wie lange sich Erwachsene mit so einer Beschäftigung abgeben können, ist unglaublich. In den Beeten des Gartens darf ich nicht buddeln, höchstens umgraben, Unkraut zupfen und danach glatt harken. Da bleibe ich lieber auf dem Plattenweg sitzen und beobachte die Ameisen.

Nach dem Gießen der Pflanzen liegen beide in den Liegestühlen in der Sonne, reden kein Wort miteinander und sagen hinterher, wie schön sie sich erholt hätten. Es ist langweilig. Danach gibt es Kaffee und Streuselkuchen, naja, der Kuchen ist schon ein bisschen trocken und zum Trinken ein Kaffee, der aus Getreide gemacht wird. "Ich habe keinen echten Bohnenkaffee mehr bekommen", sagt Onkel Heinz. Ich hätte auch keinen getrunken. Der riecht furchtbar streng. Die Unterhaltungen drehen sich immer um dieselben Dinge. Probleme mit den anderen Musikern, es geht um Termine und um das Geld. Die Tischdecke ist aus Wachstuch und hat ein geometrisches Muster. Schade, dass ich mein kleines Auto vergessen habe.

"So, jetzt aber noch schnell gepflückt, bevor es dunkel wird". Die Wassereimer dienen nun als Behälter für die Johannis- und Stachelbeeren. Ich mag dieses Pflücken überhaupt nicht. Die Früchte schmecken mir sowieso alle sauer. Am schlimmsten finde ich die schwarze Johannisbeere. Ich könnte mich schütteln. Mutter dagegen schwärmt von dem Obst und will gleich, wenn wir wieder zu Hause sind, die roten Beeren einzuckern, damit sie schön durchziehen, wie sie sagt. Naja, mit Milch schmecken die Früchte schon. Wenn doch bloß noch Himbeeren am Strauch hingen. Ich finde leider nur wenige, ganz kleine.

Die Eimer sind gefüllt. Nun folgt die Verabschiedung von seiner alten Mutter, und auf zur S-Bahn. Die Sonne verschwindet hinter den Häusern, es wird kühler und die Arme werden vom Tragen länger. Endlich sitzen wir in der S-Bahn. Die Druckluft schließt die automatischen Türen zischend. Die Gleisstöße übertragen den vertrauten Rhythmus auf den Zug, der schneller und schneller wird und dann wieder langsam, bis er hält. Die Strecke bis zum Bahnhof Savignyplatz ist lang. Ich blicke von oben in die Straßen, die wir überqueren, in die Wohnungen, in die Küchen, an denen wir vorbeifahren. Menschen sitzen am Abendbrottischen.

Ich denke an morgen, dass nun das Wochenende vorbei ist, morgen die Schule wieder beginnt, dass ich keine Zeit für die Hausaufgaben hatte und auch keine Lust mehr. Es ist schon fast dunkel, als der Zug vom Bahnhof Zoo kommend die letzte Kurve zum Savignyplatz nimmt. Die großen Brandwände der Miethäuser sind dicht vor mir, dazwischen die Höfe mit beleuchteten Fenstern und dann die Bleibtreustraße, über die der Bahnsteig sich erstreckt.

Wir nehmen unsere Eimer, die von den anderen Fahrgästen mit neidvollen Blicken begutachtet werden, verlassen den Zug in Richtung Schlüterstraße, nehmen die zwei Treppen abwärts und gelangen durch die Kassenhalle auf die Straße unter der S-Bahnbrücke. Den Zug hören wir noch über uns hinweg donnern und wenden uns nach rechts in Richtung Kantstraße.

Da endlich sage ich zu Mutter, was ich schon so lange überlegt habe, "krieg ich noch ein Eis?"

In der Schlüterstraße auf der anderen Seite der Kantstraße liegt eine kleine Eisdiele und die haben Zitroneneis. Für 10 Pfennig gibt es eine kleine Portion, für 20 Pfennig die doppelte. Eine Waffel kommt unten in den Portionsbehälter, der aussieht wie eine Schachtel, die vorne und oben offen ist. Darin wird das Eis mit einem Spatel eingedrückt, eine Waffel kommt oben drauf und heraus aus der Form, mir in die Hand gegeben und zu meinem Mund geführt. Hach! Jetzt ist es doch noch ein schöner Sonntag geworden. Und bis morgen sind es noch viele Stunden.

Die Abreibung

Es ist schon spät am Vormittag, als ich an unserer Wohnungstür klingele. Irgendwie habe ich so eine Ahnung, dass es Ärger geben könnte. Ich war die ganze Nacht nicht zu Haus. Gestern Nachmittag hatte mich Hansi gefragt, ob ich mit zu seiner Tante nach Spandau wolle. Die hätte da draußen einen Garten mit Kaninchen und da gäbe es gut zu futtern. Ja, habe ich gedacht, wenn ich abends wieder zuhause bin, merkt Mutter ja nicht, dass ich eine kleine Reise mit der Straßenbahn gemacht habe. Leider habe ich dann die Zeit vergessen.

Es war auch wirklich hübsch mit den Kaninchen. So weich auf dem Arm und wie ihre Näschen so hin und her gingen. Dort gab es auch wirklich was Gutes zu essen mit leckerem Aufschnitt. Brot mit dick Butter drauf. Die Tante macht die Butter selbst. Sie hat einen Nachbarn, der Milchkühe hält. Es gab ganz viel zu sehen und die Zeit ging so schnell rum. Plötzlich war es Abend, nach 10 Uhr. Im Sommer merkst du ja nicht, wie spät es ist. Die Haltestelle der Elektrischen ist eine halbe Stunde entfernt. Wir sind gerannt. Aber die letzte Bahn war schon weg. Also mussten wir wieder umkehren. Mit so `m blöden Gefühl im Magen die ganze Nacht mehr oder weniger wach gelegen. Was wird Mutter sagen? Ich konnte sie nicht benachrichtigen. Keiner hat Telefon. Ich hätte die Familie Kahl unter uns anrufen können, aber ich wusste nicht die Nummer. Hin und her gewälzt habe ich mich, bin kurz eingenickt, wieder hoch geschreckt. Als es hell wurde, bin ich schnell aufgestanden, aber die anderen haben alle noch geschlafen. Und Hansi murrte, "Lass mich schlafen". Dann sollte ich noch frühstücken. Ich konnte gar nichts essen. Mir war ganz elend zu Mute. Ich wollte nur nach Hause, damit sich Mutter keine Sorgen machen sollte. Endlich so gegen 7 Uhr früh sind wir aufgebrochen. Von Spandau nach Charlottenburg braucht die Bahn `ne gute Stunde und der Weg von der Wilmersdorfer Straße zur Weimarer ist zwar nicht lang, aber ich konnte nicht mehr. Ich fing an zu trödeln und Hansi musste mich antreiben, "nun, mach doch endlich schneller. Ich denke, du willst zu deiner Mutter". Recht hatte er, aber als wir uns am Hauseingang voneinander trennten, musste ich mich erstmal auf die Granitstufen vors Haus setzen.

Nach einiger Zeit, Leute gingen rein und raus, schauten mich an, grüßten, fragten, wie mir die Ferien gefielen, (ich starrte nur vor mich hin) habe ich Mut gefasst und bin ganz langsam, unendlich langsam die Stufen nach oben gegangen. Zuerst die 24 Stufen der breiten Marmortreppe, dann über das breite Podest im Hochparterre und die doppelläufige Holztreppe mit dem schönen, gedrechselten Geländer und dem schmeichelnden Handlauf. Durch das große Treppenhausfenster mit den kleinen hellgrünen Glasflächen in den Ecken fiel das Tageslicht auf die Stufen. Früher lag ein Läufer drauf, jetzt sind nur noch Messingringe für die Haltestangen da. Nach den letzten 12 Stufen stehe ich nun vor der doppelflügeligen Eingangstür, die mit der gleichgroßen Wohnungstür von nebenan eine Einheit bildet. Die Klingel in Form einer Schaukel und der Türknauf sind aus Messing, das Schild mit unserem Namen auch. Die anderen Namensschilder, die aus ausgeschnittenen Papier darunter kleben, haben noch den Zusatz: bitte zweimal oder dreimal klingeln. Also dann!

Ich gebe mir innerlich einen Ruck und hebe die Klingelschaukel einmal an. Der Ton ist schrill bis ins Treppenhaus zu hören. Die bekannten Schritte kommen auf die Türe zu, die geöffnet wird und Mutter sieht mich überrascht, aufgelöst, verzweifelt und wütend an, "Wo kommst du denn her? Wo warst du? Warum hast du mir nicht Bescheid gesagt? Na warte!"

Mir fällt nichts zu meiner Verteidigung ein. Sie reißt mich am rechten Arm, hinter sich her ziehend, ins Wohnzimmer, dabei ständig vor sich hin schimpfend. Sie schmeißt die Tür zu, setzt sich auf einen Stuhl, legt mich über`s Knie, zieht mir die Hose runter und schlägt mit einem Ledergürtel auf meinen nackten Hintern.

Ich bin total überrascht! Das hat sie noch nie mit mir gemacht!

Das war knapp

Ich bin wie betäubt. Das Wasser verstopft noch meine Ohren. Ich schleppe mich an den Strand. Ringsum sind Menschen, die sich sonnen, spielen, fröhlich lachen. Wo ist Mutter? Ah, da drüben. Ich setze mich erst mal hier hin, zwischen diese Familien. Der Schreck sitzt mir noch sehr in den Gliedern oder soll ich sagen in der Lunge?

Überhaupt keine Luft mehr habe ich bekommen! Es drehte sich alles vor meinem inneren Auge. Mir war schon schwarz wie die Nacht. Immer wieder hochgekommen, keinen Halt gefunden, um mich geschlagen. Keiner half. So viele Menschen um mich herum im Wasser. Was war denn eigentlich los? Die Menschen stehen ja immer noch in Trauben bis zur Brust im Wasser.

Ach ja, ich erinnere mich, auf der Havel, dort in der Nähe der Freybrücke steht ein Ausflugsdampfer in Flammen. Die Rauchwolke steigt noch immer in den Himmel. Inzwischen sind Löschboote in der Nähe.

Es war so ein schöner Sonntagnachmittag. Wir, Mutter und ich,

lagen schon einige Zeit am Strand auf unserer Decke, hatten gerade die Buletten mit dem Kartoffelsalat gegessen, als Leute aufsprangen, zum Ufer liefen und riefen, "Dort draußen brennt es!"

Eine Menschenmenge stand am Ufer. Ich konnte nichts sehen. Mutter sagte noch, "geh nicht so tief rein, jetzt nach dem Essen solltest du eigentlich gar nicht ins Wasser."

Es riss mich mit den Anderen fort. Stück für Stück weiter ging ich ins angenehm kühle Wasser an diesem heißen Sommertag. Wirklich, keine 150 Meter entfernt von uns, brannte auf der Havel ein Teil der Deckaufbauten eines Dampfers und die Passagiere drückten sich vorn auf dem Außendeck zusammen. Rettungsboote kamen von allen Seiten um die Leute zu übernehmen. Es heulten Sirenen und Schiffsglocken läuteten. Riesige Aufregung überall, auch um mich herum. Plötzlich, nach einem kleinen Schritt nach vorn, hatte ich keinen Halt mehr am Boden. Eben stand ich noch bis zum Brust im Wasser auf festem Grund. Und nun nichts mehr unter mir. Ich sauste hinunter in ein Loch. Über mir das Wasser, viele Zentimeter. Noch sah ich das Licht des Himmels, schlug um mich, kam wieder hoch, schluckte Wasser und tauchte wieder unter. Meine Bewegungen wurden wilder, ich hatte überhaupt keine Luft mehr. Die Angst vorm Ersticken trieb mich wieder nach oben, irgendwie riss ich die Arme nach oben, fuchtelte mit ihnen in die Höhe, als könnte ich mich dort irgendwo festhalten und sank wieder zurück in die Dunkelheit ohne Halt.

Dann plötzlich ergriff mich eine Hand und zog mich nach oben. Ich spuckte Wasser, hustete und hörte von ganz fern eine Männerstimme, "was machst du denn für 'n Quatsch. Komm mal mit ans Ufer. Das war knapp!" Er half mir aufs Trockene und fragte, "bist du allein hier?" Ich schüttelte den Kopf und deutete in die Richtung von Mutter. "Du machst ja Sachen", sagte er noch und "beinahe wärst du ertrunken. Ich dachte nämlich, du machst nur Spaß." Dann ließ er mich allein und ging ins Wasser zurück.

Ich hab noch nicht mal danke sagen können. Mutter kann ich das gar nicht erzählen. Wo kam bloß dieses Loch her? Ein Loch, wie ein Bombentrichter aus dem Krieg?

Der Alte auf der Bank

In letzter Zeit bin ich häufig allein durch die Stadt gegangen. Einfach so ohne Ziel. Mal in den Zoo oder nur so durch die Straßen gezogen. Bei den Kinos, an den Fotos stehengeblieben und die Kinoprogramme an den Litfaßsäulen gelesen. Auf diesen Erkundigungen durch die Stadt bin ich heute in Richtung Charlottenburger Schloss unterwegs. Das ist ein ganz schönes Stück Weg, aber ich habe Zeit. Die Hausaufgaben schreibe ich morgen früh vor der ersten Stunde vom Nachbar ab.

Ich gehe in der Bismarckstraße mit den großartigen Doppelleuchten auf beiden Straßenseiten an der zerstörten Oper vorbei, gehe weiter durch das alte Charlottenburg mit den niedrigen Häusern des alten Dorfkerns bis zu der großen Achse, an der das riesige Rathaus aus der Kaiserzeit mit dem mächtigen steinernen Turm liegt. Der ist noch erhalten.

Die breite Straße führt auf das Schloss mit dem weitläufigen Park. Ich war schon mal dort mit der Klasse zum Wandertag. Da ich heute von Osten komme, kann ich gleich hinter dem Seitenflügel in den Park gehen, sodass ich das Hauptgebäude mit der zerstörten Kuppel auf meiner linken Seite liegen lasse.

Der Park mit den geometrisch angelegten Wegen und den alten Bäumen hat auf mich eine heimelige, tröstliche Wirkung. Eine kleine gusseiserne Brücke führte früher über den See. Jetzt sind nur noch die Fundamente übrig. Bänke sind bereits wieder aufgestellt. Einfache Bänke mit einer Lehne aus Holz.

Der Wind bewegt die Blätter an den Bäumen. Das Rauschen vermischt sich mit dem Gesang der Vögel und dem Knirschen des Kieses unter meinen Füssen.

Unter den Bäumen wächst Efeu, der den Boden fast ganz mit seinen dunkelgrünen Blättern bedeckt. In einiger Entfernung ist die Spree zu sehen. Kohleschlepper ziehen eine Kielfurche hinter sich durch das Wasser, die dann als Welle gegen die Kaimauer der anderen Uferseite klatscht.

Gegen die nachmittägliche Sonne sehe ich in einem Seitenweg eine Person auf einer Bank sitzen. Während ich auf der Hauptallee weitergehe, blicke ich noch einmal nach rechts zurück auf die Person. Es ist ein alter Mann mit Stock und Hut. Er sitzt in der Sonne und blickt friedlich vor sich hin.

Irgendetwas gibt mir das Gefühl, dass uns beide eine tiefe innere Beziehung verbindet, obwohl wir einige Meter und viele Jahre voneinander getrennt sind. Plötzlich überfällt mich eine tiefgehende Einsicht. Der alte Mann bin ich! Mir ist, als säße ich dort. Und die Jahre, die uns trennen, scheinen nur Augenblicke im Ablauf der Zeit.

Jung sein oder alt sein erscheint mir wie eine Einheit. Das Leben ist im Augenblick vorbei und trotzdem schön. Zeit ist unwichtig, denn ich kenne jetzt das Ziel. Dazwischen liegt ein bisschen Lebenszeit.

Ohne noch einmal zurück zu blicken, gehe ich weiter. Ein unsichtbares Band verbindet mich seit jener "Erleuchtung" mit dem alten Mann in mir.

TEIL 2

Zeitausschnitte der 50er

Die Bürgschaft 81 — Vater, ach Vater 84

Die Anfänge des Kinoabiturs 89 — Martina 92

Karin und Ingrid 94 — Vater wird sechsundfünfzig 97

O.G. (ohne Gehör) 101 — Jazz at the philharmonic 103

Suche nach dem Geheimnis 107 — Kunstversuch 109

Letzte Anstrengungen 110 — Eine Lehre 113

Holzplatzgeschichten 118 — Tanzstunde 121

Samstags In der Wanne 123 — Abschlussball 125

Fräulein Hidegard 129 — Geheimnisse am Weg 132

San Franzisco Bar 136 — Cinema Paris 141

Verwirrungen 144 — Die Tür zur Verführung 151

Vorbei 154 — Fasching, Partys, Nachtclubs 156

Leere ausfüllen 1 159

Leere ausfüllen 2 161 — Jazz-LP Erwerbungen 163

Auch Vater kann einsichtig sein 166

Strandbad Wannsee 172 — Das Jahr 1958 174

Die Bürgschaft

Warum sind im Krieg die großen alten Schulgebäude nicht auch zerstört worden? Durch die große Toreinfahrt gehe ich jeden Morgen über den Hof zu dem Pausenhofeingang in der Gebäudeecke an der Wohnung des Hausmeisters vorbei, der sich vor seiner Tür aufgebaut hat und uns kritisch beobachtet, ob wir auch nicht rennen, schreien, schubsen.

Schon beim Eintritt in die überdachte Vorhalle umfängt mich in der Treppenhalle der unvergleichliche Geruch von Schulspeisung. Ein Gemisch aus Erbsensuppe, Kakao und Milchreis hängt in dem Gemäuer und wird je nach Lieferung in die eine oder andere Geruchsnote verstärkt. Die großen Kübel von der gestrigen Schulspeisung stehen zum Abholen bereit. An ihren Rändern kleben noch Essensreste, die ich lieber nicht so genau wahrnehmen will.

Die breiten Steintreppen führen in drei Läufen mit großen Podesten nach oben. Ein breites Steingeländer aus Granitabdeckung und eingearbeitetem Handlauf begrenzt die Treppe zum Treppenschacht, der alle Geschosse miteinander verbindet. Ein Schalltrichter für jeden lauten Schritt und ein Echoraum für die Pausenklingel und das anschließende Freudengebrüll der 400-500 Jungen, die nach dem Unterricht ins Freie stürzen.

Jetzt am Morgen tröpfelt es nach oben. Ich bin ziemlich früh dran um noch Hausaufgaben abzuschreiben. Im zweiten Geschoss liegen die 2 Klassenräume der Achten. Der riesig hohe Flur geht nach links in einen Seitenflügel mit vier Klassenräumen und den gegenüberliegenden Toiletten. Die Klassenräume mit ihren großen schweren Türen befinden sich rechts von mir. Der Flur wird von links durch die hoch liegenden Fenster sonnig beschienen und der Terrazzoboden glänzt noch feucht nach dem Wischen. Die dritte Tür ist unsere, die der Klasse 8a; bereits offen, ragt sie in den Flur hinein.

Beim Eintreten sehe ich vor mir die drei vertrauten, großen Fenster mit den Fensterkreuzen und Lüftungsflügeln. Rechts von mir die Tafel mit den mathematischen Formeln der letzten Stunde gestern Mittag. Davor Podest und Katheder, in der Ecke der Schrank für Kreide, Zeigestock und Unterlagen.

Wer hat eigentlich heute Tafeldienst? Was? Ich schon wieder! Mit einem feuchten Schwamm aus dem Waschbecken in der hinteren Ecke des Raumes wasche ich die Tafel ab und lege die Kreide parat.

Jetzt kommen langsam die anderen angeschlurft. Olle Lachmann, der Sohn vom Zahnarzt, der neben mir sitzt. Diese Bänke sind 'ne echte Krankheit. Die Tasche passt nicht rein, die Knie stoßen an, die Sitzbank ist hart, ebenso die Lehne und die Schreibfläche ist zerkratzt. Generationen von gelangweilten Schülern haben sich darauf verewigt.

Was haben wir eigentlich in der ersten Stunde? Ach ja, Biologie bei Dr. Block, unserem Klassenlehrer. Erdkunde unterrichtet er uns auch. Ich mag ihn. Ich glaube, er mich auch. Als Kartenwart bin ich für die Landkartenverwaltung zuständig. Wollte niemand machen.

In einem kleinen Raum am Treppenhaus werden alle Karten für den gesamten Erdkundeunterricht aufbewahrt. Ich suche dann die erforderlichen Karten heraus und sortiere sie wieder weg. Der Vorteil ist, dass ich in den Pausen nicht auf den Hof muss. Außerdem mag ich den Geruch des alten Papiers und der Atlanten. Und wenn ich eine Unterrichtsstunde verpassen will, behaupte ich einfach, ich müsste Herrn Dr. Block helfen.

Der Biologie kann ich nicht viel abgewinnen. Ich bin auch noch viel zu müde, habe zu lange im Bett gelesen. Dr. Block führt uns heute die Korbblütler vor.

So ein Fensterplatz ist doch was Feines. Wie ich sehe, wird das Wetter heute wieder schön, die Wolken ziehen langsam, der Himmel ist schon fast blau. Schade nur, dass die Fenster so hoch liegen. Ach ja, ich sollte mal aufpassen! Aber dieser weiche Baumwollstoff des Hemdes ist zu angenehm, wenn die Hand da rauf und runter streicht. Damit vergeht so wunderbar die Zeit. Mehr aufpassen! Das Halbjahreszeugnis war eine Katastrophe! "Wird das Klassenziel nicht erreichen!" Nochmal die achte Klasse? Was, es klingelt schon? Ist doch nicht möglich, dass die Stunde schon rum ist?

5 Minuten Pause. Was haben wir jetzt? Ach, Deutsch, die Bürgschaft auswendig aufsagen. Ich muss mir das Gedicht nochmal ansehen. Warum kann ich mir die zweite Strophe nicht merken? Dieser Dr. Bohn merkt immer sofort, ob wir gelernt haben. Der hat `ne Antenne für die, die es nicht können.

Mist, da ist er schon. Aufstehen, "guten Morgen", hinsetzen.

Schon geht er durch die Reihen und sucht sich seine Kandidaten aus. Er beginnt glücklicherweise an der Türreihe. In jeder Reihe findet er mindesten einen, der nur stolpernd die Strophe kann. Jetzt hat er schon die Mittelreihe durch und kommt auf uns zu.

Hat mich im Blick, schaut so von unten nach oben. Ich glaube, der macht mich nach oder macht er sich über mich lustig? Und dann lächelt er so hämisch.

"Na? Günter? Die zweite Strophe, bitte".

ZEITAUSSCHNITTE

Vater, ach Vater

Bis Siemensstadt, ein Stadtviertel in Berlin, dauert die Fahrt mit der Straßenbahn fast eine Stunde. Jeden Donnerstag nach der Schule werde ich dort erwartet. In meiner Schultasche sind die Bücher für Latein und Mathe. Das sind die Fächer, die ich hasse. Ich verstehe die Gleichungen mit zwei Unbekannten nicht und der Satzbau von „Cäsar im gallischen Krieg" bleibt mir auch verborgen.

"Dein Vater hat Abitur, der muss dir helfen". Mutter hat vorige Woche ein langes Gespräch mit ihm geführt. Ich kenne ihn nicht, noch nie gesehen. Nur auf Fotos. Auf einem Motorrad sitzend, meine Mutter auf dem Sozius, strahlend, Jahre jünger. Nun stand ein großer Mann im grauem Anzug und Krawatte vor mir, Falten um die Mundwinkel. Ernst gab er mir die Hand: "Ich bin dein Vater". Ich nickte ein leises "guten Tag".

Sie sprachen miteinander, ich weiß nicht worüber. Sie haben mich in die Küche geschickt. Nachdem Vater gegangen war, etwas Frostiges als männlicher Geruch hing noch im Raum, sagte meine Mutter: "Einmal in der Woche nach der Schule fährst du zu ihm. Er wird dir bei den Aufgaben helfen. Du wirst dort zu Mittag essen". Ich blickte sie fragend an. "Dein Vater hat uns im Krieg verlassen, als du ein Jahr alt warst". Diese Aussage kannte ich bereits.

Als ich nach der Schule zur Haltestelle ging, verträumt, erleichtert über den überstandenen Vormittag, erschien die Welt so anders, heller, die Straßenbäume streckten mit ihrem frischen Grün die Zweige in meinen Weg. Letztes Jahr gepflanzt, trieben sie aus und zeigten zu meiner Überraschung Knospen, die ich so nie vorher gesehen hatte. Eine Schönheit, die aus der Entfaltung ihrer Kraft kommt. Ich blieb stehen. Meine Augen drangen in die Geheimnisse der Natur, hell-grün-rosa. Es war fast so, als hörte ich es wachsen. Ich spürte unterdrücktes Platzen und es duftete so neu und unerhört, unbekannt, überwältigend.

Von der Haltestelle zum Wohnblock sind es fünf Minuten. Mein Vater wohnt mit seiner Frau im zweiten Stock eines Siedlungshauses aus den 30er Jahren, Bauhausarchitektur. Zwischen den parallel aufgestellten Blöcken wachsen vereinzelt Birken, darunter die Rasenflächen mit den Schildern <Bitte nicht betreten>. Die Zuwege zu den Treppenhäusern liegen, parallel zum Block in Kleinmosaik gepflastert, wie Teppiche da. Eine Eingangsstufe aus Granit unter den schmalen Vordach mit der grauen Zinkrinne empfängt mich und ein Klingelschild mit zehn Namen. Dipl. Ing. Erich Günter steht auf dem linken Tableau an dritter Stelle von oben. Ich drücke auf den Knopf. Die Tür ist nur angelehnt. Beim Hochgehen auf Steinstufen, die meine Schritte nicht dämpfen, höre ich über mir eine Tür aufgehen. Das Holzgeländer ist einfach mit vertikalen Streben und der Handlauf liegt gut in der Hand. Ich bin etwas angespannt, als ich das Zwischenpodest von ersten zum zweiten Geschoß passiere. Eine rundliche Frau erwartet mich an der linken Tür, während ich die letzten Stufen überwinde.

"Guten Tag, Günther. Komm schnell rein, das Essen steht auf dem Tisch. Wir haben auf dich gewartet. Ich bin die Erna". Ein Küchenduft weht mir entgegen, so etwas wie Kartoffelsuppe. Die Wohnküche hat ein zweiflügeliges Fenster. Das Sonnenlicht blitzt auf dem Deckel der Suppenterrine. Die drei Teller stehen auf dem runden Tisch nahe dem Fenster. Die Sitze der Stühle sind gepolstert, ein Stoff mit einer unempfindlichen Farbe. Alles ist einfach und sauber. Eine Anrichte mit Aufsatz steht an der Wand, gegenüber der Tür, an der ich noch innehalte. Kleine Porzellanfiguren, eher Püppchen, stehen dort im Aufsatz und seitliche Scheibengardinen verdecken den Rest des Inhalts. Als Zierde steht eine Stutzuhr mit geschwungenem Holzsockel in dunkelbraun auf der Anrichte. Darüber zwei Bilderrahmen mit Passepartout um alte Fotos aus vergangenen Tagen. Jetzt höre ich hinter mir eine Tür klappen und von Hausschuhen gedämpfte Schritte. Ich trete jetzt in die Wohnküche um die Person hinter mir hereinzulassen.

Der Geruch erinnert mich wieder an die vergangene Begegnung. Beim Umdrehen sage ich "guten Tag" und reiche ihm meine Hand. "Na, hast du den Weg zu uns gefunden?" und nach kurzer Pause: "Hast du auch Hunger mitgebracht?" In der Linken halte ich noch immer meine Schultasche, die ich nun an die Wand lehne und setzte mich auf den freien Stuhl zu den beiden an den Tisch.

Er räuspert sich und wünscht: "guten Appetit". Servietten werden entfaltet. Die Kelle taucht dreimal in eine gelbliche Suppe mit Kartoffelstücken und entleert sich in tiefe weiße Teller, die sich bis zum Rand füllen. Die Farbe der Suppe ist hell und klar, die Stücke schwimmen um eine nachgereichte Bockwurst. Das Fleischige der Wurst steigt mir wohltuend in die Nase. Das Essen beginnt mit dem Schneiden der Wurst, wobei ich unter meinen Augenlidern hervor meinen Vater beobachte. Er führt den ersten Löffel zum Gesicht, pustet, schiebt den Inhalt in den Mund. Er ist ein alter Mann mit seinen 55 Jahren, abgekämpft, ein bisschen traurig. "Schmeckt dir die Suppe?" fragt Erna in den Raum hinein, blickt ihn an. Wir nicken gleichzeitig. Das erste Einverständnis.

Es ist noch früh, vielleicht eine halbe Stunde vor drei. Ich habe donnerstags nur fünf Stunden Schule, sonst wäre es zu spät für das gemeinsame Essen. Für Vater ist es gerade noch die richtige Stunde um sich langzumachen. Mittagsschlaf ist nun bis vier angesagt und dann Kaffeetrinken. Kuchen hat Erna heute nicht gebacken, wie sie zugibt, aber leckere Kekse seien noch da. Sie erheben sich. Vater verlässt den Raum um sich zurück zu ziehen.

Sie zieht einen Vorhang zurück, den ich noch nicht bemerkt habe und bringt die Teller und Suppenschüssel in eine Kochnische. Es ist ein Raum, der direkt an den Wohnraum anschließt. Zwei Meter breit, höchstens, und etwas über einen Meter tief, ausgefüllt mit Spüle, Herd, Schrank, Kochmaschine, Oberschränke und eine freie Fläche, um sich um sich selbst zu drehen. Wobei Erna, als sie den Vorhang hinter sich schließt, beim Drehen jedes Mal den Vorhang ein wenig hin und her wirbelt. Ich bleibe sitzen und beobachte das Spiel des Vorhangs. Ich könnte jetzt Hausaufgaben machen, aber die ungewohnte Situation lässt mich nicht los. Hausaufgaben wollen wir ja nach dem Kaffee machen. Ich warte und beobachte, was in dieser Puppenküche noch geschieht.

Es ist wie damals 1946 bei einem Theaterspiel in dem Hof des Hauses Weimarerstrasse 16, als die Hausbewohner alle anderen Bewohner aus der Straße einluden, um mit ihnen zusammen an einen Samstagnachmittag Theaterspiel zu erleben. Da waren Schnüre gespannt und Decken als Vorhang drübergelegt und andere Schnüre mit Lampions versehen. Stuhlreihen standen im Hof vor der Bühne aus zusammengestellten Kisten. Und die Kinder aus allen Häusern der Straße wuselten umher. Die Erwachsenen brachten Streuselkuchen auf Blechen, die noch dampften. Die Bäckerei war nur zwei Häuser entfernt und jeder bekam ein Stück in die Hand, ganz umsonst. Das duftete und lag so schön warm auf der Hand. Ich kann Hitze gut ab. Und als es anfing zu dämmern, begann so ein witziges Geschiebe und Gerangel hinter dem Deckenvorhang: Irgendwie geisterhaft, wie große Figuren, die keine Form finden können und sich immer wieder auflösen. Das war wirklich schön, auch mit diesem fröhlichen Quietschen und Lachen dazu. Als dann der Vorhang geöffnet wurde, war alles ganz normal. Ich weiß nicht mal mehr, welches Märchen gespielt wurde.

Ritsch, der Vorhang zur Kochnische fliegt zur Seite, die aufgedruckten Blumen sind wieder ein zusammengedrücktes, abstraktes Muster. Erna tritt heraus, mit einem Küchenhandtuch trocknet sie sich die Hände. Es fehlt nur noch, dass sie sich verbeugt. "In einer viertel Stunde gibt es Kaffee und dann macht ihr zusammen die Aufgaben".

Später sind wir noch mit dem VW Käfer, den Vater steuerte, zu einer Baustelle gefahren. Dort traf er mit Leuten vom Bau zusammen, sie diskutierten, blickten auf Zeichnungen und auf einen Rohbau. Ich ging mit hinein. Unvergleichlicher Geruch nach frischem Mörtel. Die Männer verlegten ihr Gespräch in eine Eckkneipe, diskutierten lauter, gerieten aneinander, vertrugen sich wieder. Qualm und Biergeruch wurde intensiver. Kleine Gläser wurden alle paar Minuten hochgehoben, sie blickten sich an, nickten sich zu und mit einem Schluck verschwand der Inhalt. Die Männer um Vater wurden immer lauter, lachten, klopften sich auf die Schultern. Vater stand irgendwie still daneben. Mich hat er vergessen, dachte ich. Plötzlich drehte er sich um, sah mich ein paar Schritte entfernt stehen, kam auf mich zu und knallte mir eine Ohrfeige: "Du hast nicht über deinen Vater zu lachen!" schrie er. Die Stimmung war natürlich im Eimer. Die Männer verabschiedeten sich. Wir gingen zum Käfer und fuhren zurück nach Siemensstadt. Beim Aussteigen brummelte er vor sich hin und kam auf dem Bürgersteig zu mir, legte eine Hand auf meine Schulter und gab mir mit der anderen Hand ein Fünfmarkstück.

Als ich eine Stunde später mit der Straßenbahn nach Charlottenburg zurück zuckelte, dachte ich mir: "Fünf Mark für eine Ohrfeige, das sind zehn Kinobesuche!"

Zufrieden summend blickte ich auf den mir gegenüber sitzenden Mann mit Baskenmütze, der mir aufmunternd zunickte, sich neben mich setzte und mit seinem Knie immer dichter an meinen rechten Oberschenkel rückte. Ein süßlicher Seifengeruch breitete sich aus. Ich stand auf und stieg an der nächsten Haltestelle kurz vor dem Anfahren abrupt aus.

Die Nacht war klar und die Lichter der Straßenbahn entschwanden flimmernd in Richtung Zentrum. Langsam setzte ich mich in Bewegung. Die Strecke nach Hause war vielleicht dreißig Minuten zu Fuß und so hatte ich Zeit über den Vatertag nachzudenken und bei einer am Wege stehenden Litfaßsäule das Kinoprogramm für die nächsten Tage zu studieren.

Die Anfänge eines Kinoabiturs

<Die sieben Todsünden> klang genauso vielversprechend wie <Mädchen im Pensionat>. <Unter den Dächern von Paris> gibt es derzeit in der <Filmbühne am Steinplatz>. Da war ich schon mal zu einem Film von Jaques Tati <Monsieur Hulot>.

Das ist ein ungewöhnliches Kino, so klein und schmal mit einem Vorraum, von dem ein paar Stufen hinab führen in einen Clubraum mit Cocktailsesseln und Nierentischen. Das Licht aus Tütenlampen an der Wand lässt die dunkelrot gestrichenen Wände samtig erscheinen. Junge Leute um die zwanzig lesen, diskutieren und Pärchen blicken sich in die Augen. Die Toilettentüren klappern. Die Spülung ist zu hören und über allem liegt ein Duft von Frische, Aufregung, Neugier und Begierde. Irritiert war ich beim ersten Besuch zurückgeprallt, aber die Neugierde zog mich wieder zu diesem Ort der Versprechung, des Unerlaubten, der knisternden Erwartung.

<Unter den Dächern von Paris>, ach ja, erst ab 16 Jahren, noch nicht möglich für mich. Aber im <Schlüterkino> spielen sie: <Der Herr im Haus bin ich> mit Charles Laughton in der Hauptrolle. Den mag ich, habe ich ihn doch zuletzt in der <Meuterei auf der Bounty> mit Clark Gable gesehen. Und der Gable hatte doch die Hauptrolle in <Vom Winde verweht>, der schon seit Monaten in der <Kurbel> läuft. Auch ein toller Film mit Kriegsszenen, mit Kämpfen zu Pferden und Säbelmetzeleien. Blut floss nicht zu knapp. Nur die Liebensszenen waren wieder mal ziemlich überflüssig.

Charles Laughton hat ein Gesicht aus Furchen, Hautfalten und schlauen, zusammengekniffen Augen. War er nicht auch im <Fall Paradin> der Richter im Prozess? Und der Bucklige im <Glöckner von Notre Dame>? Ich komme manchmal schon durcheinander, weil ich so oft ins Kino gehe. Was soll ich machen? Die Schule langweilt mich und zu Hausaufgaben habe ich nur selten Lust.

Aber im Fach Kunst machen wir nächste Woche etwas Tolles. Da sollen wir etwas basteln, eine technische Konstruktion. Ich habe schon eine gute Idee.

Also morgen Nachmittag ins Kino, vielleicht kann ich den Heiner überreden, der ist ja schon ein paar Jahre älter, den Hansi brauche ich gar nicht erst zu fragen. Der fährt nur noch mit seinem Fahrrad und klingelt zu den Mädchen rüber.

Ich habe es probiert mit dem Fahrrad. Ein komisches Gefühl so Balance zu halten. Dann kam mir leider dieses Auto entgegen! Sonst fährt nie ein Auto in unserer Straße und da hörte ich die Stimme von Mutter „Pass bloß auf, dass dir nichts passiert. Ich möchte gar nicht, dass du auf dem Fahrrad von Hansi übst". Klar bin ich gleich umgekippt, weil ich so unsicher war. Ich konnte mich gerade noch vor dem Aufprall seitlich am Bordstein abstützen. Gehupt hat der Blöde wie ein Ochse! Seitdem sehe ich Hansi auch immer seltener.

Den Heiner könnte ich wirklich wegen des Kinos fragen. Der ist ja schon zwei Jahre älter. Mit ihm könnte ich in dem Film <Unter den Dächern von Paris> oder in <Die 7 Todsünden> gehen, wenn ich mich ein wenig hinter ihm verstecke. Naja, er ist kleiner als ich, sieht aber wirklich älter aus. Da strahlt sein Alter auf mich ab. Wir könnten es einfach probieren. Die Kinobesitzer sind sowieso froh, dass jemand nachmittags kommt. In der Woche sind die Kinos doch total leer. Schade, dass es heute so spät ist. Wie spät ist es denn eigentlich? Dahinten die Uhr am Schmuckgeschäft zeigt fast acht.

Bleibt der Kinobesuch wirklich nur für morgen übrig. Gleich nach der Schule werde ich zu Heiner ins kleine Lebensmittelgeschäft gehen, das seiner Tante gehört. Ich glaube, der Heiner hat gar keine Eltern mehr, der erzählt immer nur von seiner Tante. Naja, egal.

Dann also morgen das Kino in der Schlüterstraße mit <olle> Laughton. Ist ja auch ein feines, kleines Kino mit der großen Glasfront und den vielen Türen, die nach außen aufgehen. 3 Stufen über die gesamte Breite, dann steht man vor der Theke mit den Süßigkeiten, dahinter die Filmplakate, rechts daneben das Kassenhäuschen mit der kleinen Öffnung wie ein Torbogen und die immer freundliche Stimme: "Welche Reihe willst du?". Die Kassiererin macht auf einem Sitzplan, der die Anordnung der Reihen zeigt, ein Kreuz und schreibt auf die Rückseite der Karte die Reihe und den Platz auf. Das ist natürlich überflüssig. Wir sitzen sowieso wo wir wollen. Aber vielleicht gibt es Tage, an denen das nötig ist, wenn das Kino voll wird.

Jedenfalls tritt man nach dem Kauf der Karte wieder zurück auf die Straße und geht dann durch die andere zweiflügelige Tür mit den vielen Glasfeldern in das Foyer, in dem der alte Herr Kinobesitzer alle persönlich begrüßt, die Karte einreißt und gute Unterhaltung wünscht. Noch 10 Schritte bis zu dem zweigeteilten Samtvorhang. Musik klingt schon gedämpft von innen und nach dem Durchschlüpfen ist es wundervoll dunkel. Die Leinwand ist gleich links von mir und von ganz hinten sehe ich die zwei Lichtquadrate des Vorführraumes leuchten. Eine Öffnung ist besonders hell, der Strahl verbreitert sich in meine Richtung und trifft als farbige Werbung eines Radio- und Elektroladens auf die Leinwand. Eine kleine Funzel kommt mir aus dem Dunkel entgegen, sie entpuppt sich als die bekannte Wisperstimme der Platzanweiserin und ihren Hinweisen folgend, lasse ich mich in der Reihe 10 auf Platz 8 fallen, was mit dem Klappern des Sitzes und dem Schwanken der ganzen Reihe einhergeht. Noch die doofe Brille aufgesetzt und die Kultur kann genossen werden.

Martina

Martina will mit mir ins Kino. Ein attraktives Mädchen. Gar nicht scheu, eher draufgängerisch. Mir gefällt ihr Wesen. Vielleicht ist sie schon etwas zu weit entwickelt für mich. Auf dem Geburtstagsfest ihrer Freundin habe ich sie erst gar nicht bemerkt. Wir waren doch von der neuen Rock and Roll Musik so fasziniert und die Mädchen begannen miteinander zu tanzen.

Dann sprach sie mich an und fragte mich, ob ich auch schon den Film <Rock around the clock> gesehen hätte. Na klar, hatte ich. Mit diesem tollen Anfang! Über die ganze Zeit des Vorspanns ein Schlagzeugsolo als Untermalung, Toll! Allein deshalb lohnte sich schon der Film. O.k.

Wir haben uns dann über Bill Haley und die anderen Stücke von Bill ausgetauscht und dann über den Inhalt des Films, über die Halbstarken und auch über unsere Probleme mit der Schule und den Erwachsenen im Allgemeinen gesprochen.

Dann hat sie mich gefragt, ob ich am Sonntag nochmal in den Film gehen würde. Wollte ich schon. Deshalb stehe ich jetzt vor dem Schlüter Kino, dem schmalen Handtuch in dem alten Haus und warte auf sie für die 15:30 Uhr Vorstellung. Hoffentlich ist sie pünktlich, wegen des Schlagzeugsolos. Es sind ja noch 20 Minuten.

Sie wäre schon eine nette Freundin, aber ich habe so ein Problem.

Seit zwei Monaten muss ich eine Brille für die Ferne tragen. Ich hatte gar nicht bemerkt, dass ich schlecht sehe. In der Schule sitze ich in der zweiten Reihe und natürlich musste ich schon mal kneisten, wenn der Lehrer die Worte zu klein an die Tafel geschrieben hatte.

ZEITAUSSCHNITTE

Mein Vater, den ich ja nun seit einiger Zeit regelmäßig besuche, damit er mir bei Mathe und Latein hilft, hat sich gewundert, dass ich auf einer gegenüberliegenden Straßenseite die Reklameschilder nicht gut lesen konnte.

In der Klasse bin ich jetzt der Zweite, der eine Brille im Unterricht trägt. Die anderen brauchen alle keine. Und dann sieht die Brille auch blöd aus, weil sie so ein blödes Kassengestell in hellbraun hat. Es gibt ja nur diese Sorte. Im Spiegel kann ich mich mit der Brille nicht ausstehen. Es ist mir richtig peinlich. Ich setze sie in den Pausen auch immer sofort ab.

Tja, und am Geburtstag der Freundin war ich natürlich ohne Brille. Martina kennt mich nur so. Aber jetzt im Kino müsste ich ganz vorne sitzen, wenn ich keine Brille aufsetzen will. Wenn sie aber in der Mitte sitzen will, dann müsste ich die Brille eben erst im Dunkeln aufsetzen und immer ganz schnell abnehmen, wenn in den Pausen das Licht nach der Wochenschau und dem Kulturfilm wieder angeht.

Richtig doof ist die Situation! Ich hätte mich gar nicht mit ihr verabreden sollen. Ich glaube, das war das letzte Mal. Eigentlich schade! Aber ich finde mich mit der Brille einfach zu blöd.

ZEITAUSSCHNITTE

Karin & Ingrid

Unsere Abenteuerruinenplätze werden weniger. Letztes Jahr wurde das Eckhaus bei uns gegenüber aufgebaut. Jetzt bauen sie schon die Lücke neben unserem Haus in der Weimarer Straße zu. Anstelle der vier Geschosse bauen sie nun fünf Geschosse und die Wohnungen sind auch nur noch halb so groß wie früher.

Es sind jetzt zehn Jahre seit dem Krieg vergangen und wir spielen auch nicht mehr in den Ruinen. Unsere kleine Bande kommt nicht mehr oft zusammen. Wir stehen höchstens noch gemeinsam in den Hauseingängen und quatschen über die letzten Filme, die wir gesehen haben oder die demnächst laufen werden. Und wir quatschen über und mit Mädchen.

Manchmal stehen wir auch mit den Gören zusammen im Hausflur der Nr.18. Die Karin wohnt dort im Vorderhaus und die Ingrid, ihre Freundin, im Hinterhaus. Karin ist schon ein bisschen rund, Ingrid noch ganz dünn. Die gackern jedes Mal, wenn sie uns sehen und stoßen sich an. Karin ruft dann zu uns rüber, wir sollten mal rüberkommen!

Aber Klaus will überhaupt nicht. Hansi findet die Karin ziemlich prima. Aber was soll man mit denen schon reden. Mir ist das eigentlich zu blöd, immer nur im Hausflur herumstehen. Darauf zu warten, dass es schummerig wird, sich gegeneinander schubsen damit sie quietschen und dann vielleicht in irgendetwas Weiches grabschen.

Wenn es zwischen uns zu laut wird, schreit Karins Mutter vorne aus dem Fenster "Karin, kreisch nicht so" und: "Noch einmal so laut, und du kommst sofort hoch". Wenn wir dann leise sind, vergisst ihre Mutter sie zu rufen. Aber was soll man mit den Gänsen dann machen? Wenn sie nicht quietschen dürfen?

"Erzähl doch noch mal von dem Film", sagt Ingrid, "von dem, wo du gestern schon einen Teil erzählt hast". "Meinst du den, mit der Stelle, wo der Mann sich die Augen rausnimmt?" frage ich zurück.

Sie nicken schweigend und warten. Tja, also, denke ich nach, was ließe sich von dem Krimi <Die Teuflischen> von H.G.Clouzot berichten, um einen Nervenkitzel zu erzeugen. Ich habe den Film schon zweimal gesehen, in der <Filmbühne am Steinplatz> mit Simone Signoret in der Hauptrolle. Toller Film in Schwarzweiß. Ab 16 Jahren, aber ich habe mich auf alt angezogen und mit dem Bürstenhaarschnitt sehe ich schon wie 16 aus.

"Also", fange ich an: "eine Schlüsselszene ist das Jahresfoto mit allen Lehrern und Schüler, das zum Abschluss des Schuljahres auf-genommen wurde. Der Film spielt nämlich in einem Internat. Nun ist zu aller Überraschung der Direktor des Internats, der in der letzten Schulwoche im Schwimmbecken ertrunken war, auf dem Foto an einem Fenster zu erkennen. Die Frau Direktorin reagiert überaus erschreckt auf das Gesicht im Foto. Sie selbst hatte doch ihren Mann mit Hilfe ihrer Freundin, auch eine Lehrerin, in der Badewanne ertränkt und anschließend gemeinsam die Leiche in das Becken auf dem Schulhof versenkt, um einen Unfall vorzutäu-schen".

"Wie konnte nur das Gesicht des Ermordeten auf das Foto ge-langen? fragt sie sich beunruhigt. In ihrer Erregung erleidet sie einen Schwächeanfall. Ihr krankes Herz machte den Ärzten schon länger Sorgen. Das sollte ihr nun auch zum Verhängnis werden. Der Mann war natürlich nicht tot, sondern hielt sich im Haus ver-steckt auf. Die Freundin der Direktorin ist seine Komplizin und am Tod der Rivalin sehr interessiert. Die beiden hatten nämlich ge-plant, die Ehefrau mit natürlichen Mitteln ins Jenseits zu schi-cken", erkläre ich die Geschichte des Films, damit Karin und Ingrid die folgende Szene besser verstehen können:

ZEITAUSSCHNITTE

"Also, die spannenste Szene ist folgende: Es ist Nacht und es rauscht Wasser im Bad, als fülle jemand die Wanne. Die Direktorin erwacht und tastet sich im Dunkeln den Flur entlang zum beleuchteten Bad. Die Tür ist angelehnt. Licht fällt auf den Fußboden wie ein Hinweispfeil. Zitternd vor Angst öffnet sie langsam die Tür und sieht in der Wanne ihren tot geglaubten Gatten liegen". Ich mache eine kleine Pause, um die Spannung zu erhöhen. "Atemlos starrt sie auf die im Wasser liegende Leiche, die doch schon begraben war und sieht, wie sich die Hände bewegen, die sich aus dem Wasser heraus auf die Badewannenkante zu abstützen und wie sich dann der Kopf hebt mit entsetzlich nach oben verdrehten Augen. Der Körper richtet sich auf, steigt von Wasser triefend aus der Wanne und kommt auf sie zu. Sie greift an ihr Herz und bricht zusammen".

Ich mache eine Pause, beobachte die beiden Mädchen und erzähle den Rest: "Aus dem Dunkel taucht die Komplizin des Mannes auf, stellt den Tod ihrer Rivalin fest und äußert sich begeistert über die Schauspielkunst ihres Geliebten. "Ich glaubte wirklich, du wärest tot, vor allem wegen der schrecklichen Augenstellung, die so echt wirkte". Er nimmt daraufhin die falschen Kontaktlinsen heraus und sie fallen sich in die Arme".

Karin und Ingrid schauen mich beunruhigt und schweigend an. Es ist dunkel geworden. Karins Mutter hatte bisher keinen Grund sie zu rufen. Also ist noch Zeit für den Schluss des Films, den ich auch noch erzählen will: "Ein Polizeikommissar, dem der Tod des Direktors schon sehr merkwürdig vorgekommen war, hatte sich Zutritt zum Internat verschafft und im dunklen Flur als Zeuge des Geschehens versteckt. Nun überführt er das Pärchen wegen heimtückischen Todschlags".

Ich glaube Karin und Ingrid wollen den Film jetzt gar nicht mehr sehen.

Vater wird 56

Am 18. März 1954 feiert Vater seinen Geburtstag und ich bin eingeladen, am Nachmittag um 4 Uhr zu Kaffee und Kuchen und zum Abendbrot. Pünktlich bin ich im Horstweg, klingele und werde von Erna empfangen: "Vater schläft noch". Ich setzte mich in das Wohnzimmer auf die Couch und warte. Vor mir der längliche Tisch mit Kaffeedecke, ein Kreuzstich Blumenmuster in gelb und rot. Darauf das weiße Service von Hutschenreuter mit Goldrand. Drei moderne Cocktailsessel mit dunkelbraunen vorspringenden Holzlehnen bilden einen Halbkreis um den Tisch. An der Wand gegenüber das braune Klavier. Vater liebt Beethoven: "Mozart ist mir zu verspielt". Da gibt es keine Widerrede. Er spielt seit seiner Jugend. Ich glaube, ziemlich gut. Er wollte mal Musik studieren. Es hört sich gewaltig an, wenn er in die Tasten greift. "Ich könnte dir Klavierunterricht erteilen". Ich habe aber keine Lust darauf, zusätzlich zu den Hausaufgaben, an mir rummäkeln zu lassen. Außerdem streiten wir schon wegen der Jazzmusik. "Armstrong kann gut Trompete blasen, aber singen kann man das nicht nennen. Negermusik!" Wo ich gerade anfange, eine Plattensammlung mit Satchmo und Sidney Bechet zusammenzusparen. Über meine Begeisterung für französische Filme ernte ich auch nur Kopfschütteln. "Schau dir mal was Schönes an, nicht immer so alte, traurige Geschichten".

Mutter hat sich letztens aufgeregt, dass sich Vater und Erna neuerdings um ein junges Mädchen kümmern, so etwas wie eine Adoptivtochter. Er sollte sich mehr um mich kümmern! Mir reicht es aber so schon. Die soll ja heute auch mit ihrer Mutter zum Geburtstag kommen. Sie wird vermutlich ein Geburtstagsständchen auf dem Klavier spielen. "Wann kommt denn die Christa mit ihrer Mutter?" frage ich Erna, als sie die Schale mit dem duftenden Bienenstich und Butterkuchen auf den Tisch stellt. "Sie müssten eigentlich gleich klingeln". Nach einer Pause, fährt sie fort: "Christa hat übrigens dreimal in der Woche Klavierunterricht beim Vater. An diesen Tagen isst sie auch bei uns zu Mittag". Warum die wohl so oft hier ist? Ihre Mutter soll auch ein bisschen eigenartig sein. "Wer kommt denn eigentlich noch außer den beiden?". Dabei ruht mein Blick auf den neuen Vorhängen mit den abstrakt geometrischen Mustern in graugrünbeige, die wir letzte Woche gemeinsam angebracht haben. "Der Leiter des Hochbauamtes mit seinem Vertreter zum Kaffee" und schon ist sie wieder draußen, von wo der Duft des echten Bohnenkaffees in den Raum zieht und das Summen des Türöffners die Gäste ankündigt. Die Männer in ihren dunklen Anzügen füllen den Raum aus und Tabakgeruch umweht ihre zufriedenen Gesichter über den Krawatten. Vater kommt etwas ungekämmt hinter ihnen in das Wohnzimmer, das jetzt voll ist. Mit Mühe konnte er die Tür schließen. "Aha! Der Herr Sohn, zur Feier des Tages!", werde ich mit Handschlag begrüßt. Alle setzen sich und der Kaffee wird mit genießerischem Nicken dankbar entgegen genommen. Erna strahlt: "Greifen sie bitte zu und lassen sie sich´s schmecken". Nach einer Zeit des Schluckens und Schlürfens, "und du gehst noch zur Schule?"

Und dann geht es los mit den Erinnerungen. Ich brauche nur zu nicken. "Bei Schnee und Eis ohne Socken 5 Km jeden Morgen und nur einen Kanten Brot für den ganzen Tag".

"Ja, und wisst ihr noch", unterbricht Vater und ich merke, dass die Männer sich duzen, "wie wenig man zum Leben brauchte. Das Ei kostete nur 2 Pfennig".

"Trotz alledem waren es harte Zeiten", erwidert der Leiter des Bauamtes, der deutlich älter ist als sein Begleiter. "Heute hat es die Jugend doch viel besser, aber keine Dankbarkeit weit und breit. Und jetzt überall diese Halbstarken, die nur rumstehen".

Der Stellvertreter nickt zögernd, "aber alle sind nicht so. Schließlich haben wir früher auch Quatsch gemacht".

ZEITAUSSCHNITTE

Vater und der Amtsleiter blicken sich an und einer spricht dem anderen aus der Seele: "Damals am Beginn des 1. Weltkrieges begann das ganze Leid, nicht wahr, Erich?". Und sie nicken sich zu und verstummen.

Die Klingel summt und dann nochmals. Erna geht. Christa, so 12 Jahre alt und ihre Mutter treten, Blumen schwenkend mit Hallo und Glückwunsch für den so Gutaussehenden ein. Die Männer schieben ihre Sessel zurück und wollen sich verabschieden.

"Aber nicht doch "ruft Erna, "ohne ein Schnäpschen auf das Geburtstagskind und überhaupt warum schon so früh? Das Geburtstagsständchen der jungen Künstlerin müssen sie auf jeden Fall noch abwarten".

Am späten Nachmittag kommt noch unverhofft ein befreundetes Ehepaar. Die Erwachsenen tummeln sich erneut in Erinnerungen. Kirschwasser für die Damen und Klare für die Herren werden gereicht. Christa und ich ziehen uns mit Zeitschriften in die Wohnküche zurück. Sie fragt mich, ob ich sie an meiner Einsegnung in der Kirche gesehen habe? Ich tu so, als ob. In Wirklichkeit habe ich sie erst auf dem Foto, das uns alle vor dem Portal zeigt, Mutter links, Vater mit Hut rechts von mir und sie, das unscheinbare <Ponyhütchen> neben Vater bemerkt, ohne zu wissen, wie sie zu unserer zusammengewürfelten Familie passen sollte.

Nach dem Abendbrot geht die Feier richtig los. Witze werden erzählt. Wir müssen raus in die Küche. Lieder werden gesungen. Wir dürfen wieder rein kommen.

"Auf der Reeperbahn nachts um halb eins" und "Wer wird denn weinen, wenn es auseinander geht" und dabei klopfen sie sich die Schenkel. So geht es hin und her. Für uns gibt es ein Glas Herva mit Mosel. Die Mutter von Christa erzählt Geschichten! Alles biegt sich vor Lachen. Immer wenn sie in eine Wohnung eingezogen ist und alles nett eingerichtet hat, kündigt sie die Wohnung. Und das zweimal im Jahr. Eigentlich ist das ja nicht komisch, aber weil alle so blau sind, müssen wir wieder und wieder über ihre Wohnungsgeschichten lachen, die sie mindestens dreimal zum Besten gibt. Ich konnte nicht mehr, habe mir fast in die Hosen gepisst.

"Vielleicht sieht man sich mal wieder", sage ich zu Christa bei-läufig an der Tür ohne zu ahnen, wie sehr ich einige Jahre später von den Auswirkungen dieser Redewendung überrascht werde.

O. G. (ohne Gehör)

In meinem Zeugnis steht seit zwei Jahren im Fach Musik o.G. Nun ist das nicht so, dass ich taub bin oder einen Hörschaden hätte. Nein, ich höre sehr gut. Ich höre auch die Töne, die der Flügel im Musiksaal im dritten Stock der alten Schule von sich gibt, angeschlagen von den langen, gepflegten Fingern des Herrn Schubert, Musiklehrer und Komponist hausinterner Klangereignisse zu den häufigen Musikveranstaltungen des Schiller-Gymnasiums.

Mit seinem etwas längeren Haar im Nacken, der hageren Gestalt, der hochgewölbten Stirn und dem meist offenen Mund, der die Vokale vorsingt, wirkt er jünger als er ist. Geboren wurde er wohl in der Kaiser-Wilhelm-Zeit, also als Vorkriegsware.

Mit mir hat er sich viel Mühe gegeben. "Irgendeiner von euch singt immer daneben". Einige Augen drehen sich zu mir anlässlich der dritten Unterbrechung des Liedes "Horch was kommt von draußen rein".

"Schon wieder der Günter. Komm doch mal nach vorne ans Instrument. Jetzt sing´ doch mal dieses C nach. Nein, du singst nicht C, du singst Cis, etwas tiefer, nein, nein, jetzt ist es ein As, etwas höher, ja fast, also eigentlich ist das nicht C, sondern H".

Von einem Fuß auf den anderen tretend, die feuchten Hände an der Hose abreibend, sehe ich ihn unsicher an. "War dein Vater nicht früher Pianist?" "Nein, nein, er spielte nur so zum Vergnügen", antworte ich, weiterhin von einem Fuß auf den anderen schwankend. "Versuchen wir es noch mal mit dem G, also fünf ganze Töne höher als C. Nein, das ist Ges oder Fis. Warum triffst du diese halben Noten? Einfach nur G sollst du singen."

Die Klasse kichert ausdauernd und stößt sich gegenseitig in die Seiten. "Ich glaube, wir lassen das mal für heute, Knüppel, sonst gelangen wir aus dem schönen deutschen Liedgut noch ins schummrige Terrain der Nachtclubs und der Jazzmusik. Was hörst du denn eigentlich zu Hause für Musik?"

Nun wage ich etwas über Jazz zu erzählen. Berichte von meiner Plattensammlung, die sich jeden Monat um eine schwarze Scheibe aus Schellack vermehrt. "Meine Idole sind Louis Armstrong und Benny Goodman" schwärme ich, "und gerade habe ich Stan Kenton entdeckt". "Aha! So, so. Ich verstehe, und wie lange hörst du schon solche Musik". "Ich glaube, so lange ich auf der Welt bin" antworte ich.

Er blickt mich ungläubig an. "Die war doch verboten, als du klein warst", sagte er mit Nachdruck und fährt fort: "Ich mache dir einen Vorschlag, damit wir dieses Thema zum Abschluss bringen. In vier Wochen stellst du uns die Entwicklung der Jazzmusik in Zeitabschnitten vor, so zwanzig Minuten lang, mit Beispielen der einzelnen Stile". Ich schau ihn groß und verdattert an, als er fortfährt, "ich glaube, deine Mitschüler haben noch keine so rechte Vorstellung von dieser Musikrichtung". Zustimmendes Raunen und aufmunterndes Schulterklopfen empfängt mich in meiner Reihe. "Übrigens, hör mal, du bist ab jetzt vom Mitsingen befreit!

In dem nächsten Zeugnis erhielt ich meine erste Zwei in Musik und zwei Jahre später zu meinem 17. Geburtstag meine erste Langspielplatte: das Carnegie-Hall-Konzert von Benny Goodman.

Überhaupt diese Konzerte mit Ella Fitzgerald, Lionel Hampton, Oskar Petersen im Berliner Sportpalast, in der Potsdamerstraße, einfach grandios!

Jazz at the philharmonic

Aus allen Richtungen strömen Leute. Es wird immer dichter um mich herum. Ich komme aus der Richtung U-Bahnhof Potsdamer-Straße. Ziemlich kalter Wind fährt mir durch die Haare. Der Schnee ist beiseitegeschoben. Es sind überwiegend junge Menschen, man trägt schwarze Rollkragenpullover, Pärchen sind dabei, Anzugträger, auch schicke Mäntel und Kostüme im französischen Schnitt. Ich sehe Bürstenhaarschnitte und Frisuren im Stil von June Allison. Alles drängt zu den Eingängen in der großen Straßenfront und zu den Kassen. Gibt es überhaupt noch Karten? Na klar, die teuren. Die Luden stehen schon vor dem Eingang und verkaufen die Karten jetzt zu Traumpreisen, die sie vor ein paar Tagen billig eingekauft haben.

Ich habe meine bereits vor zwei Wochen im Vorverkauf bestellt. Wollte wieder keiner mitgehen. "Wer ist denn Ella Fitzgerald?", fragte Heiner. Oskar Peterson kennt er auch nicht. Naja, was soll's. Besser so, sonst mault er noch den ganzen Abend rum, weil es ihm nicht gefällt. Das ist ein Gedränge und Geschiebe. "Au!", steht doch schon wieder einer auf meinem Fuß. "Tschuldigung". "Ja, ja. Kann ick mir och nischt für koofen". So, jetzt erst mal in den Saal hinein durch diese Schneise mit dem Abreißpersonal. Toll, das ist ja eine Halle. Wau! Und wo ist Block B? Ach, da drüben. Das ist eine Atmosphäre! Zigarettenrauch hängt schon ziemlich tief über der Bühne. Also weiter, noch die Treppe hoch, Reihe 15? Hier ist die Reihe 15. Jetzt zum Platz Nr. 10. "Gestatten". "So spät?". "Ja, ja. so spät, kann ich was dafür, dass es so voll ist?". Hoffentlich muss ich an diesem Stiesel nicht noch mal vorbei. Höchstens in der Pause. So jetzt erst mal setzen. Was für ein Lärm! Die Musik aus den Lautsprechern ist kaum zu hören. Rucken, Knacken, Scharren von Füssen, Klappern der Sitze. Rufe von hier nach dort. Huch, was ist denn das für ein Geruch? Komisch süßlich. Der Hals kratzt schon wegen des Rauches. Wo haben die

Typen eigentlich das Bier her? Na, das geht ja richtig los. Zum Glück ist der Raum hoch, da zieht der Gestank nach oben weg. Klar, sind ja Lüftungsflügel im Dach. Bisschen hart der Sitz, aber sonst prima Sicht. Da kommt schon einer von den Musikern. Ach, nee. Der richtet nur noch mal die Mikros aus. „Eins, zwei, drei, drei, zwei, eins". Funktioniert doch alles. Und jetzt? Was für ´ne Spannung, es wird leiser, die letzten Besucher schleichen an ihre Plätze. Scheinwerfer beleuchten die Bühne: das Schlagzeug, den Flügel, einen Stuhl und die Mikros. Toll! Ich freue mich! Das erste Mal <Jazz at the philharmonic> in Berlin!

Aus dem Dunkel kommt ein Mann und stellt sich vor das Mikrofon: "Good evening, Ladies and gentlemen! My name is Norman Granz. I am very proud, to present Jatp the first time here in Berlin and in Europe. I`m very glad to introduce the one and only master of the new Jazzpiano: Oscar Peterson, on bass Ray Brown, on guitar Herb Ellis and on drums Louis Bellson. And here comes Mr. Oscar Peterson". Rufen, Schreien, Hände klatschen, Füße trampeln und da kommt der Meister, strahlend, dick, behände nimmt er Platz, nickt fröhlich ins Publikum und spielt die ersten Akkorde von <Easy does it>. Die Finger rasen über die Tasten. Wie kann er nur mit diesen dicken Fingern die Tasten anschlagen? Jetzt fällt der Bass von Ray Brown ein, als nächster Herb Ellis mit einem Riffthema und das Schlagzeug akzentuiert mit Becken und High Hat. Atemlose Stille nach dem letzten Ton.

Jubel rast durch die Halle, die Spannung löst sich auf in Applaus, in Jeah-jeah-rufe und in Fußgetrampel. Begeisterung, die bis unter das Hallendach hochfliegt. Die Hitze im Raum nimmt zu, alles um mich herum ist vergessen. Nur noch eine Verbindung, wie ein Strahl, von mir zu den vier auf der Bühne. Jeder Ton eine Resonanz im Körper. Die Bass- und Guitarrensaiten vibrieren in meinem Schädel. Der synkopierte vierviertel Rhythmus des Schlagzeugs ist eins mit meinem Körper. Die Akzente der Becken und Trommeln springen über. Die Zeit scheint still zu stehen, bis die Halle wieder tobt. Eine Jamsession folgt mit Roy Eldridge tp, Flip Phillips ts und Dizzy Gillespie tp. Wir sind elektrisiert.

In der Pause erlebe ich eine gelöste, heitere Stimmung, beschwingt, geradezu rhythmisch gehen die Besucher durch die Gänge, lachen sich zu, nicken wie durch lautlose Musik miteinander verbunden vor sich hin. Einige stehen in der Menge meditativ versunken, lächeln still vor sich hin. So habe ich uns Deutsche noch nie erlebt. Etwas Befreiendes liegt über uns, eine Schwingung, die alle ergreift. Das Grau des Alltags ist rötlich, gelblich, violett eingefärbt. Die Schritte sind leicht und heiter und das alte, ramponierte Gebäude mit dem Notdach und den angekokelten Holzplanken über uns existiert nicht mehr.

Die Einschüsse des Krieges an den Außenfronten, die ich jetzt auf der Straße sehe, während ich in der Pause die frische Luft genieße, verlieren ihre Erinnerungsschwere und sehen wie Sprenkeln moderner Kunst aus: Actionpainting am Sportpalast, Improvisationskunst eines verlorenen Krieges an einem Ort, an dem vor zehn Jahren aus Männerkehlen ein gewaltsames "JA!" tönte, auf eine Frage, die so unglaublich war, so unvorstellbar für uns Heutigen, so grausam vernichtend und offenbar schicksalhaft notwendig: "Wollt ihr den totalen Krieg?".

Dagegen dieser Abend heute; ich schüttle mich, um die Vergangenheit los zu werden, fühle wieder die Leichtigkeit und bin glücklich, dass das Konzert weitergeht mit "The first lady of Jazz: Miss Ella Fitzgerald". Das Band zur Bühne ist wieder geknüpft, die Ruhe breitet sich wieder in mir aus, die Welt um mich herum versinkt. <Willow weeps for me>, <A tisket, a tasket>, <Basin street blues>. Eine weitere Stunde Staunen, Intensität, Schweben im Unendlichen der Improvisationen − mit ihrer so zärtlichen, rauen, schrill samtenen Stimme voller Gefühl und Erfahrung aus der neuen Welt: Trauer, Unterdrückung und Hoffnung in Bluestönen auf eine bessere Welt, auf ein würdevolles Leben. Viele, viele Zugaben. Ich weiß nicht, wie ich hinauskam, weiß nicht mehr wie ich nach Hause kam.

Tage danach immer noch dieses Schweben!

Die Suche nach dem Geheimnis

Etwas trieb mich um. Ich suchte nach Gründen für die Unruhe, die mich erfasst hatte. Oder suchte ich nach Ablenkung davon? Oder auch nach einer Lösung? Heute könnte ich sagen, nach Erlösung aus diesem Chaos und Unwissen eines 15 jährigen. In jenen Tagen jedoch glaubte ich das Geheimnis in den Filmen der Franzosen zu finden.

In diesen schwarzweißen, kontrastreichen Streifen mit Gerad Philipe, Jean-Louis Barrault, Simone Signoret und Danielle Darrieux. <Die Schönen der Nacht> verzauberten mich mit ihren Augenaufschlägen und den vielsagenden Bewegungen, mit ihrem poetischen Liebesgeplauder und dem maroden Charme der Musette-Atmosphäre auf den Straßen und unter den Brücken von Paris.

Orphee ging mit der Leichtigkeit eines Jean Marais durch die Spiegelfläche der Realität in das wunderbare Traumland der Unterwelt, auf der Suche nach seiner Liebsten. Könnte ich doch auch so leicht die Welten wechseln. Der leichteste Windstoß ließ mich in diese Parallelwelt hinübergleiten, nachdem ich das Kino verlassen hatte.

Cocteau, der große Zauberer, versetzte mich in ein Märchenschloss mit seiner Schönen und ich wäre zu gerne das Biest gewesen. Aber vielleicht leben Teile davon noch weiter in mir.

"Dreht euch im Kreise", so höre ich noch die Stimme von Adolf Wohlbrück und sehe sie alle vor mir, die den Ring weitergeben, der am Ende wieder zurückfindet zum Verführer, für den alles möglich ist, der die Liebe genießt, für den Schuld oder Scham nicht existieren! Sehr verführerisch die Vorstellung eines Reigens aneinander sich ablösender Liebschaften, leicht geknüpft, tief empfunden und ohne Bedauern losgelassen, weil Neues wartet,

Aufregenderes, Unbekanntes, noch zu Eroberndes! Alles schien doch möglich, wenn ich nur meine Scheu, meine Unsicherheit überspringen könnte. Was fehlt mir eigentlich noch um Frauen zu erobern? Wie sie reagieren, kenne ich, war ich doch jahrelang nur von Frauen umgeben. Diese ganze Palette mit Tränen und hysterischem Gehabe, diese Drohungen und Liebesentzüge, plötzliche Stimmungsumschwünge, Unberechenbarkeit, Trödeleien vor dem Spiegel, selbstgefälliges Betrachten und der erwartungsvolle Blick von der Seite: "Na, wie gefalle ich dir? Bin ich verführerisch?".

Es ist beinahe meine zweite Haut geworden, wie eine Frau zu fühlen, mich ganz in sie hinein zu versetzen, um sie zu verstehen, um sie zu geleiten, um sie aufzufangen, mitzunehmen in meine Welt. In die Welt der Veränderung, der Brüche, der Süchte und Exzesse, die Welt hinter dem Spiegel, in dem sie sich bisher nur wiedergespiegelt sah. Suche ich eine Gefährtin, die bereit ist für solche Ausflüge?

Wie dicht stehe ich selber vor dem Glas, das auch mich bisher nur spiegelte. Wen kann ich nur fragen? Wo ist der Durchgang zum Leben, zu der Erfahrung, die unter die Haut geht? Kein Kino! kein Film kann mich weiter zu meinem Ziel bringen. Alles Asche!

Immer die gleiche Enttäuschung! Am Ende Versprechungen, die nicht eingehalten werden. Aufreizende Bilder, vielsagende Szenen, kein Blick ist dahinter möglich, keine Hinweise, wie und wo weiter zu suchen wäre. Andeutungen, die alles nur schlimmer machen. Die Sexualität ist tabu! Hin und wieder eine halbe Brust, ganz flüchtig erkennbar oder ein Körper im Hemd gegen das Licht gefilmt und dafür 90 Minuten im Dunkeln verbringen?

Wie viele Lügen und Täuschungen werde ich mir noch anschauen? Ist denn die Frau, die andere Seite wirklich das Ziel? Oder ist sie auch nur eine Resonanz, in der ich mitschwinge?

Kunstversuch

Viele Bilder meiner Sanella-Bildersammlung sind noch vorhanden. Für die ersten Bände über Afrika, Nord- und Südamerika waren die Bilder noch matt und naturalistisch farbig gemalt. Danach wurde die Darstellung flüchtiger, die Oberfläche glänzend. Von den Asienbildern habe ich nicht mehr viele. Auf jeden Fall sind alle vier Alben vollständig und zeugen von anhaltendem Margarineverbrauch.

Für die nächste Stunde in Kunst sollen wir uns eine Art Maschinenkunst oder sogar ein "Perpetuum Mobile" ausdenken. Unser Zeichenlehrer Herr Schubrecht meinte: "Probiert mal `was Neues aus". Mit meinen Tuschebildern habe ich noch keine überragenden Ergebnisse erzielt. Außerdem glaube ich, dass Herr Schubrecht die vorgezeichneten Linien, also Mutters Hilfen, nicht zu meinem Vorteil auslegt. Aber jetzt kann ich mal richtig meine Fantasie einsetzen. Also, eine Kunstmaschine! Wie kann so`ne Maschine aussehen? Auf jeden Fall bunt, großartig, beweglich. Schlug Herr Schubrecht nicht sogar eine Fabrikanlage vor? Ob die anderen eine richtige Maschine bauen? Kann ich mir nicht vorstellen. Ist doch Kunstunterricht. Also, Sanella-Bilder schneiden, kleben, falten, stecken. Rohre laufen um sich selbst in große Trommeln hinein, kommen wieder heraus, schießen als Looping nach oben, verdrehen sich, um in einer Kiste zu verschwinden. Ein großes Schwungrad an der einen Seite der Kiste und ein kleineres Schwungrad verbinde ich mit farbigen Wollfäden. Alles auf Pappe aufkleben und mit Stanniol zusätzliche Akzente setzen. Hoffentlich krieg ich das Ding heil in die Schule. Es regnet nicht. Es stürmt nicht. Aber dafür schütteln sie mal wieder ihre Köpfe. Verhaltenes Kichern und blöde Kommentare von denen, die alles besser können. In der fünften Stunde endlich die Erlösung! Als einziger ein sehr gut! Das tut gut, endlich!

ZEITAUSSCHNITTE

Letzte Anstrengungen

Es ist das letzte Jahr am Schiller Gymnasium. Das Halbjahreszeugnis bescheinigte: die Versetzung ist zweifelhaft. Mangelhaft in den Fächern Latein, Mathe, Physik. Nun fahre ich schon zweimal in der Woche zum Vater. Mit der Zeit verstehen wir uns recht gut. Letztes Mal sind wir sogar zusammen mit dem Käfer in den Spandauer Forst gefahren um ein Picknick zu machen. Der Gesprächsstoff war jedoch recht reduziert. Über Musik und Kino gibt es nur Streit. Als ich von meiner Trompete erzähle, die ich "drüben" im HO-Kaufhaus am Alex für 90 Ostmark gekauft habe, kam sofort die Frage: "Hast du schon einen Lehrer gefunden?" Er kann sich nicht vorstellen, dass Jazzmusiker ohne richtige Lehrer auskommen. "So hört sich das auch an" ist dann sein letzter Satz, aus und fertig. Keine Diskussion!

Gut, bei dem Wettlauf, den wir auf seinen Wunsch hin auf einem Waldweg hinlegten, habe ich als alter Kurzstreckenläufer klar gewonnen. Was muss er mit 56 Jahren auch noch mit mir konkurrieren? Gefreut habe ich mich schon. Er war so richtig außer Puste. Der anschließende Nachmittag in der Wohnung war dann reine Langeweile. Diese Matheaufgaben mit 3 Unbekannten bleiben mir unerklärlich. In Latein könnte ich ja einfach mehr büffeln, klar, Vokabeln, Vokabeln. Vielleicht packe ich noch ein ausreichend. Ich arbeite jetzt viel mehr für die Schule, richtig gut vorbereitet bin ich, manchmal.

Aber ich glaube, die Lehrer haben mich bereits als Versager abgeschrieben. Die Ergebnisse in fast allen Fächern kommen nicht über ausreichend hinaus. Vielleicht fehlt mir auch Stoff aus der Zeit, als mir die Schule völlig egal war. Trotzdem könnten sie meine Mitarbeit belohnen. Bis auf Musik, Kunst, Erdkunde und Sport bin ich für sie der Abgänger.

Unser Sportlehrer hat auch einen Knall! Einmal die Woche gehen wir im Winter in die Halle. Unsere Turnhalle ist noch zerstört. Also laufen wir 15 Minuten zur Realschule, machen dort am Reck, am Barren und am Pferd die Rollen vor- und rückwärts. Bodenturnen auf den Matten geht ja noch. Das Schlimmste sind für mich die Ringe und das Klettern an den Stangen. Ich kriege keinen Schwung an den Ringen und klettern ohne Armmuskeln, naja, ist wie einen Sack ans Gerät stellen. Dann kommt der kleine Dicke <Spring-auf-Marsch-Marsch> mit seinen Kriegserlebnissen aus Russland und, dass er uns auf den nächsten Krieg vorbereiten müsse, fit machen für Russland. So wie das eine Mal in der Turnstunde auf unserem Schulgelände draußen bei minus 10°. Mit kurzen Hosen und ohne Socken in den Turnschuhen mussten wir eine Stunde in Schnee und Eis Fußball spielen und Runden drehen, immer mit dem Lehrsatz, "das tut ihr alles, damit wir den nächsten Krieg gewinnen!" Er war schön warm angezogen.

Seit meiner Kunstmaschine aus Sanella-Bildern habe ich bei unserem Lehrer Herrn Schubrecht einen Stein im Brett. In Kunstgeschichte durfte ich mir den Maler Toulouse Lautrec auswählen für ein Referat mit Bildern, die dann aus einem Buch an die Wand projiziert werden.

Toulouse hatte als behinderter Zwerg ein schweres Leben und endete im Suff.

Naja, so kann ich das natürlich nicht vortragen. Über sein Leben gibt es eigentlich nicht sehr viel zu berichten. Lautrec hat viele Jahre im Nachtleben von Paris, in den Kabaretts, im Moulin Rouge und bei den Prostituierten von Montmartre zugebracht. Mit 37 Jahren starb er an Alkoholvergiftung. Wasser hielt er für Gift, welches er sofort zu den Fischen in das Aquarium der Bar schüttete, wenn dergleichen auf den Tisch stand. Über sein Leben wollte ich anhand der von ihm gemalten Frauenbildnisse berichten und dazu hatte ich den Vortrag vorbereitet:

Lautrec lebte in den letzten Jahrzehnten des 19. Jahrhunderts. Im Gegensatz zu seinen Malerfreunden malte er überwiegend Interieurs. Berühmt wurde er mit den stark farbigen Plakaten von Aristide Bruant, seinem Mentor und den Bildern der Chansonnette Yvette Gilbert, aber schon die Bildattraktion La Goulue mit ihrem großen Kleiderausschnitt zeigte seine Vorliebe für die halbseidene Lebewelt. Am meisten schockierte er mit seinen Halbakten von Prostituierten, die sich für eine ärztliche Untersuchung bereit machten. Ein tiefes Verständnis für das Los dieser Frauen bezeugen seine exakten, von Empathie und Detailfreude bestimmten Kompositionen, wie z.B. in dem Bild aus dem Jahre 1894, indem er 2 Frauen in einer halbnackten Position von der Seite mit angehobenem Hemd darstellte, die auf die Untersuchung durch den Arzt warteten. Diese Prostituierten sind so mitfühlend und respektvoll wiedergegeben, dass ihre Würde nicht verletzt erscheint. Sein Blick hatte einen realistischen Sinn für die Nöte des Einzelnen, der das Schicksal angenommen hatte. Bereits in den Porträts von Suzanne Veladon hatte er so das Ende eines Alkoholikerlebens angedeutet, dem er selber ebenfalls nicht entging.

Meine Absicht das kurze Leben von Toulouse anhand seiner Frauenbildnisse lebendig werden lassen, wude leider nicht so aufgenommen, wie ich gedacht hatte. Bei der Präsentation der Aktdarstellungen, nach dem Zeigen der bekannten Plakate, entstand eine knisternde Stille, die in ein Geraune von peinlichem Berührt Sein mit Hüsteln und Kichern überging und durch einen Satz des Lehrers abrupt beendet wurde: "Vielen Dank für deine informative Sicht auf das Werk von Toulouse Lautrec, ein zurecht berühmter französischer Maler des letzten Jahrhunderts".

Er nahm das Buch aus dem Projektor, räusperte sich und rief zum nächsten Referat auf.

Eine Lehre

Ich musste mit 16 Jahren das Schiller Gymnasium verlassen um, wie es im Zeugnis heißt, einen Beruf zu ergreifen. Aber was ergreift ein erfolgreich Erfolgloser, dem fünfmal mangelhaft bezeugt wurde? Ich ergriff die erste beste Gelegenheit, die Mutter für mich aussuchte. Es war wirklich die erste und beste Gelegenheit für einen Träumer und Vollender mütterlicher Träume, auf dem Boden einer Tischlerei zu landen.

In dem angesehenen Gymnasium von Charlottenburg zu Fall gekommen, hat es immerhin dazu gereicht, um in der angesehenen Werkstatt für Fenster, Türen und Innenausbau unseres Viertels ein Garderobenfach in dem im Keller liegenden Aufenthaltsraum zu belegen.

Ich habe heute wie alle Tage die Zeitungen, Bierflaschen, und Brötchen auf dem langen Tisch im Aufenthaltsraum verteilt und warte auf das Pausensignal. Vor mir sind die Kellerfenster zur Straße, die einen raschen Blick auf Stöckelschuhe von Vorbeieilenden erlauben, hinter mir die offene Tür mit den 5 Stufen zum Hof und die Schritte von eisenbeschlagenen Schuhen der Altgesellen und Handlanger vom Holzplatz, die die Brötchen und die 5 Scheiben Wurst gleich aus dem Papier wickeln werden, die ich vor einer Viertelstunde eingekauft habe.

Jeden Morgen gehe ich also zuerst von Mann zu Mann mit einem Zettel und Stift und frage: "Was soll ich zum Frühstück mitbringen?". Zwei Brötchen und 5 Scheiben Jagdwurst für den einen, eine Flasche Bier für den anderen und so fort. Als Lehrling habe ich eine wichtige Funktion: Wünsche zu befriedigen! Und in der Stunde vor dem Frühstück zwischen 8-9 Uhr auf das Frühstück hinzuarbeiten, alle in der Werkstatt daran zu erinnern, dass die 20 Minutenpause kommt und dann drei Stunden später nochmals an die 30 Minutenpause.

Das sind die Pausen, in denen Zeitungen gelesen werden und dabei Brot gekaut, Bier getrunken, Sportereignisse und Wetter Voraussagen ausgetauscht und manchmal Fotos von halbbekleideten Frauenkörpern aus den Titelseiten hochgehalten werden. Ich sitze vornübergebeugt über dem ausgebreiteten Tagesspiegel und lasse andere überflüssige Information aus der Welt auf mich wirken. Das Lesen hatte ich wie alle in der Grundschule gelernt, wusste, dass auch Tischler lesen können, aber die Zeitungen, die ich täglich für sie besorgte, irritierten mich sehr. <BZ> und <Morgenpost> kannte ich nur als Einwickelpapier für Bücklinge vom Markt. "Olle Ernste mit seinem Tagesspiegel", machen sie sich über mich lustig. Manche schütteln jeden Tag ihren Kopf, wie man so etwas lesen kann. Schon im Namenszug der Zeitung eine Girlande, die kein Mensch versteht. "Was heißt denn das hier: RERUM COGNOSCERE CAUSA?" "Naja, den Dingen auf den Grund gehen", antworte ich und habe noch keine Vorstellung davon, dass ich 25 Jahre später einen passenden Namen von Osho erhalten werde: Satgyan, das wahre Wissen.

Hier heiße ich jetzt Ernste, weil es schon einen Günter als Lehrling im dritten Jahr gibt. "Hast Du noch andere Vornamen?", fragten sie mich. "Ja, Ernst und Reinhold". Sie entschieden sich für Ernst. Die ersten Wochen habe ich mich gewundert, wen die Gesellen meinten, bis ich mich daran gewöhnt hatte. Ein Lehrling Reinhold wäre auch immer zum Nashorn des Sternmagazins verdammt gewesen. Aber Ernst ist eben ernst, und zum Lachen ist es ja auch nicht in der staubigen Werkstatt mit den Leimöfen an den Wänden, die süßlich warm stinken. Geruch, der sich vermischt mit dem Holzgeruch beim Schneiden an der kreischenden Säge: Eiche mit dem gelblichen, scharf riechenden Sägemehl und Buche, die rötlichfeinen Staub verbreitet. Dann noch den Harzgeruch von Fichte und Kiefer und die klebrigen Finger beim Berühren einer Harzgalle.

Die Schürze habe ich die ersten Tage immer abgebunden, wenn ich meine Einkaufsrunde zum Bäcker und Metzger machte, bis der Lagermeister mich an- und mir vorhielt, "du bist jetzt Tischlerlehrling und Tischler haben eine Schürze. Sei einfach stolz auf die Berufskleidung".

Die Schürze ist schon praktisch, hat vorn eine Tasche auf der Brust, wird mit einem Band um den Hals gehalten und hinten zusammen gebunden. Mit der Zeit vermehren sich die Leimflecke und der feste dunkelblaue Leinenstoff fühlt sich in Oberschenkelhöhe bereits wie ein Schuppentier an. Wir, die drei Lehrlinge, es gibt noch Kurt im zweiten Lehrjahr, sind die Handlanger der zwei Altgesellen und eines Meisters. Der andere Günter ist schon im dritten Lehrjahr und blickt auf mich herab. Dabei ist er nicht älter. Der ist noch eingebildeter als ich. Sein Vater ist auch Architekt und alle wissen, dass er später studieren will. Der Typ aus dem zweiten Jahr ist in der vorderen Werkstatt bei dem verkniffen aussehenden Altgesellen, der rumschreit und mit Holzstücken um sich wirft, wenn er sauer auf Kurt ist.

Die Werkstätten liegen im Hof eines 3 geschossigen Vorderhauses in einem Seitenflügel in zwei Geschossen übereinander. Vom Eingang am Hof geht eine Treppe nach oben zu den Lagerräumen. In dem Vorraum breitet sich der Geruch der Urinale aus den dort liegenden Toiletten aus. Die anschließenden Werkstatträume im Erdgeschoss sind hoch und von Decken aus Kappengewölbe auf Trägern überwölbt. Sie haben hohe Fenster mit kleinteiliger Eisenprofilunterteilung und Lüftungsflügel. Rechtwinklig zu den Fenstern sind hintereinander 5 Werkbänke aufgereiht. In der Mitte des Raumes stehen die großen Leimpressen, an der Wand die Bandschleifmaschine und die Oberfräsen. Auf der den Fenstern gegenüber liegenden Seite befindet sich ein Durchgang zu dem Maschinenraum und daneben weitere Fenster für die Gesellen, die dort die Innenausbauten anfertigen.

Zwischen Werkstatt und Maschinenraum, in einem niedrigen Raum liegt das Büro des Meisters, der die Zuschnitte und Aufrisse anfertigt. Er kümmert sich um uns Lehrlinge und bespricht mit den Gesellen, was wir lernen sollen.

Neben dem Büro befindet sich die Tür zum Holzplatz mit riesigen Bretterstapeln.

Der Maschinenraum, das Herzstück der Tischlerei, ist nur von oben über Glasbausteine belichtet. Gleich am Eingang rechts in der Ecke steht die Kreissäge, so heißt auch der Geselle, der sie bedient. Zwei Fingern der rechten Hand fehlen schon. "Tja", sagt er, "plötzlich lag da was neben dem Sägeblatt, was nicht hingehörte. Das hat überhaupt nicht wehgetan. Erst als es blutete".

Die Abrichte ist jünger und immer gleichbleibend freundlich. In der Ecke hinten rechts steht die größte und neueste Maschine, die alle Hölzer auf Länge bringt und mit Schlitz und Zapfen versieht. Der Typ, der an ihr arbeitet, heißt Guido, ist jung, aufgeschlossen, macht im Urlaub Fotos, die ich für ihn in der Drogerie um die Ecke entwickeln und vergrößern lasse.

In der Mitte hinten dröhnt die neue Fräse für alle Längsprofile mit automatischem Einzug. Sie wird von einem netten, jungen und stolzen Familienvater bedient, der mir viel beibringt.

In der Mitte steht der riesige Dicktenhobel, links neben der Abrichte, den alle nach Bedarf bedienen. Links hinten sind die Oberfräsen, in der Mitte der Durchgang zu dem Werkstattraum, der mein Arbeitsplatz für zwei Jahre ist. Gleich neben dem Durchgang noch die große Bandsäge mit dem endlosen Sägeblatt, das mit Scheppern hin und wieder von den Antriebsrädern springt. Dann unterbrechen alle sofort ihre Arbeit, schauen um die Ecke, ob der Verbandskasten benötigt wird.

ZEITAUSSCHNITTE

"Guten Morgen Herr Dreher", ich gehe zu meiner Hobelbank neben dem Leim Ofen. Hinter mir steht eine Hobelbank, vor mir zwei weitere. An der einen arbeitet mein Lehrgeselle schon seit 2 Stunden.

Der Lärm der Maschinen ist geringer, wenn die große Tür zum Maschinenraum zugeschoben ist. Das Kreischen der Sägen, das Brummen der Motoren, das Reißen und Splittern des Holzes und über allem das Pfeifen einer Absauganlage begleiten mich nun 3 Stunden lang bis zur Mittagspause. Dann herrscht plötzlich Stille, nur noch einzelne Hammerschläge sind zu hören, die einen Kreuz-nagel versenken und dann die Schritte der Gesellen durch die Räume und über den Hof bis zum Pausenraum im Keller des Vor-derhauses.

Ich werfe, bevor ich auch dort hingehe, noch einen Blick durch das Fenster mit den vielen Sprossen, die zusammen mit den Sprossen der übrigen Fenster Schattenmuster an die gegenüber-liegende Wand werfen.

Holzplatzgeschichten

"Du hinten, ich vorne" ruft mir Kurt zu, der andere Lehrling, der das Abladen schon einige Male mitgemacht hat. Sechs Meter lang, so an die 50 cm breit und 6 cm dick sind die unbesäumten Bohlen aus Eiche, die wir beide nun auf unsere Schultern legen, ich auf meine rechte, er auf seine linke. Ich hinten, er geht vorne. 50 Kilo sind das sicher, die jeder von uns trägt. Vom Hänger auf der Straße den Bürgersteig entlang, durch das Tor und dann noch 50 Meter bis zu den Lagerhölzern, die die Bohle aufnehmen.

Dort warten zwei Holzplatzarbeiter darauf, uns die Bohle von den Schultern zu nehmen, um sie sorgfältig zu lagern und die nächsten Kanthölzer als Abstandshalter aufzulegen. Die Bohlen sind noch nicht so trocken, dass sie sofort verarbeitet werden können. Die Holzstapel füllen einen riesigen Lagerplatz.

Der Lagermeister, so um die Dreißig, ein gemütlicher, spaßliebender Kerl, ein bisschen rundlich, kennt seine Stapel sehr genau, um die richtige Reihenfolge für den Einschnitt zu bestimmen. Für den Innenausbau wird das Holz künstlich in einer Trockenkammer nachgetrocknet. Alles das hat er mir heute am Nachmittag so nach und nach in den Pausen erklärt, die wir zwischendurch einlegen müssen.

Es sind noch zwei jüngere Gesellen dabei, die beim Abladen helfen. Die gestandenen Altgesellen bleiben verschont. Jetzt habe ich mir ein zusammengelegtes Handtuch auf die Schulter unter die Bohle gelegt. Ich bin nach meinem Gefühl schon drei Zentimeter kleiner. Links kann ich gar nicht gut tragen. Der eine Geselle trägt lieber links. So bilden wir jetzt eine neue Mannschaft.

Die Eiche hat einen herrlichen Geruch, so herb süßlich, die Farbe ist gelblich braun mit hellem Splint. So ein Mist, schon wieder einen Splitter in der rechten Hand und wie das wegen der Gerbsäure brennt. Jetzt sind wir schon zwei Stunden zu Gange. Ein Hän-ger ist leer. Der zweite Hänger hat lange 40er Bretter aus Kiefernholz geladen. Aus dem Holz werden die Fenster und Türen für die Ewigkeit gebaut, aus eng gewachsener, polnischer Kiefer. Die Eiche ist dagegen für Türen und Tore vorgesehen.

"Die Eiche kann man nicht mit der Kiefer mischen, die Gerbsäure würde die Kiefer zerstören" erklärt der Meister. "Die Schwellen für die Türrahmen machen wir deshalb aus Buche, das verträgt sich gut mit der Kiefer" fügt er noch hinzu. "Schau mal, Ernste, dieses Brett ist ganz windschief, geh mal zum Werkmeister Schmidt und frag ihn um einen Draufhobel, damit das wieder in Ordnung kommt".

Ahnungslos ziehe ich los, bemerke das verstohlene Grinsen nicht. Erst als ich wieder verwirrt auf den Platz zurückkehre mit der Antwort des Meisters: "Den Draufhobel hätten Sie letzten Monat doch repariert und der müsste hier sein", löste sich das Grinsen in ein schallendes Gelächter auf. "Hast du schon mal Holz gesehen, das durch Hobeln mehr wird?" Naja, da hat es bei mir geklingelt. Sie haben halt ihren Spaß mit mir und den anderen Lehrlingen. Bösartig sind sie nicht, eher verständnisvoll, aber eine harte Schule ist es schon.

Als wir mit dem Abladen fertig sind, bekomme ich tatsächlich auch noch ein windschiefes Brett zu bearbeiten. So über die Diagonale ist es 1 cm windschief, 3 cm dick und alle Hobelarten stehen zu meiner Verfügung. "Bis Feierabend machst du daraus ein planes Brett, gleichmäßig dick", fordert der Meister. Das ist Knochenarbeit und nach dem Abladen habe ich mich eigentlich auf eine geruhsame Nachmittagsstunde gefreut. "Wie die das einem immer alles vermasseln können".

Blöd ist nur, dass der Schrupphobel und die Rauhbank, mit denen ich beginne, keinen Handschutzblock haben. Die herausstehenden Hobeleisen schneiden ins Fleisch der Hand. Wenn das erst mal wund ist, fängt es bald zu bluten an. Deshalb muss ich ein Taschentuch dazwischen legen. Wieder schütteln sie alle mit dem Kopf, "diese Lehrlinge heute, können nicht mal eine halbe Stunde mit einem guten Hobel arbeiten".

Gegen das Hobeln habe ich gar nichts. Das flutscht und pfeift, wenn die Späne aus dem Hobel aufsteigen und in den Raum fliegen. Nur der Schutz fehlt halt. So, die eine Seite sieht schon ziemlich vernünftig aus. Das Brett wird umgedreht, liegt jetzt gut auf der Bank auf, und nochmals eingespannt. Nach ein paar Minuten ist die schräg hochstehende Schicht auch verschwunden. Mit der Raubank quer über die gesamte Brettfläche und anschließend mit Doppel- und Putzhobel nachgearbeitet. "Blank wie ein Kinderarsch", wie sie hier so sagen, ist nun die Fläche. Auf der Rückseite fehlt noch die Feinarbeit. Aber dann bin ich endlich fertig.

Gerade will ich freudestrahlend zum Meister, da werden die Maschinen abgestellt und einer ruft "Feierabend". Geschafft! Gerade rechtzeitig.

Nun sieht sich der Meister das Brett mit seinem kritischen Tischlerblick über die Fläche an, nickt, holt eine Schublehre aus der Lade und ich denke, "der spinnt wohl", als er dann feststellt, "5 mm zu viel runter gehobelt, ist ja nur noch 15 mm stark. Können wir jetzt nur noch als Furnier verarbeiten". Dann lacht er und entlässt mich mit, "na, heute hast du das Abhobeln gelernt, morgen kommt das Draufhobeln dran" und er zwinkert mir zu.

Tanzstunde

Warum muss man eigentlich tanzen lernen?

Wenn ich in Richtung Zoo gehe, befindet sich auf der rechten Seite der Kantstraße, dicht an der Uhlandstraße, die Tanzschule <Für Sie> in der ersten Etage eines alten Miethauses. In dem großen sogenannten Berliner Zimmer stehen wir Jungens an einer Wand aufgereiht. Durch das Fenster zum Hof scheint die späte Sommernachmittagssonne in Staubpartikelstreifen schräg über das helle Eichenholzparkett und uns gegenüber sitzen auf Stühlen zehn Mädchen, die wir mit dem ersten Ton der Musik auffordern sollen. Noch geht mir immer derselbe Gedanken durch den Kopf. In zehn Wochen ist der Tanzstundenabschlussball und ich habe noch keinen Anzug.

Heute trage ich eine dunkelblaue Hose und so einen grauen Strickpullover, der vorne mit Reißverschluss halbhoch geschlossen ist. Ganz wohl fühle ich mich nicht in meinem Aufzug. Die anderen sind aber auch blöd angezogen. Wer hat schon einen Anzug mit 16 Jahren? Der Anzug von der Konfirmation passt jedenfalls nicht mehr.

Und die Mädchen? Ja, die Mädchen. Da sind große und dünne, zum Glück sind keine kleinen und dicke dabei, eine weibliche Figur haben die wenigsten, zwei oder drei sind aber schon ganz passabel. Die eine da drüben neben der Tür, die mit dem Pferdeschwanz, hat fast meine Größe. In den letzten Wochen habe schon ein paar Mal mit ihr Tanzschritte eingeübt.

Warum redet denn der Tanzlehrer immer noch? Wir wollen endlich loslegen. Immer dieses Gelaber über Haltung, Verbeugung und all diesen Kram, geht mir so auf den Senkel. Wie heißt sie doch gleich noch mal? Ich glaube Dodo, komischer Name. Sie ist nett, nicht besonders schön, aber recht eigenwillig. Hoffentlich erreiche ich sie als Erster, wenn es gleich losgeht. Was für ein Tanz ist jetzt eigentlich dran? Ach! Das sollen wir allein herausfinden. Foxtrott, English Walz und Walzer können wir schon. Heute soll die Rumba geübt werden. Also, es geht los! Rennen dürfen wir nicht, aber große Schritte sind erlaubt. Wichtig ist es, als Erster am Ziel zu sein. "Darf ich um diesen Tanz bitten", beinahe hätte ich die Verbeugung vergessen. Sie nickt mir zu. Ich bin erleichtert. Ich führe sie an meinem rechten Arm in die Mitte des Raumes.

Und warum muss der Mann eigenlich links von der Partnerin gehen? Hat bisher niemand gefragt. Inzwischen habe ich auch den Tanz erkannt, es ist ein Foxtrott. "Alle Paare stehen in einem Kreis!" verkündet der Tanzlehrer: "Die Damen außen, die Herren innen". Ja das kennen wir bereits. "Bitte auf den Rhythmus achten! Der Herr beginnt rechts mit einem Schritt vorwärts, die Dame links zurück. Also bitte: eins und zwei, und eins und zwei, und Wiegeschritt. Nur auf der Stelle bitte! Noch keine Drehung meine Herren! Und die Damen nicht so große Schritte machen".

Himmel, wieso fällt mir diese einfache Figur so schwer? Ich tanze doch gerne, aber lieber in freier Form. Wenn ich dann mal anfange zu improvisieren, schauen mich meine Partnerinnen immer ganz irritiert an und sagen, "Sie sind aus dem Takt, mein Herr".

ZEITAUSSCHNITTE

Samstags in der Wanne

Die Sonnabendnachmittage vor der Tanzstunde liebe ich. Normalerweise muss ich am Sonnabendvormittag in die Werkstatt, weil die von uns Lehrlingen gründlich gereinigt werden muss. Alle Maschinen werden abgestaubt, alle Ecken aufgeräumt, die Hölzer sortiert, gerade hingestellt und darunter sauber gefegt. Die eigene Hobelbank wird von dem Leim gesäubert, der Werkzeugschrank auf Vordermann gebracht und alle Räume gefegt. Fehlt nur noch, dass wir die Fenster putzen sollen. So gegen 1 Uhr mittags können wir dann dem Meister "Schönes Wochenende" wünschen. Nach dem Putzen sehen wir wie Schneemänner aus, von oben bis unten mit Schleifstaub bepudert. Auf dem Hof schlagen wir uns gegenseitig auf Rücken und Schultern um das Gröbste loszuwerden.

Leider haben wir sonnabends nie Berufsschule. Aber, wenn wir auf Baustellen mithelfen, brauchen wir zum Saubermachen nicht zu erscheinen. Den Grund versteh´ ich nicht. Vielleicht, weil wir in der Woche die Werkstatt nicht verschmutzt haben? Komische Logik. Die Baustellenarbeit ist meistens auch nicht so ohne. In den letzten Wochen musste ich mit der S-Bahn nach Siemensstadt fahren und schon 1 Stunde früher aufstehen um pünktlich anzufangen. Um 8 Uhr beginne ich dann dort mit dem Ausstopfen von den Fugen der neu eigesetzten Fenster. Glücklicherweise gibt es dort keine Kontrolle, ich könnte kommen und gehen, wann ich wollte. Es sind nur einige Gesellen der Tischlerei dort, die die Holzfenster in die neuen Wohnungen einsetzen. Eine endlose Arbeit! Seit 3 Wochen! Jede Wohnung hat eine Balkontür, ein Wohnzimmer-, ein Schlafzimmer- und ein bis zwei Kinderzimmerfenster, also 4-5 Positionen. Pro Etage gibt es 2-3 Wohnungen über fünf Geschosse. Ich habe aufgehört zu zählen. Die Fugen zwischen Fenster und Mauerwerk werden ringsum mit Steinwolle dicht zugestopft, damit es winddicht wird. Wenn die Fuge 2-3 cm groß ist, klappt es gut, aber bei einer Ritze von weniger als 1 cm, brauche ich einen

Spatel um die Steinwolle Fetzen für Fetzen hinein zu pressen. Dazu trage ich Gummihandschuhe, weil die Steinwolle aus ganz kleinen, spitzen Fasern besteht. Morgens, wenn es kalt ist, macht die Arbeit noch Spaß. Aber, wenn die Sonne scheint und es warm wird, könnte ich rasend werden. Das ist ein Jucken und Kratzen an den Händen. Alle 5 Minuten muss ich die Handschuhe ausziehen, die Fasern herausschütteln, wieder anziehen und weiter arbeiten. Nach ein paar Stunden haben die Handschuhe klitzekleine Löcher, dann arbeite ich lieber ohne. Bis 4 Uhr nachmittags ist es arg lang. Nun habe ich noch eine Hilfe bekommen, damit die Termine eingehalten werden können. Da ist das Ende abzusehen und so ist heute hier der letzte Tag. Morgen muss ich daher nicht zum Saubermachen in die Werkstatt, so als Ausgleich! Da habe ich den Vormittag für mich und den Nachmittag sowieso!

Ich lasse mir nun heißes Wasser in die Badewanne ein. Seit ein paar Monaten haben wir nämlich wieder warmes Wasser. Dann liege ich in der Brühe, den Schmutz der Woche um mich versammelt. Die Zeit verrinnt. Hin und wieder lasse ich heißes Wasser nachlaufen. Die Fensterscheibe ist schon beschlagen und Wassertropfen rinnen von den Fliesen in die Wanne. Dann träume ich von der Tanzstunde, stelle mir die Mädchen vor und fantasiere vor mich hin. Ich verschönere die Auserwählten und lasse sie in verführerischen Situationen mit mir zusammen auftreten. Das heiße Wasser und die Fantasie erregen mich. Der Schwanz wird steif und die rechte Hand besorgt den Rest. Blöd ist nur, dass ich gelesen habe, Onanieren soll ungesund sein, wegen Rückenmarkschwund!

Gute Vorsätze, die Nöte zu unterdrücken, helfen leider gar nicht. Nicht mal, wenn ich <Jott-o-jott> als Zeugen anrufe. Dann fühle ich mich noch schuldig. Aber was soll's! Ich muss mich jetzt für die Tanzstunde fertig machen und je schneller ich mich vom <Gott> befreie, desto besser komme ich wieder in das Hier und Jetzt.

ZEITAUSSCHNITTE

Abschlussball

Nun haben wir schon Herbst. Die Blätter fallen und fallen. Der Wind bläst sie zu Haufen zusammen. Beim Gehen in den neuen schwarzen Schuhen passe ich auf, dass ich nicht in die Pfützen trete. Rechts von mir führe ich nicht meine neue Tanzpartnerin, sondern Mutter. Sie ist so stolz, endlich einen Partner an ihrer Seite zu haben. Alle kommen heute mit ihren Eltern oder was noch davon übriggeblieben ist zum Abschlussball.

Wir stehen jetzt vor den Ausstellungshallen am Funkturm. Von allen Seiten strömen sie herbei, erwartungsvoll, noch in Mänteln verpackt. Aber bei einigen Mädchen sehe ich unter den Mänteln schon die langen Röcke in hellblau oder schwarz hervor schimmern.

Im Foyer des Palais am Funkturm geben wir unsere Garderobe ab. Es ist ein hoher, kühler, unpersönlicher Raum aus der Nazizeit. Um uns herum werden aus Jungs junge Herren in Anzügen und die Mädchen probieren vor den großen Spiegeln noch einige Gesten und Drehungen. Die Farbigkeit der Kleider erinnert an einen Frühlingsstrauß, wenn man mit den Augen ein wenig blinzelt. Die Strenge des Raumes verändert sich durch das Lachen, das Rufen, die Begrüßungen und die Freude darüber, sich so ganz anders zu erleben.

Die Klänge des Orchester werden beim Öffnen der Schwingtüren jedes Mal vertrauter und bei jedem Schritt lauter, bis ich selbst durch die Flügeltüre gehe, diese für Mutter aufhalte, und ganz von dem Rhythmus erfüllt nach unserem reservierten Tisch Ausschau halte.

Der große Raum mit der Galerie und der im großen Bogen nach oben führenden Freitreppe sieht heute überraschend anders aus. Am letzten Sonntag zum Nachmittagstanztee hatten wir das Palais bereits besucht, um uns mit allem vertraut zu machen. Da war der hohe Raum mit seiner Glasfront zum Sommergarten und dem Ausblick auf den Funkturm durch die Nachmittagssonne warm und hell bestrahlt und die messingfarbenen Geländerstäbe blitzten mit ihren Verzierungen in der Sonne. Die vielen kleinen Blumensträuße auf den weißen Tischtüchern animierten uns bereits zu einer fröhlichen, erwartungsvollen Stimmung.

Aber heute Abend ist alles wieder anders. Die Fensterfront ist mit einem schweren lachsfarbigen Samtvorhang geschlossen und ein Blumenmeer in großen Vasen begrenzt die Tanzfläche. Die Geländer der Treppe und der Galerie sind mit Girlanden aus rosa und lila farbenen Blumenketten und Blattwerk in verschieden Grüntönen geschmückt.

Ich bin immer noch von der Dekoration überrascht und sprachlos, als ich unseren Tisch erreiche und mich orientiere. Wo ist eigentlich Dodo, meine Tanzpartnerin? Wir waren locker verabredet. In den letzten Wochen hatten wir die Tänze immer wieder zusammen geübt. In der Tanzstunde mussten wir ja ständig die Tanzpartner wechseln, aber heute Abend will ich nur mit ihr tanzen. Wo kann sie nur sein? Ah! Da drüben! Sie hat mich gesehen und mir zugenickt.

Ihr Vornahme ist eigentlich Dorothea und sie lebt mit ihrer Mutter in Eichkamp, geht dort in die 9. Klasse eines Gymnasiums. Mehr weiß ich noch nicht von ihr. Ein hübsches hellblaues Kleid hat sie heute an, ziemlich hoch geschlossen, mit einem weiten Organza Rock, vermutlich ist ein Petticoat darunter, und Schuhe mit Absätzen! Da können wir uns ja heute direkt in die Augen blicken.

"Nun setzt dich doch endlich mal hin. Kannst dich doch nicht die ganze Zeit so präsentieren". Mutter will auch meine Aufmerksamkeit. Habe ihr schon einiges von Dodo erzählt. "Was wollen wir denn trinken?" fragt Mutter, "schau, der Ober blickt schon dauernd her". "Heute trinken wir Wein", schlage ich vor, obwohl ich den nicht gut vertrage. Nach einem Glas schmerzen mir die Zähne von der Säure, aber egal. Die Weinflasche steht nun in einem Kühler, sehr schick. Ein bisschen was zum Knabbern gehörte noch dazu. Wir haben Cracker nachbestellt.

Der Raum ist jetzt voller Erwartung. Richtig warm ist es geworden. Unsere Nachbarn, mit denen wir den Tisch teilen, haben sich ein wenig verspätet. Es sind auch eine Mutter mit Sohn. Ich kenne ihn nicht, er muss aus einem anderen Kurs sein. "Ja ja, macht doch nichts, es hat noch gar nicht richtig angefangen. Schönen Abend!" "Wünschen wir auch!"

So so, die ersten Takte eines English Walz erklingen schon. Nun aber los, hin zu ihr, ehe ein anderer eine Chance hat.

In der großen Tanzpause prominieren wir Arm in Arm untergehackt durch den Saal, besuchen gegenseitig die Familientische und beobachten an der Bar die Erwachsenen beim Trinken von Cocktails. Dodo will jedoch auf keinem Fall Alkohol trinken. So gehen wir weiter und treffen auf einen Fotographen.

"Wollen wir vielleicht ein Foto als Erinnerung von uns machen lassen?" Damit ist sie einverstanden. So werfen wir uns vor dem Fotografen ein paar Mal in Positur, hinterlassen die Anschriften für die Fotos, die mit der Rechnung per Post in der nächsten Woche eintreffen werden.

Aber jetzt noch mal auf die Tanzfläche. Das klingt nach Swing! Ich wollte ihr mal ein paar Inprovisationsschritte zeigen. Ausgelassene Stimmung ist doch der beste Anlass für kreative Brechungen. Aber die meisten Menschen genießen nur alkoholisiert die Ausgelassenheit. Leider endete der Abend wegen meiner Kreationen mit Irritationen und mit überflüssiger Missstimmung zwischen uns.

Glücklicherweise endet es damit, dass ihre Frau Mama mich beim Abschied zu einem Besuch bei ihnen in Eichkamp einlädt. Das wird prima, denn da können wir gemeinsam überlegen, wie wir uns zum Faschingsball im nächsten Februar kostümieren.

Vielleicht sollte ich mich bei der Gelegenheit mit Dodo auch für einen Kinoabend verabreden?

Naja, mal sehen, wo wir uns wiederfinden.

Fräulein Hildegard

Seit einem halben Jahr lebt in unserer Wohnung vorne im kleinen Zimmer, in dem ehemaligen Büro, eine junge attraktive Frau. Sie ist hoch gewachsen und, was ich so sehen kann, gut proportioniert. Wenn sie ihr hellgraues Kostüm mit dem halblangen Rock trägt, hat sie darin einen ausgeprägt runden Po, eine schlanke Taille und oben herum scheint auch genügend vorhanden zu sein.

Zu allen Mitbewohnern ist sie sehr freundlich, spricht einige Fremdsprachen und kommt wohl aus einer guten Familie, aber nicht aus Berlin. Sie ist in Berlin um zu studieren. Bisher hat mich ihr Studienfach nicht interessiert. Aber die Art, wie sie geht und steht, fasziniert mich sehr. Sie ist offen, vergnügt, lacht viel und ist leider schon 24 Jahre alt.

Am Abend und bis spät in die Nacht hinein ist sie nicht in ihrem Zimmer. Morgens schläft sie lange und so gegen 10 – 11 Uhr höre ich ihre Türe klappen, wenn sie ins Bad geht. Wenn ich es einrichten kann, warte ich hinter meiner Tür und trete dann in dem Augenblick auf den Flur, wenn sie aus dem Bad zurück in ihr Zimmer geht. Sie trägt einen hellgrauen seidenen Morgenmantel und ihre langen Beine schauen beim Schreiten abwechselnd aus dem Mantelschlitz. Hübsche, schwarze Pumps geben ihrem Gang eine wiegende Note. Sie lacht mir dann zu und ich glaube sogar, dass sie mir schon zugezwinkert hat. Aber das Licht im Flur ist schummerig. Allein schon das Parfüm, ich glaube es ist Chanel Nr. 5, ist an ihrem Körper eine atemberaubende Erfahrung.

Ich möchte doch jetzt gerne wissen, wo, wann, und was sie studiert. Sie unterhält sich viel und gerne mit Mutter. Sie lachen und schwatzen miteinander, wie das gute Freundinnen tun. Na, da bin ich schon mal eifersüchtig, auf jeden Fall neugierig geworden. Mutter hat mir aber wenigstens schon ihren Vornamen verraten. Sie nennt sich Hilde abgeleitet von Hildegard. Es gab ja früher mal vor Jahrhunderten eine Hildegard von Bingen. Das habe ich in einem Gespräch aufgeschnappt. Sie war ein Burgfräulein, die im Kloster lebte und von einer heiligen Aura umgeben war. Also, die Hilde in unserer Wohnung macht nicht einen klösterlichen Eindruck. Sonst würde sie sich nicht so gut mit Mutter vertragen.

Vorhin hat sie übrigens die Wohnung in einem französischen Aufzug, also in einem knapp auf Taille sitzenden Schneiderkostüm, mit hohen Stöckelschuhen und kleiner Unterarmtasche verlassen.

Ich habe mich bei der Gelegenheit en passant auf den Balkon verdrückt um sie zu beobachten. Es sieht einmalig aus, wie Hilde so über die Straße geht in Richtung Ecke Kantstraße und dabei selbstverständlich mit ihren Hüften schwingt. Ihre Haare hat sie heute wieder hochgesteckt, sonst trägt sie die hellblonden Wellen offen und mit den dunkel eingefärbten Strähnen bildet die Haarpracht eine ungebändigte Mähne. Mit der hochgesteckten Frisur sieht sie wie eine Dame aus, wie eine erfolgreiche Frau, der man nichts vormachen kann. Wie jemand mit 24 Jahren so schillernd im Auftreten sein kann. Ob sie vielleicht Schauspielunterricht nimmt?

Jetzt bleibt sie stehen, geht ein paar Schritte in Richtung Wilmersdorfer Straße dicht am Bordstein entlang, bleibt wieder stehen, dreht sich langsam mit unaufgeregter Eleganz um und geht die Strecke bis zur Ecke zurück, dabei immer einen Seitenblick auf die vorbeifahrenden Autos werfend. Aha, denke ich, sie ist verabredet und wartet auf einen Freund.

Es ist jetzt gegen 8 Uhr abends und Paare laufen gemächlich zum Kantkino, wobei die Männer die Köpfe nach Fräulein Hilde drehen und die Frauen an ihren Männern zerren und mit dem Kopf schütteln. Ah, nun endlich scheint der Erwartete einzutreffen. Der Wagen, ein Käfer, hält dicht an der Bordsteinkante und die rechte Tür wird geöffnet. Schon merkwürdig, denke ich, dass der Mann nicht aussteigt um Fräulein Hilde zu begrüßen. Sie beugt sich jetzt ein ganz klein wenig nach vorn und sagt etwas, wobei sie den Kopf schüttelt und an ihre Stirn tippt. Das hätte ich von ihr nun nicht gedacht. Sie richtet sich auf und wirft den Kopf ein wenig in den Nacken, nimmt die Tasche von der rechten Seite, klemmt sie unter den linken Arm und schreitet in ihrer zauberhaften Art ein paar Schritte auf das Haus zu.

Der Wagen fährt weiter. Komisch finde ich das. Ob der Fahrer nach einer Straße gefragt hat? Aber warum hat sie ihm dann einen Vogel gezeigt?

Wieder läuft sie so unnachahmlich an der Bordsteinkante entlang, bleibt stehen und nickt einem vorbeifahrenden Mercedes zu, der daraufhin ein wenig die Geschwindigkeit zurücknimmt, dann aber weiter in Richtung Funkturm fährt. Aus dem Gegenverkehr, viel ist ja nicht los, winken manche Männer mit der Hand oder sie hupen sogar.

Jetzt hält an ihrer Seite ein Sportwagen, so ein offenes Modell mit aufgeklapptem Verdeck und ein Herr mit Hut begrüßt Fräulein Hildegard mit Handkuss, nachdem er ausgestiegen ist. Sie steigt ein und er macht die aufgehaltene Beifahrertür hinter ihr zu. So ein vornehmes Verhalten habe ich bisher nur im Kino gesehen. Nachdem sie ein paar Worte gewechselt haben, braust der Wagen mit Motorgeheul davon.

War das nun der Freund oder ein Freier? Ob Hilde wohl auf diese Art das Studium finanziert? Mutter kann ich nicht fragen. Die wirft mir dann vor, dass ich Fräulein Hildegard ausspioniere. Aber irgendwie muss ich das Geheimnis lösen. Wenn sie doch nicht 7 Jahre älter wäre. So eine Frau kann ich mir noch lange nicht leisten.

Geheimnisse am Wege

Seit einem Jahr gehe ich jeden Morgen gegen 7.30 Uhr von dem Haus, in dem ich geboren wurde, zur Deutschen Oper in der Bismarckstraße. Also nicht direkt zur Oper, sondern zu dem Haus in der Krummestraße gegenüber der Oper mit dem Schild <Seiler und Co. Bautischlerei und Innenausbau> über dem Tor zum Hof.

Seiler ist schon lange tot und Co. heißt Pommer. Herr und Frau Pommer wohnen im Vorderhaus des dreigeschossigen Gebäudes in der ersten Etage. Das Haus wurde wohl um 1890 errichtet und hat mit den noch übrigen Fronten der Straße den Krieg gut überstanden. Auch die Familie Pommer. Er ist Innungsmeister und Architekt, die Meisterin, Hausfrau und Mutter, kümmert sich um die Buchführung und die Küche. Die Tochter studiert. Sie nehmen an meinem Lehrlingsdasein freundlichen Anteil in dem Wissen, dass ich danach wahrscheinlich studieren werde. "Mir hat das Studium auch viele Möglichkeiten gegeben", werde ich von Herrn Pommer nachhaltig unterstützt.

Nach 9 Stunden in der Werkstatt und dem Staub, freue ich mich um 17 Uhr auf die Geheimnisse, die mich auf meinem Rückweg erwarten. Das Hinterhaus lässt mich los und ich höre den Torflügel hinter mir zufallen. Ich blicke überflüssiger Weise noch nach oben, ob ich der Meisterin hinter dem Fensterkreuz zunicken könnte. Die Scheiben reflektieren jedoch durch die schräg stehende Sonne nur die Ruinenfront der Oper und so wende ich mich um und überquere die Bismarckstraße mit der breiten Fahrbahn und den riesigen Kandelabern aus der Nazizeit, die mit jeweils 2 hängenden, zylindrischen Glasleuchten einen großartigen Eindruck hinterlassen.

In dem einzigen, noch intakten Wohnhaus auf der rechten Seite der Krumme Straße ist im Erdgeschoss ein kleines Papierwarengeschäft, das ich schon recht gut kenne. Eine schmale Tür mit einer Glasfüllung führt rechts neben dem Schaufenster, das nicht mehr die ursprüngliche Größe hat, in das Geschäft. Die untere Hälfte der alten Fensteröffnung ist mit Mauerwerk verschlossen, sodass die Auslagen in einer angenehmen Augenhöhe vor mir liegen. Es sind dort Romane, Krimihefte, Kalender, Glückwunschkarten und Postkarten von Filmschauspielerin ausgestellt.

Seitlich von der Tür auf der rechten Seite ist noch ein rechteckiger Schaukasten in Hochformat angebracht, in dem die bunten Schutzumschläge von Büchern dekoriert sind. Diese Bücher selbst stehen innerhalb des Ladens in einer Kiste zur Ausleihe bereit.

Der Raum ist nicht sehr tief. In der Mitte trennt ein Vorhang die hinteren Räume ab. Wenn die Ladentüre geöffnet wird, klingelt es vorn an der Tür und auch hinten in dem verdeckten Raum. Ein älterer Mann schlurft gebeugt, sich am Ladentisch abstützend, langsam ans Tageslicht. Der Blick aus den kleinen zusammengekniffenen Augen ist vorsichtig abwartend.

"Na, haste wieder Feierabend?" und "Wat willste denn heute?". Die Hände mit den vielen Flecken stützen sich auf die Holzkante des Tresens, der vorn und oben mit stabilen Glasplatten geschlossen ist. Der Mund des Mannes beginnt ein wenig zu lächeln, die Mundwinkel hängen dann nicht mehr so stark nach unten und eine Zahnlücke wird sichtbar. Rasiert hat er sich wohl schon ein paar Tage nicht. Warum auch?

Die paar Leute, die hier vorbeikommen, kommen nicht seinetwegen, sondern wegen der Geheimnisse, die in den Schubfächern der Ladentheke aufbewahrt werden. Als ich letzten Monat einen Bleistift und einen Radiergummi kaufen wollte, war gerade in dem Moment ein Kunde um die 30 damit beschäftigt, kleine Hefte in seiner Aktentasche zu verstauen.

Es war eine etwas angespannte Atmosphäre. Der junge Mann blickte nervös um sich, als ich den Laden betrat und der Alte hinter dem Tresen nahm ruckzuck alles vom Ladentisch und lachte mir mit der Zahnlücke übertrieben freundlich zu. Irgendetwas sollte ich nicht sehen. Aus den Augenwinkeln gelang mir noch ein Blick auf eines der Titelbilder. Was ich schon immer suchte, befand sich also hier im Laden auf meinem täglichen Weg zur Arbeit.

Ich bin dann jeden 2., 3. Tag in den Laden und habe so getan, als wollte ich Bücher ausleihen, blätterte in den ausgelegten Rätselheften und kaufte auch mal so einen Krimi für 50 Pfennig oder einen Schicksal Roman mit diesem hübschen Frauen in Positur auf dem Titel, die mit dem Inhalt rein gar nichts zu tun haben. Aber das wusste ich ja noch nicht.

Jedenfalls machte ich mit dem Alten so meine Konversation und gelangte dann so peu a peu zum Thema: "Gibt es denn eigentlich nicht auch Fotohefte mit Frauen, wo nicht nur vorn ein Mädchen drauf ist?"

Er schaute mich prüfend an und grinste: "Du meinst solche Pin up girls?"

"Na ja, nicht nur die, sondern eher solche mit ohne Badeanzug", sagte ich etwas zaghaft.

"Ich hab hier noch eines aus der Zeit des Dritten Reiches", er griff hinter sich und holte aus einem Schrankfach einen Din A4 Kalender mit nackten Frauen aus der <Kraft durch Freude Bewegung> hervor. Schöne Körper im Schatten- und Lichtspiel der freien Natur. "Das kannste für zwei Mark haben".

Nun, was sollte ich machen. Ich nahm das Heft, bezahlte und zog ab. Nach und nach verstand er meine Wünsche.

ZEITAUSSCHNITTE

Heute legte er mir nun endlich eines dieser gewissen kleinen Hefte auf den Tresen, weil niemand weiter im Laden ist. Er beobachtete mich und auch abwechselnd mit Argusaugen die Straße und nannte den Preis. Fünf Mark sind viel Geld, wenn man nur 35 DM im Monat erhält. Aber was blieb mir anderes übrig? Ich konnte noch nicht mal das Heft durchblättern. Es war mit einer Papierbanderole verschlossen, die das wirklich Sehenswerte der Titelfrau abdeckte.

Also kaufte ich das Geheimnis und verließ den Laden, ging in den nächsten Hausflur, riss den Sichtschutz ab und blätterte erstmal durch. Gott sei Dank, es waren Nacktfotos. Französische Modelle mit schönen Brüsten und Taillen, die die Hüften hervortreten liessen. Oft posierten sie einfach so reizend, dass ich ganz verrückt wurde und diese Körper immer wieder anschauen musste. Bei einigen waren auch die Haare unten nicht mehr dran. Ich hatte das vorher noch nie gesehen. Sie wirkten dadurch noch nackter. Von dem Geschlecht selbst war nichts zu erkennen, aber trotzdem, Olala!

Zwei Fotos habe ich besonders gern. Die Körper und die Gesichter bilden eine widersprüchliche Einheit. Das sind burschikose Mädchen mit kurzen Haaren und trotzdem irgendwie weiblich, die mir ganz persönlich zulächeln.

Ich muss dieses Heft zuhause gut verstecken. Vielleicht zwischen Federboden und Matratze?

Ich könnte wetten, dass der Alte in seinen Schüben noch ganz andere Sachen versteckt hält. Sonst würde er nicht immer so schelmisch grinsen, wenn er sich nach unten bückt und in den Fächern kramt. Einmal hatte ich ein Titelblatt gesehen, da war noch ein Mann mit drauf. Aber ganz schnell hatte er das wieder verschwinden lassen mit den Worten: "Nächstes Jahr ist auch noch Zeit dafür".

San Franzisco Bar

"Was machst du denn heute Abend?", Fräulein Hilde kommt gerade zur Tür herein, als ich ins Bad will. "Ich? Ich habe nichts Besonderes vor. Da gibt es ein Hörspiel heute im RIAS" antworte ich mit der Hand auf der Klinke.

"Willst du mich mal begleiten?", ihre Stimme klingt verführerisch. Das Parfüm hüllt mich ein. Sie ist einfach umwerfend auf ihren hohen Absätzen. Der Rock liegt eng an ihrem Körper und der Saum des Rockes reicht fast bis zu den Waden. Wie sie damit überhaupt gehen kann, denke ich. "Ja, wenn Sie wollen", zögere ich unsicher.

"Du kannst ruhig du zu mir sagen, so viele Jahre trennen uns doch nicht. Wir sind doch beide in der Berufsausbildung. Ich heiße Hildegard, alle nennen mich Hilde". Ich bin perplex, "und wann wollen Sie, ich meine, wann willst du losgehen und wohin soll ich Sie, nein, ich meine dich begleiten?"

Sie dreht sich ein wenig und ihre Frisur mit den hochgesteckten Haaren scheint in der Flurlampe goldblond mit den Streifen darin. Ein paar trippelnde Schritte zu ihrer Tür, eine Drehung auf den rechten Fuß, wie ein Tanzschritt und über die Schulter blickt sie mit ihren blaugrauen Augen in meine und sagt lächelnd: "Schön, dass du mich begleiten willst. Du hast doch sicher einen Anzug, nicht wahr?" Ich nicke. "Wir werden ein paar Bars besuchen, ich denke so gegen 10 Uhr abends ist die richtige Zeit aufzubrechen".

Damit öffnet sie ihre Zimmertür und ich sehe ihren hübschen Po in dem grauen Kostümrock mit der Kellerfalte. Der nächste Schritt in ihren Raum hinein, lässt den Rock nach unten noch schmaler werden, die Falte gibt nach und ihr Hintern verabschiedet sich in ganzer Fülle.

Ein paar Stunden liegen noch vor mir um mich auf das Erlebnis einzustellen. Erstmal muss ich mich setzen und zur inneren Ruhe finden, dann baden und saubere Unterwäsche zusammensuchen. Und welches Hemd? Die Krawattenauswahl ist nicht groß. Meine Haare werde ich beim Baden waschen.

Also, das ist doch ein Ding! Die Hilde will sich von mir begleiten lassen. Will mich ausführen! Eigentlich müsste ich sie ja ausführen. Ach je, ich hab bestimmt nicht genug Geld. Muss ich mir von Mutter leihen. Von der Größe passen wir wirklich gut zusammen. Wenn sie die Schuhe mit den hohen Absätzen trägt, ist sie fast so groß wie ich. Ich mag große Frauen. Und so vom Aussehen kann sie sich ganz jung machen, wie ich schon bemerkt habe. Dann sieht sie wie Anfang zwanzig aus. Und ich, mit meinem kurzen Bürstenhaarschnitt und in dem Sakko sehe schon älter aus, naja, nicht wie Zwanzig, aber fast. Durch die Arbeit bin ich kräftiger und breiter geworden. Wir werden ein passables Paar abgeben.

Stunden später tritt Hilde in den Flur, in dem ich schon eine geraume Zeit warte und mich vor dem Spiegel nach allen Seiten hin und her drehe, die Haare glätte, die Fingernägel begutachte. Sie überrascht mich mit einer weißen, fast durchsichtigen Bluse, der BH hautfarben darunter, und einem langen engen schwarzen Rock, der ihre Beine in den dunklen Seidenstrümpfen noch länger erscheinen lässt. Eine kurze Jacke, die zum Rock passt, hat sie leger über den Arm geworfen. Die Haare mit einem Seitenscheitel fallen bis auf ihre Schultern mit frisch eingelegten Wellen.

Die kleine rote Tasche, die mit Lederband über ihrer linken Schulter hängt, öffnet sie nun, zieht einen Hundert Mark Schein heraus und reicht ihn mir mit dem Satz: "Damit du mich auch einladen kannst". Ich bin baff, nicht nur wegen der Geldstütze und der ganzen Aufmachung, sondern vor allem wegen ihres veränderten Gesichtsausdrucks. Irgendwie hat sie es verstanden, sich total zu verjüngen, mit viel Rouge und roten Lippen. Die wippenden Haarlocken fallen ihr ins Gesicht, die hohe Stirn ist verdeckt, das junge Mädchen ist ihr gut gelungen.

"Ich habe schon eine Taxe bestellt", ist für mich die nächste Überraschung. "Sie wartet vor der Tür". Nach einer Pause: "Du siehst gut aus" und sie nimmt mich an die Hand wie einen Bruder. Beschwingt steigen wir, wegen der hohen Absätze, vorsichtig die Treppen hinunter.

"Wir trinken erst mal einen Cocktail in der Havanna Bar", schlägt sie sachkundig vor. Ich bin begeistert. Zwischen all den Männern in den dunklen Anzügen und den Animierdamen an der Bar sind wir **das** Paar. Sie amüsiert sich darüber, wie ich mit der neuen Welt klar komme und ich bin total stolz an ihrer Seite. Die Männerblicke reichen von bewundernd bis lüstern und sind ziemlich abfällig, wenn sie mich streifen. Nach einer halben Stunde ist es ihr langweilig. Mehr als zwei Cocktails Bloody Mary sollten wir hier nicht trinken, meint Hilde. Wieder in eine Taxe und für vier Mark zur San Francisco Bar in der Bleibtreustraße. "Hier wird ab Mitternacht Striptease geboten", weist sie mich in die nächtlichen Gepflogenheiten ein.

"Oh, schön", gebe ich zu, wobei sie mich etwas überrascht anblickt.

"Hast du schon Striptease gesehen?" Ich verneine, aber irgendwie habe ich ihr eine Vorfreude genommen. Vielleicht wollte sie mir etwas Aufregendes bieten. Ich bleibe gelassen und nippe an meinem Sektkelch.

Es ist dunkel in dem in einem tiefen Rot eingerichteten, nicht sehr großen Raum. Acht bis zehn Tische füllen den Raum, kleine runde Tische bedeckt mit bis zum Boden reichenden Tüchern in einer Rotvariante. An den Tischen stehen neumodische Cocktailsessel mit spitz zulaufenden Füßen in Metallschäften endend, wie

Absätze von Damenschuhe. Ich höre Barmusik vom Klavier: <Tea for Two> ist erkennbar und <All of You>. Dann ein Klaviertusch, naja, solche Glissandi Akkorde und ein Spot geht an, der eine runde Glasplatte mitten im Raum beleuchtet, die auch als Tanzfläche möglich ist. Eine Brünette mit ausladenden Hüften und ziemlich großen Busen, natürlich noch verpackt, eröffnet den Reigen. Unter der akustischen Hilfe eines Soulstückes mit Altsaxofon dreht und dreht sie sich, bewegt sich aus ihren Hüllen, bis nur noch ein Slip übrig bleibt. Das Licht geht aus, sie entschwindet und der Pianist spielt <Sentimental Journey>.

"Die Nächste wird dir gefallen!", Hilde kennt offenbar die Reihenfolge. Ich bin froh, sie anzublicken, ihre Hand zu halten, sie zu streicheln, ihr zuzutrinken und die Größe ihres Busens in dem BH unter der Bluse abzuschätzen. Es wird mir warm.

Die Gespräche um uns herum verrinnen, als mit dem Lichtspot eine Farbige auf die Glasfläche gleitet. Grazil mit katzenartiger Bewegung entblättert sie gekonnt ihren Oberkörper genau auf die weich gespielten Synkopen der Saxofone abgestimmt. Sie zeigt einen kleinen spitzen Busen mit großen Warzen und hat eine Wespentaille mit diesem typisch afrikanischen Hohlkreuz. Schöne, kräftige Oberschenkel und Muskeln an den Waden lassen eine Tänzerin vermuten. Der kleine Slip in der Farbe ihrer Haut macht die Illusion komplett, sie wäre vollständig nackt. Applaus! "Sie hat mir gut gefallen, vor allem die Hautfarbe" schwärme ich ein wenig. Hilde ist zufrieden mit mir.

"Ja, und was sagst du zu den Brüsten, wenn du die Frauen so live erlebst?"

Sie will mehr von mir wissen und blickt mich mit ihren neugierigen Augen auffordernd an. Ihr Mund ist ein wenig geöffnet und die Zungenspitze schimmert zwischen den Zähnen im Licht.

ZEITAUSSCHNITTE

"Die kleinen afrikanischen Brüste finde ich toll. Aber sonst sagen mir so frei rumhängende Titten nicht viel".

Schockiert ist sie nicht gerade. "Du bist ja ziemlich abgebrüht", bringt sie noch hervor, bevor sie in lautes Lachen ausbricht. Die Männer drehen wieder ihre Köpfe zu uns. Mir ist das nun gar nicht mehr peinlich, ich stoße mit ihr nochmals an.

"Willst du mich denn jetzt noch weiter in den Bars begleiten? Oder gehen wir lieber zu mir, damit du meinen Busen in meinem Bett begutachten kannst?"

Ich bin sprachlos, glücklich und geil.

Cinema Paris

Den Bezirk Eichkamp kann man mit der Straßenbahn und mit der S-Bahn erreichen. Mit der S-Bahn geht's schneller, man muss aber in Westkreuz umsteigen. Nun sitze ich auf einer hölzernen Bank im Zug und überlege, ob meine Tanzfreundin Dodo vielleicht gar nicht zuhause ist. Ob ich den Verabredungstermin richtig verstanden habe? Und wenn nicht? Ob ich dann vor einer Haustüre stehe und niemand öffnet? Was mache ich dann?

Ja, überleg doch mal, rede ich mit mir, was könntest du noch am Nachmittag, alleine, ohne sie machen, wo du dich doch schon so darauf gefreut hast, mit ihr ins Kino zu gehen. Hätten wir uns doch bloß vor dem Cinema Paris verabredet. Aber nein, ich wollte Kavalier sein und sie abholen.

Sollte ich dann allein ins Kino gehe? Wie heißt der Film eigentlich? <Fanfan der Husar>, glaube ich, mit Gerard Philippe. Wohl schon ein paar Jahre alt. Dodo wollte ihn unbedingt noch einmal sehen, wegen der französischen Sprache.

In dem französischen Kulturhaus am Kurfürstendamm, in dem das Kino liegt, werden zu ausgewählten Zeiten Filme im Original mit Untertiteln gezeigt. Ich verstehe nicht viel Französisch, nur so ein bisschen. Aber mit Untertiteln komme ich schon klar, kenne ich von der Filmbühne am Steinplatz. Dort habe ich letztens <La grande Illusion> mit Jean Gabin als Offizier im Ersten Weltkrieg gesehen, Regisseur war Jean Renoir.

Ein paar Schritte noch bis zur Haustür, mein Herz klopft. Warum ich mir immer solch einen Stress mache? Jetzt die Klingel drücken und warten. Es rührt sich nichts. Nochmals drücken.

Ah, es ist doch jemand zuhause. Ich bin immer zu ungeduldig. Die Tür geht auf: "Hallo Günther", sie lächelt mich an. Wirklich süß ist sie, mit ihrem schmalen Gesicht und dem zurückgebundenen Pferdeschwanz und ihren strahlenden, grünen Augen.

"Komm doch erst mal rein". Ich gebe ihr die Hand, nicke und spüre schon wieder meine Aufregung bei der Berührung.

"Bin ich zu früh?" frage ich jetzt endlich und, "ich wusste nicht mehr genau, ob wir uns heute um 15 Uhr verabredet hatten".

"Doch, doch, alles in Ordnung".

Nun sehe ich hinter ihr eine Treppe nach oben führen und finde so die Erklärung für die Verzögerung des Türöffnens.

"Meine Mutter ist mit ihrer Freundin verabredet. Sie lässt dich grüßen. Wenn Du möchtest, kann ich dir einen Tee machen".

Ich lehne ab. "Lass uns doch möglichst bald aufbrechen".

Ich mag solche Reihenhäuser mit den niedrigen Räumen nicht besonders, deshalb sage ich, "die Sonne scheint so schön, lass uns ein paar Schritte gehen".

Dann könnte ich ihren Arm an meinem spüren, weil sie sich sicher unterhaken wird und ich könnte beim Gehen vielleicht ihre Hand eine Weile in meiner halten.

Um 17 Uhr stehen wir endlich vor dem <Maison de France>, Kurfürstendamm Ecke Uhlandstraße. Eine Schlange vor der Kasse findet ihr Ende draußen auf dem Trottoir. Wir stellen uns an. Beim Vorwärtsgehen nähern wir uns den Schaukästen neben den Glastüren. "Schau mal, in dem Film spielt ja die Gina Lollobrigida mit" sage ich.

"Ach, kennst du sie, hast du sie schon mal gesehen?"

"Nein, nur von den Kritiken, sie spielt jetzt in vielen Filmen".

Im Foyer duftet es nach Kaffee aus dem anliegenden Restaurant. Eine Ausstellung mit Bildern von Bernard Buffet ist rechts von uns zu sehen. Interessant find ich die schwarzen Striche um die Konturen. Dodo sagt nichts zu der modernen Kunst. Weiter geht es voran, hinein in das elegante, indirekt beleuchtete Foyer, einen Raum, das das Warten sehr angenehm macht.

"Reihe 15, bitte in der Mitte, wenn möglich". Endlich erreichen wir einen Traum von Kinoinnenraum: rote Polstersitze vor hellgrünen Wänden. Die Besucher strömen jetzt durch die Türen, an den seitlichen, dunkelroten Samtportieren vorbei, die dann während der Vorstellung die Türen verdecken werden. Der Raum hat Die Form eines Hufeisens, einen großen geschwungenen Rang und wird vorn durch einem rosafarbenen, schweren Stoff in einer leichten Kurve abgeschlossen. Dahinter ist sicher die Leinwand. Zauberhaft, in diesem Kinoreich neben einem so attraktiven Fräulein zu meiner Rechten zu sitzen. Ich fühle mich übermütig.

Beim Umherblicken erkenne ich die kleinen Schilder über den Türen an den hellgrünen Wänden, auf denen in Französisch steht, ist ja ein französisches Kino: <Defense de fumer>. Und ich, in meinem Übermut in gespielt naiver Manier, kann es doch nicht lassen, Dodo laut auf berlinerisch zu fragen: "Wat heißt eijentlich dort uff dem Schild dehfense de pfumar?"

Oh, was für einen Blick sie mir daraufhin zuwirft, was für eine Reaktion, wunderbar! "Sei nicht so laut, Du bist peinlich". Und sie zieht die Hand aus meiner heraus.

Naja. So bin ich nun mal. Entweder sie kommt damit klar oder nicht. Ihre Hand habe ich später zurückerobert.

Verwirrungen

In den letzten Tagen war ich ein wenig unkonzentriert um nicht zu sagen verwirrt. Es sind eigentlich fröhliche Stunden, die ich mit Dodo im Kino verbringe, wenn ich sie umarme, sie zärtlich küsse, wenn ich mich in die Freundschaft und in die Unbekümmertheit fallen lasse, in das Dahingleiten eines Nachmittags des vorsichtigen Ertastens von Grenzen. Beim Tanzen geben wir schon ein ideales Paar ab. Auf der großen Party in unserer Wohnung mit vielen alten Freunden bemerkte ich, als wir den Rock n´ Roll tanzten, von verschiedenen Seiten heimliche, neidische Blicke. Bei den langsamen Bluesstücken in enger Umarmung mit ihr, habe ich nicht darauf geachtet, da ich mit ihrer körperlichen Unantastbarkeit beschäftigt war, die mich sehr reizt. Die Küsse sind einfach herzlich und lieb. Das Feuer ist noch ganz tief im Inneren verborgen. Wer weiß, ob es jemals zum Zündeln kommt.

Fräulein Hilde war an dem Abend der Party ausgegangen. Als ich mal auf dem Flur nach Dodo suchte, trat sie in ihrer unnachahmlichen Art zufällig durch die Eingangstür, schritt schwebend auf ihr Zimmer zu und lächelte mir zwinkernd zu. Der Boden schien nicht mehr sehr fest unter mir. Sicher, ich hatte einiges getrunken, aber das konnte nicht der Grund sein, dass ich ein fadenscheiniges Streitgespräch mit Dodo über Jazzmusik anfing. Später entschuldigte ich mich zwar bei ihr, aber es war nun etwas zwischen uns getreten. Mir fiel es zum ersten Mal schwer, sie nach Hause zu begleiten und auf der Rückfahrt in der S-Bahn sprang meine Stimmung hin und her zwischen froher Erwartung und Selbstbezichtigung.

Um ein wenig Abstand zu den Frauen zu gewinnen, verbringe ich die Wochenenden in letzter Zeit allein. Ich besuche Jazz Clubs. In der Nürnberger Straße <Die Badewanne> mit aktueller Musik, die sich mir nicht so einfach erschließt. Ich kenne vor allem die New Orleans Richtung und den Swing. Im Club spielen sie Bebob und Progressiv Jazz, was immer das heißen mag. Charly Parker und Dizzy treten nicht auf. Aber deutsche und europäische Musiker, die diesen Stil spielen. Meine Gedanken verlieren sich häufig bei den Soli in dem dunklen Kellerraum unter dem Tabaksqualm. Es ist schon verwunderlich, wie Musiker bei dieser stickigen Luft spielen können.

Unter den vielen, schwarz gekleideten Leuten, bin ich einer der Jüngsten in meinem karierten Sakko. Komme mir vor, wie ein fliegender Reporter aus einem Jugendbuch von Alfred Weidemann. Hier und da nehme ich etwas von den aktuellen Strömungen auf, koste, vertiefe, kritisiere, gebe Kommentare, urteile und verwerfe. So eile ich von Jazz Club zu Jazz Club, von Kino zu Kino und kann keine Ruhe finden, kann nicht entscheiden zwischen dem lieben Mädchen und der raffinierten Frau.

Selbst in meinem Lieblingsclub <Die Eierschale> am Breitenbachplatz stehe ich wie bestellt und nicht abgeholt zwischen klatschenden, pfeifenden, vor Begeisterung johlenden Fans und lasse die Dixieland Musik von mir abperlen. Der geliebte <New Orleans Stomp> und der <Tiger Rag> berühren mich zwar akustisch, aber das Sehnen nach tiefer Berührung bleibt auch an diesem Abend unbefriedigt. Die Begeisterung der Fans und die wirklich akrobatisch zu nennenden Trompetensoli, die kochende Atmosphäre aus der mit Bier- und Schweißgeruch gefüllten Luft treiben mich über die 10 Stufen der engen Treppe wieder zurück in die Nacht.

Einfach nur gehen möchte ich, durch die Nacht in Richtung Charlottenburg. Stundenlang gehen, die Gegend erkunden, beobachten, mich orientieren, mich verlaufen, zurückfinden, stolpern, fallen, aufstehen und weiter gehen, ohne mich entscheiden zu müssen. Müde in den Sonntagmorgen hinein laufen. Zuhause vor mich hindämmern. Den Plattenspieler in Betrieb nehmen. Und dann die neue Platte von Pat Boone <Tutti Frutti> in 78er Umdrehung hören. Ja, so werde ich diese Nacht verbringen.

Bei meinem neuen Plattenspieler brauche ich nicht mehr nach drei Platten die Nadel auszuwechseln und das Aufziehen der Feder ist auch vorbei. Ich höre mir noch den <Liebestraum> von Liszt auf dem Tenorsaxophon von Earl Bostic an, fantastisch verjazzt. Ach, und schon geht es mir wieder gut.

Das Erkerzimmer ist nun zu meinem Reich geworden. Mutter hat sich dankenswerterweise auf das Wohnzimmer reduziert. Dort, im eigenen Zimmer kann ich endlich kommen und gehen, wie ich will. Den Erker habe ich vom übrigen Raum durch einen Raumteiler aus Bambusstäben abgetrennt, an dem Topfpflanzen hängen und der der Platz für einen großen Philodendron ist. Vom alten Bett der Großeltern sind die Betthäupter und die Seitenteile auf den Dachboden gelandet. Die zwei alten noch nutzbaren Federböden stehen nun als Ottomanen einzeln im Raum, auf V-Stützen aus schwarz gebeizter Eiche, die ich in der Tischlerei angefertigt habe. Damit der Stil stimmt, habe ich hellrot gemusterte Bezüge darüber gespannt. Auf der Liege an der Wand schlafe ich. Darüber hängt schwebend, raffiniert unsichtbar befestigt, ein selbst gebautes Bücherbrett mit den Werken von Faulkner und Hemingway, den ich besonders mag, und Thornton Wilders <Wir sind nochmal davongekommen>, steht da, Dylan Thomas´ <Unter dem Milchwald> und Wolfgang Borcherts <Draußen vor der Tür>.

Die große Flügeltür, die früher mit dem Gobelin <Engel schweben vom Himmel> bedeckt war, ist jetzt frei zugänglich, aber verschlossen und verriegelt von meiner Seite. Die Tür führt in das ehemalige Büro. Der Raum ist ja an Fräulein Hildegard vermietet. Zum Flur führt eine zweiflügelige Tür mit Glasfeldern, durch die ich zum Bad gelange und gegenüber der Tür zu Hildegards Reich, der ehemaligen <Engel schweben herab> Tür gibt es eine gleichgroße Flügeltür zum Wohnraum, die in Mutters Reich führt.

Ich komme mir manchmal wie in einem Film vor. Da sehe ich mich in einer Szene, in der ich für meine Zukunft eine Entscheidung fälle, fast ohne mein Zutun, wie in einem Film, der aufgenommen, aber noch nicht vorgeführt wurde. Früher gab es ja zwischen den einzelnen Filmstreifen kleine Pausen um die Spulen zu wechseln. Mein Leben scheint sich in so einer kleinen Pause zu befinden, so kommt es mir vor. Ich warte auf die Fortsetzung.

Die nächste Szene zeigt mich in der Straßenbahn nach Spandau auf der wöchentlichen Fahrt zur Berufsschule, die ich dienstags von 8 bis 14 Uhr in Finkenwerder besuche. Da ich danach nicht in die Werkstatt muss, fahre ich anschließend nach Siemensstadt zu meinem Vater. Die Bahn hat die Freybrücke bereits passiert und biegt in die Vorortbebauung von Spandau ein. Schulkinder steigen ein. Bisher war die Bahn fast leer. Ein junges Mädchen setzt sich mir gegenüber auf den einzelnen Platz am Fenster mit dem Rücken zur Fahrtrichtung und blickt mich aufmerksam an. Irgendwie erinnert sie mich an ein Gesicht aus der Vergangenheit.

"Hallo Günther?", stellt sie erstaunt fest. "Was machst du in Spandau?".

Ich blicke sie noch immer ohne Verständnis an.

"Ich bin die Christa", hilft sie mir, "vom Geburtstag deines Vaters damals, als wir so lachen mussten".

Jetzt dämmert es mir und ich suche nach Ähnlichkeiten in meiner Erinnerung. Aber alles hat sich verändert! Auch ihre Stimmlage. Bevor sie sich setzte, schien sie viel größer als vor drei Jahren. Damals war sie so klein und kindlich. Sie ist zwar noch in der Pubertät, ein bisschen rund im Gesicht, aber sonst schon gut proportioniert. Ein hübsches Lachen zieht die Nase kraus, die Augen sind träumerisch ins Weite gerichtet und dabei blickt sie mich an. Ihre Haare sind unter einer ziemlich blöden Kappe verborgen und ihre Klamotten sind nichts Umwerfendes. Aber sie hat Charme und sie ist anziehend.

Wir tauschen unsere "Lebensentwürfe" aus und verabreden uns locker für ein Treffen an einen Nachmittag der nächsten Wochenenden.

"Falls wir die Abfahrzeiten der Straßenbahn einhalten, könnten wir uns jeden Dienstag früh hier treffen" bemerkt sie nebenbei. Beim Abschied reicht sie mir die Hand, warm und weich und sie sagt noch, "erzähle deinem Vater nicht, dass wir uns verabreden wollen. Ja?".

Ich nicke gedankenverloren und blicke ihren jungenhaften Bewegungen nach. Soweit ich weiß, erhält sie doch regelmäßig Klavierunterricht von meinem Vater. Warum eine harmlose Verabredung geheim bleiben soll, bleibt mir aber noch einige Zeit verschlossen. Auf der weiteren Fahrt zur Berufsschule träume ich vor mich hin.

Die Berufsschule ist ein Segen für mich. Trotz der vielen Fächer, die neu für mich sind, schwimme ich leicht in der Lernfülle wie schon lange nicht mehr. Diskussionen mit dem Lehrer über politische Fragen erheben mich in den Stand des Klassensprechers für das Schulparlament. Ich gehe wieder gerne zur Schule. Das Lernen verliert die Anspannung und die Quälerei. Es wird immer leichter. Alles fällt mir zu. Die schrecklichen Jahre des Gymnasiums entschwinden hinter den farbigen Bildern einer erfolgreichen Berufsausbildung.

So froh gestimmt, reise ich nach der Schule weiter zu meinem Vater nach Siemensstadt, freiwillig einmal in der Woche, um die Verbindung aufrecht zu erhalten. Die Lernunterstützung ist zum Glück entfallen und die daraus resultierenden Belastungen ebenso. Allein die Fragen zur Bautechnik und zu konstruktiven Details könnten gelegentlich interessant sein.

Vorerst streiten wir weiter über Jazz und moderne Kunst, ein Thema, das neuerdings unsere Gemüter am Kaffeetisch bewegt. Dass die Streitgespräche ein Lebenselixier für mich sind, wird mir mehr und mehr bewusst. Er würde von sich aus die abstrakte Kunst nie zum Thema machen. Das ist, behauptet er, wie die moderne Literatur, sei es Camus, Sartre oder Hemingway keine Kunst, vielleicht noch Journalismus.

Existenzialismus deutet er als Ausdruck für verrauchte Kelleratmosphäre mit schwarz gekleideten jungen Leuten, die zu viel freie Zeit haben. Bei Thomas Mann könne noch von Literatur gesprochen werden, aber schon Hermann Hesse sei doch widerlich. Mit der Zeit gelingt es mir immer besser, die Knöpfe bei ihm zu finden und daran zu spielen, sodass er nach Luft schnappt und mir dann seine Argumente um die Ohren schlägt.

Actionpainting ist die Ausgeburt einer kranken Fantasie und es sei erwiesen, dass Affen im Experiment ähnliche Ergebnisse erzielen. Damit wären wir auch schon gleich bei seiner Ansicht über Jazz. Er ist halt mein Vater und offensichtlich am Vorwärtskommen seines Sohnes interessiert, der noch immer monatliche Unterhaltszahlugen von ihm erhält und auch daran, wie lange das wohl noch dauern wird.

Wie von einer Tarantel gestochen ist er dann ganz Ohr, als ich beiläufig von meiner neuen Freundin erzähle, "sie ist sehr apart und etwas über 20".

"Wie, was? Ich denke Dorothea ist so alt wie du!"

"Ach, Dorothea, ja Dodo ist gerade 17 geworden, aber sie ist doch meine Tanzpartnerin und Kinogängerin. Das ist doch was ganz anderes!".

Irritiert forscht er weiter: "Wer ist denn die Neue? Woher kennst Du sie?"

Nachdem ich die Verhältnisse in unserer Wohnung etwas klargestellt habe und mit meiner emphatischen Begeisterung für Hilde nicht zu knapp hinterm Berg halte, wackelt Vater bedenklich mit dem Kopf, "schon so alt? Mit anderen Männern? Sagst du. Pass bloß auf, dass du dir keinen Tripper holst. Und überhaupt, das ist doch nichts für dich, so in der Lehre".

Ich zucke nur mit den Schultern. Vater versucht es mit einer anderen Richtung: "Schlag ihr doch mal vor, das nächste Mal mitzukommen, wenn du uns besuchst. Ihr könnt ja auch an einem Sonntag kommen. Ich möchte mit ihr persönlich sprechen, einfach mal einen Eindruck gewinnen".

Nachdenklich gebe ich nach, "ich werde Hilde fragen, glaube aber nicht, dass sie zustimmt", wobei ich denke, dass er vielleicht selber Lust verspürt, so einem Weib mal wieder gegenüber zu sitzen. Seine Sorgen erscheinen mir oberflächlich betrachtet, im Hinblick auf sein Verhalten und seiner Mimik, etwas unglaubwürdig.

Zu der Gegenüberstellung von Verführerin und Richter ist es auch nicht gekommen. Hilde hat lächelnd abgewunken, "wie alt ist dein Vater? was für ein Auto fährt er? wo wohnt er?".

Ein Mann mit einem VW Käfer, wohnhaft im sozialen Wohnungsbau, selbst, wenn er ein noch so guter Architekt wäre, wäre auf der Karriereleiter von Fräulein Hildegard vergeblich zu suchen.

Die Tür zur Verführung

Das Verhältnis zwischen Mutter und Hildegard ist erstaunlich gut. Sie lachen und scherzen miteinander. Ich vermute, dass Hilde ihre Männererlebnisse brühwarm erzählt. Dann sitzen sie in der Küche beisammen und amüsieren sich bei Kaffee und Kuchen.

Zwischen Fräulein Hilde und mir besteht die unausgesprochene Übereinkunft, die Sexualität nach Lust und Laune zu genießen, das heißt, wenn sie nicht auf Tour ist und ich auch im Hause bin, wird ein Augenkontakt zu einer Vereinbarung, sich einige Zeit gegenseitig zu verwöhnen. Das können 20 Minuten oder zwei Stunden sein. Mutter lässt sich durch das Türenklappen in den späten Abendstunden nicht aus ihrer Ruhe bringen. Ich denke manchmal, es gibt eine Abmachung zwischen den beiden, mich in die Geheimnisse der Sexualität einzuweihen. Wie dem auch sei!

Hildes Körper ist fraulich fließend proportioniert. Ihre langen Beine sind an den Oberschenkel fast prall, sie unterstützen reizvoll den Formenreichtum der Hüften und den schön gepolsterten Hintern. Wenn sie auf dem Rücken liegt und sie mich mit ihren Armen zu sich hinunterzieht, gleiten meine Hände über die straff gespannte Haut der Beckenschaufeln. Ein wohliger Duft nach Moschus und Orangenblüten strömt aus ihrer samtenen Mitte. Ihre Brüste, die beim Liegen ein wenig zu jeder Seite der Schwerkraft folgen, sind überaus einladend um mein Gesicht darin zu suhlen. Ich liebe jedoch am meisten wie ihre Brustwarzen erigieren, wenn ich sie mit der Zunge behutsam liebkose. Ihr offenes Lächeln wird zu einem Glucksen und Schnurren und ihre sonst so klaren Augen unter den angeklebten Wimpern verlieren ihren graublauen Glanz und überziehen sich mit einem Schleier, der, wie bei einer Fata Morgana, eine andere Welt dazwischen schiebt.

Ihre auf dem Kissen ausgebreitete Mähne betäubt mich so sehr mit einem zwischen Mandel- und Rosenöl changierenden Duft, dass ich vergesse, in sie einzudringen. Ich liege ganz still und höre ihr Herz schlagen, meines auch, spüre ihren Atemhauch an meinem Gesicht. Ihr Schnurren der anhaltenden Erregung vertieft sich zu einem Knurren und der Rhythmus ändert sich in ein auf- und abschwingendes Stöhnen, wenn ich mit meiner rechten Hand zwischen den Haaren ihre Schamlippen auseinanderziehe und mit einem Finger die schon gut fühlbare Perle wachsen lasse. Die Feuchte ist jetzt mehr als ausreichend, um mich in den Himmel der Ekstase zu verlieren. Auf Liebkosungen in Form von Küssen sind wir dann nicht mehr angewiesen. Uns reicht die Wildheit des Extraktes.

Vorher, zuweilen auch hinterher, reden wir über unsere Eigenheiten und Vorlieben. Ich zeige ihr die kleinen französischen Hefte, die ich vor Mutter sorgsam versteckt halte und wir bewundern gemeinsam die besonders schönen Frauen, ihre Details und ziehen über andere her. Die rasierten Mösen interessieren uns beide und wir vereinbaren für das nächste Mal mit einem Nassrasierer die Haare zu entfernen. „Ich besorge den Apparat mit Klingen und den Schaum", überrascht mich Hilde. Eine liebevolle Berührung meines Schwanzes und sie verschwindet in Richtung Bad.

Die große Flügeltür zu Hildes Zimmer lässt mich nicht mehr los. Oft muss ich meine Hand von dem Schlüssel und den Riegel nehmen, um nicht einfach ihr Zimmer aufzusuchen, ihren Duft zu schnuppern oder gar etwas von ihr auszuleihen.

Aber heute Abend, so nach Zehn, wenn niemand mehr über den Flur rennt und fast alle schlafen, drehe ich den Schlüssel im Schloss, entriegele die Tür und schlüpfe hinüber. Sie erwartet mich in ihrer so einladenden Art auf den Rücken liegend und winkt mich spielerisch an ihre Seite. Auf dem Tisch stehen die Utensilien bereit, auch eine Schüssel mit warmem Wasser auf einer Heizplatte. Wir diskutieren über die Reihenfolge und ich bestehe nachdrücklich auf, "Ladys first". Mit der Schere das längere Haar abschneiden, ist schnell getan, dann eingeseift und Strich für Strich die helle Haut freigelegt, bis die ganz Pracht sich vor mir ausbreitet. Was für schöne große Lippen und wie weich sie zwischen den Fingern sind und in meinem Mund. Das Eincremen der Hautfalten führt zu weiteren Ergüssen und Schnurren, sodass ich meine Haltung verliere und der Geilheit ihren Lauf lasse.

"Mach nicht so schnell", protestiert sie, "du bist ja wild wie ein Hund!". Ihre Schönheit, ihr Geruch, ihr nacktes Geschlecht und die französischen Fotos im Kopf bringen mich so rasend wie nie zuvor zur Ekstase und ich breche über ihr zusammen. Das ist mir nun echt peinlich und ich erhebe mich ruckartig, steige aus dem Bett, eile zur Flügeltür und entschwinde in mein Zimmer mit Verriegeln und Abschließen. "Du bist gemein!" höre ich noch schwach durch die Holzfüllung der Tür. "Du kannst mich doch nicht so unbefriedigt zurücklassen. Deine Haare sind auch noch nicht abrasiert!".

Ich antworte nicht, denke nur, "ach, vergiss es!", lege mich ins Bett, in dem ich nun stundenlang wachliege und nach allen Richtungen lausche, ob uns jemand gehört hat. So ganz leise waren wir bestimmt nicht und die Flügeltür hat auch gedröhnt in der Eile. Und Hilde? was macht sie jetzt? Ich lausche. Nichts. "Zum Weinen ist sie nicht der Typ", sage ich mir, "und wenn sie sich selbst befriedigen würde, hätte ich doch was gehört". Aber nichts!. Wahrscheinlich ist sie längst eingeschlafen. Sie schnarcht nie.

Das ist eine Stille in der Nacht. Jetzt ist es schon zwei Uhr, die Kirchturmglocke schlägt. Morgen früh, quatsch, heute früh muss ich um sieben Uhr aufstehen. Das wird ein Tag in der Werkstatt!

Vorbei

Der Meister des Innenausbaus, dem ich seit einiger Zeit zuge-teilt bin, begrüßt mich mit einem Seitenblick, "na, gestern wohl spät geworden?"

Den "guten Morgen" brummend, nicke ich und nehme das Werkzeug aus dem Schrank.

Herr Dombrowski ist ein verständnisvoller Familienvater. Au-ßerdem mag er mich und ich mag ihn. Ein guter Lehrer ist er auch. So lässt er mich vor dem Frühstück in Ruhe und ich träume von Hildes Körper, den ich wohl nie mehr in meinen Händen halten werde! Das hab ich vermasselt. Sie wird mir vermutlich böse sein. Was mache ich nur, um ihr in den nächsten Tagen auszuweichen?

Der Tag rinnt so dahin. "Fühlst du dich krank?" höre ich von Ferne die Stimme des Meisters durch den Lärm der Schleifma-schine. "Dann geh lieber nach Hause". Ich schüttle den Kopf und greife lustlos zu dem Schleifklotz um die Eichenprofile von den Maschinenschlägen der Messer zu beseitigen.

Stunde um Stunde schleife ich Leisten für die Kassenhäuschen der neuen U-Bahnlinie nach Tegel.

"Bloß nicht jetzt nach Haus", denke ich, obwohl ich gerne ins Bett gehen würde. "Um die Mittagszeit ist Hilde auf jeden Fall noch in der Wohnung".

So vergeht auch der Nachmittag und ich schleiche mich zu Hau-se angekommen in mein Zimmer, lege mich ins Bett und gebe üble Kopfschmerzen vor. Was ja auch nicht ganz gelogen ist.

Ein paar Tage später, an einem Wochenende begegne ich Hilde im Flur. "Na, du Held!" lacht sie mich an. Ich werde rot. Sage wie-der nichts und verziehe mich.

Die Stimmung ist einfach nicht mehr dieselbe, finde ich. Sie ist zwar freundlich zu mir, spricht auch mit mir, aber ich bleibe für mehrere Wochen einsilbig. Meine Zurückhaltung verliert sich mit der Zeit und unser Miteinander normalisiert sich.

Die Faschingszeit kommt. Hilde führt Mutter ihr Kostüm vor. Ich stehe daneben, betrachte sie von oben bis unten. Sie kommt mir fremd vor. Das rote Oberteil über der schwarzen Strumpfhose ist an den Oberarmen ziemlich ausgeschnitten. Ich sehe die Ansätze ihrer Brust, wie sie ein bisschen hervortreten, eine Wulst zu den Achseln bilden. Bei diesem Anblick empfinde ich sie plötzlich abstoßend und ich weiß, es ist zu Ende.

Ich wünsche ihr noch viel Vergnügen auf dem Ball und sage, "der schwarze Hut mit dem breiten Rand steht dir sehr gut". Dann wende ich mich ab in dem tiefen Bedauern über unseren Altersunterschied.

Ich behalte sie als ein Schatz meiner Erinnerung lieb und bin voll Dankbarkeit für die ekstatische Zeit.

Viele Jahre später, lange nach ihrem Studienabschluss, heiratete sie einen reichen Unternehmer in Uruguay, wie sie Mutter auf einer Postkarte mitgeteilt hat.

Fasching, Partys, Nachtklubs

Wie gut, dass es im Leben so viel Ablenkung gibt. Das Faschingsfest der Tanzstunde wird der nächste Knaller. Ich bin mit Dodo übereingekommen, dass wir uns gegenseitig mit den Kostümen überraschen wollen.

Ein Teil von mir wollte schon immer ein Künstler sein, das ist ein Leben oder ist es ein Zustand?, von dem ich eigentlich keine richtige Vortellung habe. Eine Verkleidung wäre so etwas wie der erste Schritt dahin. Ich male doch gerne, zeichne Selbstportraits in Kohle und Stillleben in Aquarell. Also denke ich, wäre ein Künstlerkostüm doch ein Versuch. Aber wie könnte das aussehen? Ein mit Farbklecksen versehenes Oberteil? So irgendwas Abstraktes? Oder sieht das nach einem Malerkittel aus? Haben die Künstler besondere Hosen an? Nein, das habe ich noch nie gesehen. Und wie frisieren sie sich? Haben die nicht oft so eine Art Cäsaren Frisur? die Haare nach vorn in die Stirn gekämmt? Einen Backenbart gehört auf jeden Fall dazu. Und an die Füße die Jesus-Latschen. Fertig! Aber mit Latschen wird das Tanzen schwierig. Dann bräuchte ich dicke Socken, damit rutscht es sich gut übers Parkett. Aber weil es draußen in der Faschingszeit kalt ist, entscheide ich mich für eine dunkle Strumpfhose. Das Ganze sieht im Spiegel schon lustig aus.

Dodo ist als Putz Mäuschen oder Zimmermädchen gekommen, wie man es sehen will. So treffen wir erneut aufeinander. Die Musik spielt die bekannten Tänze und um Mitternacht ist Schluss. Küsschen, Küsschen und Winke, Winke. Man sieht sich.

An manchen Wochenenden gehe ich noch mit Dodo spazieren, ins Kino oder zu Partys, die sie leider schon um 10 Uhr abends verlassen muss, weil ihre Mutter das Töchterchen vor bösen Überraschungen schützen will. Auf meine gelegentliche Annäherung in einer liegenden Lage auf einem Sofa im Verlaufe eines entspannten Nachmittags, schreckt sie mit dem Ausruf hoch, "doch nicht vor der Heirat! Was denkst du denn von mir?"

Sie zieht den hochgeschobenen Rock wieder hinunter und erhebt sich, um sich zu verabschieden. Nun ja, heiraten wollte ich sie wirklich noch nicht. Also erstmal Verzicht auf Ekstase.

Jedes Wochenende finden überall Partys statt, mal bei uns in der Wohnung, mal bei Leuten, die ich nicht kenne. Dann gehe ich mit den Bekannten mit.

Letztens gab es eine Party bei meinem alten Freund Heiner. Er ist schon richtig als Einzelhandelskaufmann ausgebildet und in einer großen Firma angestellt. Er hatte seine Kollegen eingeladen. Die meisten waren viel älter als ich. Die Frauen, obwohl erst Anfang 20, sahen auch schon wie 30 aus. Es wurde viel geraucht, getrunken, geschmust, geknutscht, gequietscht und gelacht. Die Zeit ging einfach so rum. Der Sonntagmorgen im eigenen Bett entschädigte mich mit Strecken, Recken, Kuscheln mit der Bettdecke und Weiterdösen.

In der folgenden Woche war eine Runde durch die Schwulenkneipen an der Potsdamer Straße angesagt. Heiner meinte, ich müsste mal diese andere Welt kennenlernen.

Das war schon ein komisches Gefühl an der Theke einer Homo-Bar zu stehen mit den abschätzenden Blicken von allen Seiten, die über meinen Körper glitten. Wie ausgeliefert oder vorgeführt kam ich mir vor. Na schön, die Stimmung war sanft, das Licht gedämpft, gut ausgeleuchtet, nicht so düster wie in der Striptease Bar.

Eigenartig fand ich, dass die vielen gleichgeschlechtlichen Pärchen mit ziemlichem Abstand beieinder saßen oder standen, wobei sie sich zwar tief in die Augen blickten, sich anregend unterhielten, aneinander zu prosteten und dabei doch so eine Distanz bewahrten. Warum gehen sie in eine Bar, wenn sie zuhause dasselbe besser haben könnten? Ob es sich nur um die Eroberung des öffentlichen Raumes handelt? Aber Bars sind doch auch nur eingeschränkt öffentliche Orte. Soweit ich weiß, ist es bis heute (1958) immer noch verboten, in der Öffentlichkeit diese spezielle Neigung zu zeigen. Mir haben ja auch schon Menschen, die mich ärgern wollten, hinterher gerufen, "du bist wohl am 17.5. geboren!"

Eigenartig waren die einzelnen Männer, die mich an dem Abend die ganze Zeit anstarrten, mir zuzwinkerten und unverständliche Gesten machten, die ich nicht deuten konnte. Die waren mir wirklich unangenehm.

Einer von denen trat plötzlich ganz dicht an meine rechte Seite. Links von mir standen Heiner mit seiner Freundin und die anderen aus der Gruppe. Die Hand, die der Typ mir auf die Schulter legte, schüttelte ich sofort ab. Klare Verhältnisse! Natürlich war das blöd von Heiner, mich in diese Bar mitzunehmen, in der diese Einzelgänger dann denken, "aha, neues Frischfleisch geliefert". Ich war richtig ärgerlich über Heiner!

Vielleicht wollte er mir auch nur eine neue Unterhaltung bieten und hatte sich nichts dabei gedacht. Oder er und seine Begleiter glaubten, dass ich "vom anderen Ufer" wäre und solche Kontakte suchte?

Nachdem wir die Lokalität endlich verlassen hatten, hatte ich den Eindruck, die Gruppe wollte sich auf meine Kosten amüsieren und erleben, wie ich mit der ungewohnten Situation fertig werden würde.

Egal! Die Zeit ging wenigstens rum. Der folgende Sonntagmorgen entschädigte mich auf jeden Fall wieder mit Ausschlafen und Dösen!

ZEITAUSSCHNITTE

Leere ausfüllen

Hinter dem Bahnhof Zoo liegt in der Nebenstraße ein imposantes Gebäude, das den Krieg gut überstanden hat, mit einer großzügigen Eingangshalle. Durch die 3 Meter hohen Türen betrete ich das Foyer mit hochstrebenden, weiß gestrichenen Stützen, die den Raum gliedern. Zwei Treppenläufe in jeder Ecke führen über Podeste zu der einläufigen Mitteltreppe, die dann oben in der Ausstellungsetage endet. Durch ein riesiges Fenster an der Stirnseite der Treppe belichtet, strahlt der Raum viel Ruhe aus.

Einige Besucher halten sich rechts an dem Kassentresen auf. Ihre Schritte sind überdeutlich auf dem Steinboden zu hören. Fragen werden in gedämpften Ton gestellt, als wollten sie die Besinnlichkeit des Kunstgenusses schon mit dem Kauf der Karte erwerben.

Ich liebe diese Halle. Es ist eine erhebende Erfahrung langsam die Stufen nach oben zu steigen und dabei das gesamte Volumen des Raumes aufzunehmen. Oben angekommen, laden riesigen Flügeltüren auf der linken Seite in die Ausstellung der aktuellen modernen Malerei ein.

Auf der rechten Seite der Galerie hinter den Flügeltüren ist die Malerei des 19. Jahrhunderts ausgestellt. Große, vertikale Fenster gehen nach Osten, so dass am Nachmittag das Licht zum Betrachten der Bilder ideal ist. Ein Sonnabendnachmittag in der <Nationalgalerie> wirkt auf mich inspirierend.

Ich stehe vor einem Bild von Ernst Nay aus der Serie der rhythmischen Bilder. Welche Farbverläufe! Die Kraft der Komposition, die auf mich unbewusst übergeht, ist umwerfend. Die Variationen des Themas in den daneben hängenden Bildern ziehen mich von einem zum anderen. Hier ein provozierendes Gelb neben ein tiefes Blau gestellt, dort die ganze Fläche aufgelöst in

<Eruption>, wie der Titel sagt. Überhaupt die Titel der Bilder: <Synkopen>, <freie Rhythmen>, <Phantasie>. Ich lasse mich in diese Kunst gleiten, die mich mit der Freiheit des Jazz verbindet, verliere mich für Minuten und tauche wieder begeistert auf, durchpulst von einem rhythmischen Schwung.

Die ausgestellten Werke der Amerikaner überraschen mich ebenso. <Action painting> befreit mein Denken. Ich kann mich einfach der Zufallsstruktur des Augenblicks überlassen, der Bewegungen der Pinselstriche, die Farbverläufe aufnehmen und in meinem Körper als Resonanz spüren. Die unmittelbare Kommunikation zwischen Bild und mir, ohne Erklärungen, ergreift mich und erinnert an ähnliche Empfindungen, die ich beim Hören von Jazzmusik habe.

Später, auf der gegenüberliegenden Seite des Hauses stehe ich vor einem Bild von Braque. Zauberhaft ist die Komposition der Gitarrenteile, die in kubistische Logik auseinander und neu zusammengesetzt wurden. Die Palette der Braungrauabstufungen erstrahlt in großer Harmonie, trotz der beabsichtigten Brüche.

Direkt daneben überwältigt mich die Farbigkeit der Bilder von Cezanne. Radikal hat er die Natur in einem klaren Licht gemalt. Von weitem wirkt die Darstellung der Natur nahezu exakt, aber von nahem betrachtet, erscheinen sie kindlich unbekümmert in den Details. Ich staune über die Lebendigkeit! Als würde die Landschaft atmen! Ich fühle mich erfüllt, wende mich animiert, zufrieden zum Gehen und denke über die eigenen Malversuche nach. Zum Schweben ist oft nicht viel nötig, nur einen Schritt in einen anderen Raum.

Leere ausfüllen 2

In der Musikalienhandlung in der Kantstraße neben dem Kino habe ich mir ein neues Mundstück für meine Trompete gekauft, um das hohe C besser zu erreichen. Das zweite C und das folgende G machen mir keine Mühe. Aber das C darüber und das ganz hohe E werden jeden Abend zu einer anstrengenden Luftnummer. Das ist nicht nur für meine Lippen eine Strapaze, auch für die Hausbewohner, die sich bisher noch zurückhalten. Ich bin deshalb zum Üben schon in die hintere Toilette gezogen, sitze nun täglich für eine Stunde auf dem WC und übe. Vielleicht hätte ich doch besser einen Lehrer nehmen sollen?

Aber <When the saints> und der <St. Louis Blues> hören sich schon erkennbar richtig an. Nur dieses C will nicht so, wie ich will. Nach einer Stunde sind die Lippen dick geschwollenen, wie bei Dizzy im Normalzustand. Ein unangenehmes Gefühl. Ich gebe nicht auf!

Noten machen mir keine Probleme. Die kenne ich aus der Schule. Ich übe die Melodie vorher auf dem Klavier. Die Trompete spielt ja nur die Melodie und danach die Improvisationen. Von Tag zu Tag werde ich besser. Nur leider hat gestern unsere Nachbarin, so eine hysterische Ziege, mit einem harten Gegenstand gegen unsere Eingangstür geklopft, ohne Unterlass, bis ich endlich aufgehört habe mit dem Üben. Als ich die Tür öffnete, war niemand mehr da. Die Tür war arg zerkratzt, tiefe Scharten hatte sie hinein geklopft. Naja, sie hatte sich schon ein paarmal bei Mutter beschwert. Sie könnte nicht arbeiten, wenn immer dieselben Töne schnell und quietschend zu hören seien. Sie hätte nichts gegen Musik, aber das sei Terror. Ich sollte in den Keller zum Üben gehen. "Das ist doch unverschämt von ihr!", finde ich.

Also versuche ich jetzt mit einem Dämpfer zu spielen. Die Töne hören sich dann nicht mehr so deutlich und klar an. Das ist zum

Üben blöd. Eigentlich spielt man mit Dämpfer nur, wenn man die Melodie beherrscht.

Die Menschen können einem das Leben schon schwer machen! Aber ich gebe nicht auf! Ein Mieter über uns hat sie dabei gesehen, wie sie mit einer Blumengießkanne, wütendem Grummeln und einem roten Kopf unsere Tür bearbeitete. Sie war so bei der Sache, dass sie gar nicht merkte, wie er an ihr vorbei ging. Auch eine Form von Ekstase! Alle Achtung!

ZEITAUSSCHNITTE

Jazz LP Erwerbungen

Am Stuttgarter Platz, schräg gegenüber dem Eingang des S-Bahnhofs Charlottenburg, befindet sich ein Laden in einer Wohnung der ersten Etage eines alten Gründerzeithauses. In dem ehemaligen Wohnzimmer stehe ich nun vor einem Tresen, nachdem ich durch die halboffene Tür eingetreten bin. Trotz des Tresens ist es kein richtiger Laden. Es gibt keine Laufkundschaft. Hier äußert jeder die Wünsche, die er sonst nirgends erfüllt bekommt. Ich zum Beispiel hole heute ein vor Wochen bestelltes Album mit 2 Langspielplatten ab, das Konzert von Benny Goodman in der Carnegie Hall aus dem Jahr 1938. Das gibt es nicht im Handel.

Der Besitzer dieses Ladens ist ein alter Jazzfan, der, wenn es irgend möglich ist, alle Aufnahmen besorgt, die jemals gepresst wurden. Ein freundlicher Brillenträger, so Ende 30, mit einer Halbglatze und Haarkranz deutet voller Stolz auf die an den Wänden bis unter die Decke reichenden Regale, gefüllt mit den schwarzen Scheiben in den farbigen Hüllen: "Das ist das Werk der letzten 10 Jahre. Da gibt es auch noch viele alte Schellackplatten von den Anfängen des Jazz". Ich blicke ihn bewundernd an und erwähne, dass ich auch seit drei Jahren eine kleine Sammlung von New Orleans und Swing Musik zusammengetragen habe. "Das Gene Krupa Sextett habe ich kürzlich auf Schellack gekauft mit 78 Umdrehungen", erkläre ich gewichtig. "Jetzt habe ich auch einen neuen Plattenspieler, mit dem ich die 33er Platten abspielen kann".

Ich nehme die neue Plattenhülle in die Hand, es ist ein schönes Foto auf dem Cover, innen befinden sich Besetzungsliste, Titelliste und ein Augenzeugenbericht von dem ersten Jazzkonzert in New Yorks feiner Adresse für Klassik. "Wunderbar", stelle ich fest, "es sind alle bekannten Stücke drauf, auch das berühmte <Sing, sing, sing>". Nickend ergänzt er: "Eine tolle Session ist das Stück und dazu die Gäste: Charly Shavers, Trompete und Coleman Hawkins, Tenorsaxofon. Na, du wirst begeistert sein". Ich zahle und sage noch: "ich komme bestimmt wieder", während ich ihm zuwinkend den Wohnungsladen verlasse.

Einige Wochen später bin ich wieder unterwegs, um mir zwei neue LPs zu kaufen. Es ist ein Tag vor Weihnachten und ich will zum Fest das Weihnachtsgeld in eine Platte Bebop Musik anlegen. Der Laden liegt in der Grolmannstraße in dem Neubau des Gerling Konzerns. Neu eröffnet, bietet er verschiedene Musikrichtungen, für jeden etwas, so ähnlich wie die Buchklubs, aber keine Bücher sondern Schallplatten, überwiegend die 25cm großen Vinylscheiben.

Ich biege in Gedanken versunken, vom Savigny Platz kommend, die S-Bahn-Brücke unterquerend, in die Grolmannstraße Richtung Kurfürstendamm ein, halte mich auf der rechten Seite, träume so vor mich hin, male mir aus, wie ich zu Haus, bevor ich den Weihnachtsbaum schmücke, die Musik hören werde und betrete die Fahrbahn, den Plattenladen auf der anderen Straßenseite fest im Blick. Das war`s!

Wumm! Krachend splittert etwas an meinem Hinterkopf. Ich fühle mich hoch gerissen, ins Weite geworfen. Schwärze! Nichts! Dann sehe ich mich von oben auf der Fahrbahn neben dem Bordstein liegen und denke, "nanu, das ist mal was Neues. Du kannst schweben". Ich sehe Leute um mich herum gestikulieren, sich zu mir runter beugen, mich ein wenig anders hinlegen und danach warten. Hier bricht der Film ab. Die nächste Erinnerung ist das Horn des Unfall Krankenwagens, in dem ich liege. Es kommt von ganz weit her, schwillt an, entfernt sich wieder. Ich höre Fahrgeräusche oder fühle ich diese? Irgendwann wache ich in einem weißen Raum mit einem großen Fenster auf, davor ein laubloser Baum. Ich habe wohl einen Verband um den Kopf, es fühlt sich so an und mir ist speiübel. Es wird wieder schwarz vor meinen Augen. Das nennt sich Gehirnerschütterung. Tagelang muss ich auf dem Rücken liegen, habe einen Eisbeutel auf der Stirn, lerne Bettpfannen und Glasenden kennen und suche entgegen der Anweisung von Schwester Grete, die mit dem hohen Wasserfall (sie hat lange Beine), nach drei Tagen heimlich die Toilette auf. Die beiden Männer in dem Krankenzimmer sind mal lästig, mal unterhaltsam. Sie versuchen mich über Gott und die Welt aufzuklären.

Ich tauche lieber in ein Buch ein. Es ist ein Weihnachtsgeschenk von Mutter. Der Titel ist mir entfallen, wahrscheinlich Gedächtnisschwund wegen der Erschütterung, aber ich erinnere mich noch, dass es ein Roman vorn Bernhard Shaw war, lustig und unterhaltsam. 10 Tage liegen ist eine bittere Prüfung. Viel Zeit verbringe ich mit Radiohören. Elvis Presley ist als Soldat in Deutschland stationiert. "Muss i denn zum Städtele hinaus", hören wir im Zimmer dreimal täglich von seiner erotischen Stimme eingeschmalzt.

Für Mutter war das ein einsames Weihnachten geworden ohne mich und ohne Baum. "Zum Glück hat sie ja noch ihre Untermieter", sagte ich mir später, als ich wieder bei Verstand war. Silvester ist mir wohl dank der Erschütterung ebenfalls verloren gegangen. Erfreulich in Erinnerung geblieben, sind mir die zusätzlichen Urlaubstage über die Feiertage hinaus und die Jazzmusik die ich dann trotzdem sofort nach der Entlassung aus dem Krankenhaus gekauft habe.

Es sind wirklich klassische Bebop Stücke auf den Scheiben. Jedes Mal beim Hören der Improvisationen von Charlie Parker´s fliegenden Tonkaskaden, denen er seinen Namen <The Bird> verdankt, denke ich an meinen eigenen kurzen Flug durch die Endlichkeit.

Auch Vater kann einsichtig sein

Meine wöchentlichen Besuche bei Vater und Erna in der kleinen zweieinhalb Zimmerwohnung in Siemensstadt nach der Berufsschule sind unregelmäßiger geworden. Den Streitereien überdrüssig geworden, steht er meiner Entwicklung mit Reserviertheit und Hoffnung auf ein baldiges Ende der Ausbildung nicht mehr im Wege. Wir haben vereinbart, von Mal zu Mal einen neuen Termin zu bestimmen. Mal sind es 14 Tage, mal sind es drei Wochen, die wir uns nicht sehen.

Zwischendurch an Tagen, die frei von Vater-Sohn-Verpflichtungen sind, treffe ich mich nach der Berufsschule hin und wieder mit Christa, die ja auch in Spandau lebt. Ich bin einfach neugierig, wie und wo sie lebt. Es ist eine bescheidene Wohnung mit Blick auf eine Straßenbahnhaltestelle, ausgestattet mit einfachen Möbeln und Gardinen. Bei den vielen Umzügen ging bestimmt auch einiges kaputt. Und das alte braune Klavier war bei jedem Umzug dabei. Irgendwie ist die Geschichte schon verrückt. "Spiel mir doch mal etwas auf dem Klavier vor", bitte ich sie. Sie schüttelt ihren Kopf, zieht die Nase kraus, winkt mit einer Hand ab.

"Du kannst bestimmt schon gut spielen bei dem regelmäßigen Unterricht durch meinen Vater".

"Ach was", sagt sie, "ich will nicht. Meine Mutter quält mich schon genug. Sie kontrolliert mich, ob ich auch übe. Letztens hat sie sich in der Wohnung hinter einer Tür versteckt und so getan, als hätte sie die Wohnung verlassen. Weißt du, so mit Eingangstür zu knallen. Ich war sehr erschrocken und aufgeregt, als sie plötzlich im Zimmer stand".

Daraufhin habe ich nichts gesagt, habe mich selbst ans Klavier gesetzt und <When the Saints> gespielt. Anschließend sind wir noch eine Runde um den Block gezogen. Komisches Mädchen, scheu, sensibel, irgendwie gestört. Ich sagte ihr Tschüss und "wir bleiben in Kontakt".

An einem der anderen Tage auf dem Wege zu meinem Vater gehen mir die Gedanken über Christa wieder durch den Kopf und ich frage mich, warum sie nicht will, dass ich ihm von unseren Treffen berichte. Was soll schon dabei sein. Wir haben doch sonst nicht viel, was Vater und Sohn verbindet. Wenn sie seine gelehrsame Schülerin ist, interessiert es ihn vielleicht anderes von ihr zu erfahren, denke ich, während ich an der Wohnungstür klingele, vor der ich mit leerem Magen warte.

Nach einem einfachen, sattmachenden Mittagessen und der obligaten Ruhepause, kann ich nicht mehr an mich halten. "Kommt Christa noch regelmäßig zum Unterricht?" versuche ich einen Anfang.

"Warum fragst du?" Seine Miene ist ablehnend, als wolle er nicht über sie sprechen.

"Ach, nur so, wir sehen uns fast jeden Dienstag früh in der Straßenbahn und einmal habe ich sie zuhause besucht". Vater blickt mich irritiert an.

"Du hast sie zuhause besucht? Warum?" Ich bin verunsichert.

"Es ergab sich so. Ich war neugierig, wie sie so lebt", gestehe ich und füge hinzu, "ich finde sie merkwürdig, aber ganz nett".

Vater setzt sich aufrecht hin, überlegt einige Sekunden, greift sich in die weißen, noch dichten Haare und schüttelt den Kopf während er mir in die Augen blickt. "Lass sie in Ruhe, Günther", sagt er mit dumpfer Stimme, "sie ist krank gewesen, sehr krank. Vor einiger Zeit lag sie im Krankenhaus mit Gehirnhautentzündung". Ich blicke ihn fragend an, habe keine Ahnung, was das für eine Krankheit ist. Er sieht meine neugierigen Augen und erklärt, "es hängt vielleicht mit ihrer Mutter zusammen. Die ist doch auch so ein Nervenbündel. Aber genaueres weiß ich nicht. Außerdem traktiert sie ihre Tochter ständig, wenn es ums Lernen und Üben geht. Da ist Christa irgendwann mal zusammengeklappt. Wir haben sie im Krankenhaus besucht. Aber uns wollten die Ärzte nichts sagen, wir sind ja keine Verwandten. Aus der Mutter bekommt man nichts Vernünftiges heraus. Wahrscheinlich versteht sie selber nicht, was mit ihrer Tochter geschieht".

"Sie ist doch wieder gesund geworden?", stelle ich fragend fest. "Ja, ja, sie haben sie wochenlang stationär behandelt und unter Vorbehalt entlassen. Ob die Krankheit ausgeheilt ist, ist nicht klar. Sie könnte wieder kommen. Ich erzähle dir das so ausführlich, damit du nicht einen Fehler begehst. Dann hast du unter Umständen ein Schicksal mitzutragen, das du nicht tragen kannst oder willst. Du bist jung und hast das Leben vor dir, wie man so sagt". Damit lehnt er sich in seinem Sessel zurück, schlägt die Beine übereinander und fährt fort, "es gibt doch genug Mädchen in deinem Alter. Lass die Finger von ihr! Ich vermute", und er nimmt wieder die angespannte Haltung ein, "ich vermute, dass ihre Mutter auch dahinter steckt".

Ich bin alarmiert. "Was meinst du damit?".

"Die Mutter, du hast sie ja damals am Geburtstag hier kennen gelernt, lebt in der Vorstellung, ihre Tochter könne dich heiraten. Sie denkt sich, der Sohn des Architekten wäre eine gute Partie. Daran siehst du, da stimmt was nicht im Oberstübchen".

Dem kann ich nicht widersprechen. Ich verstehe nun die Bereitschaft, besser gesagt, die Versuche von Christa sich mit mir zu verabreden. Ich fühle mich gewarnt, aber nicht überzeugt. Da ich das Gesagte schweigend hinnehme, die Warnungen nicht zu verstehen scheine, nimmt Vater den Faden wieder auf. "Ich will dir nicht in dein Leben rein reden, ich möchte dich vor einem Unglück bewahren. Sieh mal, damals, als ich deine Mutter heiratete, war ich schon 39 Jahre alt und lebte eigentlich immer noch bei meiner Mutter. Wie Du ja weißt, waren wir nicht reich. Mein Vater, also dein Großvater, war bei der Reichsbahn in einer unbedeutenden Stellung. Meine Mutter war für uns beide, meinen Bruder und mich nur Hausfrau und Mutter. Nach ihren Vorstellungen sollten wir Bäcker und Metzger werden. Sie sagte ständig, "dann haben wir immer etwas zu essen". Als der Erste Weltkrieg begann, war ich 16 und mein Bruder 14. Man kann sie schon verstehen, damals in der schlechten Zeit. Ich wurde 1916 eingezogen und kam in französische Gefangenschaft".

Vater hält inne, überlegt wie er fortfahren soll. "Habe ich dir schon erzählt, dass ich in der Gefangenschaft so gut Französisch gelernt hatte, dass ich meinem Lehrer zu seiner Überraschung die Kriegserlebnisse in Französisch schildern konnte?" - "Knüppel, wie haben Sie denn das geschafft? Sie waren doch in Fremdsprachen eine totale Null". Tja, das stimmte, in Sprachen war nichts los mit mir, aber in Mathe und vor allem in Kunst war ich der Beste. Ich durfte Stunden schwänzen, wenn ich Lust hatte nach der Natur zu zeichnen". Er machte eine Pause. Seine Augen wanderten in die Ferne.

"Kunst oder Musik wollte ich studieren, aber der Krieg und die Gefangenschaft haben die Pläne verhindert. Die Nachkriegszeit war nicht einfach, da blieb nur ein Brotberuf übrig. Architektur hat ja mit Zeichnen und ein wenig mit Kunst zu tun und es bringt Geld. Für meine Mutter war die Vorstellung, dass beide Söhne studierten, unvorstellbar, "der Ältere wird Architekt und der Jüngere Studienrat, unmöglich!" jammerte deine Großmutter.

Erna hat inzwischen Kaffee und Plätzchen auf den Tisch gestellt und gießt die Tassen voll. Sie merkt, dass Vater weiter erzählen will und zieht sich in die Wohnküche zurück. Alle Achtung, denke ich und blicke ihn aufmunternd an. "Und wie ging es in der Weimarer Zeit weiter?"

Nach einem tiefen Schluck aus der feinen Porzellantasse, lehnt er sich wieder zurück. "Ich habe dann recht gut zu tun gehabt. Viele Einfamilienhäuser in Falkensee gebaut. Die Bauherren haben mich weiter empfohlen. Ich konnte mir ein schönes Motorrad kaufen. Für Politik habe ich mich nicht interessiert. Bevor ich deine Mutter auf dem jährlichen Ball der Ingenieure kennenlernte, war ich mit einer anderen Frau verlobt. Wir wollten heiraten und in Falkensee ein Haus bauen. Das Grundstück hatte ich schon gekauft. Ich weiß nicht, was meine Mutter gegen meine Verlobte hatte, aber immer wieder zankte sie mit mir rum und ließ kein gutes Haar an Traudel. So trennten wir uns. Ich habe zu sehr auf meine Mutter gehört. Sie wollte keine Frau neben sich dulden, glaube ich. Dasselbe passierte dann auch mit deiner Mutter. Ich habe mich zwar durchgesetzt, aber vielleicht war es auch nicht richtig. Es war ein ewiger Streit mit ihr. So etwas überträgt sich dann auch auf die Ehe. Wir waren zuerst sehr glücklich. Deine Mutter tanzte gern, ging gerne aus, saß gerne hinten auf dem Sozius. Kochen konnte sie nicht gut.

Und sie hatte immer ihre Mutter und deren Schwester um sich herum. Drei Frauen und kein Essen auf dem Tisch. Das hat mich geärgert. Bei meiner Mutter gab es wenigstens Essen. Ich hatte auch nicht immer Lust auszugehen und schon gar nicht an Tagen, wenn es in den Lokalen krachend voll war. Deine Mutter wollte sich immer zeigen, ihre Kleider vorführen, die sie selber schneiderte, wollte sich bewundern lassen. Das lag mir nicht. Als du geboren wurdest, hatten wir uns schon ein bisschen auseinander gelebt. Da kannten wir uns gerade drei Jahre. 36 verlobten wir uns, 37 heiraten wir, 38 zogen wir in die Weimarer Straße und 39 bin ich Vater geworden. Damals war ich stolz auf dich. Das siehst du auf den Fotos, die es von uns beiden gibt, ich in der Uniform der Wehrmacht. Aber leider wollte Hitler das deutsche Volk zum Siege führen. Architekten wurden für den Bau von Bunkern und Rüstungsbetrieben benötigt. Ich kam nur noch selten nach Hause. Dort waren neben dir immer die drei Frauen anwesend und kein Essen auf dem Tisch. Als ich 1940 nach Gleiwitz versetzt wurde, lernte ich dort Erna kennen. Berlin war weit entfernt und das tägliche warme Essen so nah. Mir fehlte jemand mit dem ich über normale Dinge reden konnte. Kleidersorgen und Bälle waren in dieser Zeit, die schon auf uns lastete, ohnehin ohne Belang". Vater nimmt sich eine Zigarette, zündet sie an.

Der Rauch zieht durch den Raum. Juno-Zigaretten rauchen jetzt viele. Es fängt an zu dämmern. So lange haben wir noch nie zusammen gesessen und gesprochen. Ich wünschte dieses Gespräch oder besser gesagt dieser Monolog, hätte sich tatsächlich so ereignet.

Dann hätte doch zum Schluss das Einverständnis von ihm kommen können. "Ich habe dich geliebt, mein Sohn, aber es blieb mir keine Wahl. Es tut mir sehr leid, dass alles so gekommen ist. Wir machen Fehler und oft lernen wir nichts daraus".

ZEITAUSSCHNITTE

Strandbad Wannsee

Wenn ich mein Alleinsein pflege, ist das Strandbad Wannsee im Sommer ein Vergnügen für meine wunde Seele. Die vielen jungen, halbwegs hübschen Mädchen dort, dann die schöne Anlage mit dem vielen Grün und überhaupt die Gebäude, die so selbstverständlich in ihrer Großartigkeit und Einmaligkeit einen Übergang vom Wasser zum Strand und zum Wald herstellen, begeistern mich immer wieder. Ich liebe die Treppen, den hellen Klinkerstein, die Promenade auf den Sonnendecks und das Anstehen in der Schlange nach einem Eis im Schatten des Bauwerks.

Sonnabend gegen Mittag, nach einem Fußweg vom S-Bahnhof Wannsee durch den Kiefernwald über den Sandboden schlurfend, ist die Kassenschlange noch überschaubar. Dann gleich hinunter zu dem Strandkorbverleih. Zwei Mark für den Rest des Tages, das leiste ich mir.

"Möglichst nach rechts, so um die 175" er sieht mich etwas entgeistert an. "Nehmen Sie es bitte nur als Orientierung", grinse ich zurück. Er gibt mir die Marke, die Fahne und ich zahle zwei Mark und 5 Mark für die Fahne, die ich bei der Rückgabe wiederbekomme. Jetzt aber los! In der Mitte des Strandbades sind die Decken von den Sonnenhungrigen schon dicht an dicht ausgelegt. Warum die Menschen immer so aufeinander liegen müssen? Ich laufe beschwingt mit meinem Badebeutel über der Schulter die überdachten Wandelgänge entlang, passiere die Toiletten- und Duschbauten, sehe schon die freien Strandkörbe mit den Nr. 165-168 auf dem hellen Sand stehen. Da, die Nr. 173, die ich heute gemietet habe, steht sogar noch in einer Sandburg, die gestern andere geschaufelt haben. Toll! Eine Burg, einen Platz für mich allein. Den Korb nach der Sonne und zum Wasser drehen, Fußstützen herausziehen und Klapptisch festklemmen, ist die einzige körperliche Tätigkeit an diesem Tag. Der Sitz ist mit grünem Plastikmaterial bespannt, die Stoffbespannung des Korbes innen ist aus blauweiß gestreiftem Segeltuch. Alles, wie es sein soll. Ich bin zufrieden. Erstmal das Brot essen, welches ich mir heute Morgen gemacht habe. "Nichts gemacht und schon Hunger".

Jetzt kann ich endlich das Buch von Sartre lesen, das ich vorige Woche gekauft habe. Wie heißt es doch gleich? <Das Spiel ist aus>. Das Bild auf dem Einband sieht interessant aus: ein umgestürztes Fahrrad, an dem sich das Vorderrad noch dreht. Ich glaube das Buch ist auch verfilmt worden. Wundervoll, so ein Buch in der Hand und den ganzen Tag frei zum Schmökern. Nachher springe ich mal ins Wasser. Vorher muss ich noch den Wasserball aufblasen. Seit dem letzten Jahr benutze ich den zum Schwimmen. Damit fühle ich mich sicherer.

Die ersten Jahre nach dem Unfall an der Freybrücke bin ich nicht ins tiefe Wasser gegangen. Ich habe auch immer noch ein wenig Angst. Deshalb schwimme ich nur mit dem Wasserball vor mir, so als Halt. Sollen die anderen doch lachen. Aber ich glaube, das bemerkt sowieso niemand. Ist doch jeder mit sich selbst beschäftigt. Mit dem Ball bin ich schon bis zum Floß draußen im tiefen Wasser geschwommen und wieder zurück. Nur auf die große Rutsche gehe ich noch nicht. Die führt direkt ins tiefe Wasser, in dem ich sofort schwimmen müsste, wenn ich mit Schwung untertauche. Da werden gleich noch die unangenehmen Erinnerungen hochgespült. Die Mädchen kreischen ja immer so schön wild und verführerisch, wenn sie da runter rauschen. Aber es macht einfach keinen Sinn, so eine Ische anzusprechen, wenn ich da nicht mithalten kann.

Trotz alledem! Ist doch ein schöner Tag mit einem Buch in der Hand, aufgestützt auf den Tisch, in die Weite, über das Wasser der Havel schauen und die Segelboote beobachten. Vielleicht lerne ich auch mal Segeln? "Ach was, alles muss man nicht können!" sag ich zu mir, "Lerne du erstmal schwimmen".

ZEITAUSSCHNITTE

Das Jahr 1958

Das Jahr 1958 ist ein ereignisreiches Jahr. Ich bin von den Neubauten der <Internationalen Bauausstellung> begeistert: Diese Hochhäuser im Hansaviertel und die Wohnscheibe von Oscar Niemeyer auf den V-Stützen. Großartig! Einige Male bin ich schon durch das Viertel zu den verschiedenen Baustellen gewandert. Zwei Kirchen entstehen und die Akademie der Künste: ein völlig schräger Bau, wie ein Zelt. In meiner freien Zeit entdecke ich die Stadt. Dann laufe ich Kilometer um Kilometer und schaue hier in einen Hof, dort in einen Hausflur, betrachte die modernen Fassaden und freue mich über die neuen Kinos am Zoo. Der Gloria Palast, gegenüber dem Marmorhaus, hat ein großartiges Foyer mit einer freitragende Treppe, die sich in einer Spirale nach oben windet. Im Foyer, auf den Beginn der Vorstellung wartend, sehe ich durch die riesigen Scheiben die Menschentrauben auf dem Kudamm vorbeischieben. Das Kinoglück ist in so einem gelungenen Raum einfach riesig. <Die Privatsekretärin> mit Rudolf Prack und Sonja Ziemann war mein erster Film in diesem Kino. Ehrlich beeindruckt war ich von dem Pomp des Innenraums.

Seitdem die <Internationalen Filmfestspiele> in Berlin stattfinden, lege ich meinen Urlaub in diese Wochen. Ich studiere dann das Programm und sehe mir fast täglich einen der Filme im Zoo-Palast an, manchmal auch zwei hintereinander. Diese Vielfalt aus den verschiedenen Nationen genieße ich ebenso, wie die angenehm gekühlten Räume in der Sommerhitze des Junis. Ich liebe es, in ein kühles Kino zu gehen. Im Zoo-Palast hat man wegen der ansteigenden Sitzreihen nie einen Kopf vor sich. Die Leinwand für die neuen Cinemascope Filme reicht von Wand zu Wand, das sind 20-25 m. Als ich einmal in der ersten Reihe saß, fühlte ich mich erschlagen von dem Geschehen. Ich musste den Kopf hin und her bewegen um alle Aktionen mitzubekommen. Der Ton kam von allen Seiten. Zum Schluss torkelte ich aus dem Kino!

TEIL 3

On the sunny side

Neues bahnt sich an 177

Laterna Magica 180

Eine Reise mit Mutter 183

Schöne Zeit 186

Mensageschichten 190

Farbe und Form 194

Uli und Susanne 198

Hin-und hergerissen 199

Begeistert von Jutta R. 202

Bernd Z. 203

Semesterarbeit 204

Semesterferien 207

Schöne Zeit endet 212

Noch eine Lehre 216

Halbzeit 222

Zwischenbericht 226

Ende gut, alles gut? 227

ON THE SUNNY SIDE

Neues bahnt sich an

Die Lehre geht ihrem Ende entgegen. Die Zwischenprüfungen habe ich erfolgreich überstanden: In Theorie fast sehr gut und in Praxis fast gut. Für die praktische Abschlussprüfung muss ich eine große Auftragsarbeit übernehmen, eine zweiflügelige Schiebetür für einen Werkstattschuppen, 3 m hoch und 5 m breit.

Ich freue mich, dass diese Lehrjahre bald hinter mir liegen. Es ist mir nicht immer leicht gefallen in dem Staub und in dem Lärm der Maschinen zu arbeiten. Nächstes Jahr beginne ich das Studium.

Vor einigen Wochen konnte ich noch nicht die Ausbildungen in der Gauß Schule von der in der Meisterschule unterscheiden. inzwischen weiß ich, dass ich in dem einen Institut Bauingenieur, in dem anderen Innenarchitekt werden kann. Die Ingenieurschule liegt in Berlin-Tiergarten und die Meisterschule in Charlottenburg in der Nähe des Ernst-Reuter-Platzes.

"Was machst du lieber? Konstruieren oder entwerfen?" Ich weiß noch nicht mal, was sich hinter den Begriffen verbirgt, habe Bekannte gefragt, keine richtige Antwort bekommen. Den Lehrmeister gefragt: er hat mir die Vor- und Nachteile aufgezeigt. Mutter neigt zum Innenarchitekt-Studium, weil sie glaubt, es hat mit Dekoration zu tun. Vater findet, eigentlich hätte er genug Unterhalt bezahlt, aber wenn es sein muss, dann Ingenieur. "Als Ingenieur findest du überall Arbeit und du verdienst gutes Geld", sagen mir auch andere Leute, die ich so frage.

Ich habe mir beide Institute von außen und von innen angesehen, die Atmosphäre geschnuppert, die täglichen Wege abgefahren und abgelaufen. Trotzdem kann ich mich noch nicht entscheiden. Dann begegnete ich zufällig im Lebensmittelladen einer Hausbewohnerin, die ihre Zimmer an Studenten vermietet. "Ich habe noch eine Mappe mit Zeichnungen eines jungen Mannes, die er nicht mitnehmen wollte. Er war Student der Innenarchitektur. Komm mich mal besuchen, dann zeige ich dir diese Arbeiten". So stand ich ein paar Tage später vor den Bleistiftzeichnungen eines Restaurants mit raffinierten Spiegelungen von Stuhlfüßen auf dem Fußboden und effektvoll gezeichneten Dekorationen, Pflanzen, alles perfekt.

"Das kann ich niemals", brach es aus mir heraus. "Ach was", versuchte sie mich zu überzeugen. "Am Anfang konnte er das auch nicht. Er hatte vorher einen Abendkurs besucht, um die Aufnahmeprüfung zu bestehen, hat er mir mal erzählt. Ich habe ihn sehr gerne gehabt", sie hielt inne: "Er musste nach seinem Studium zurück in den elterlichen Betrieb".

Fasziniert von den Möglichkeiten der tollen Darstellung und dem künstlerischen Schein, entscheide ich mich für den kürzeren Weg. Einen Weg, den ich täglich zu Fuß gehen kann. Im Herbst beginnen bereits die Vorbereitungskurse für die Aufnahmeprüfung und deshalb sitze ich am späten Abend wieder mal in einem Klassenraum mit Kunstlicht und blicke konzentriert auf ein Stillleben von Flaschen, Krügen und einem Obstkorb voller Äpfel.

Um mich herum Stöhnen und Seufzen, Papier reißen und Bleistift radieren. "Das sieht doch völlig falsch aus! Ich kriege es nicht hin!" "Schon wieder von vorn, nochmals beginnen!" Das waren so die üblichen Kommentare der ersten Stunden. Mit den Abenden lernten wir gemeinsam sehen und uns kennen. Neben mir sitzt heute Karlheinz auf der rechten Seite und Jutta sitzt zu meiner linken. Wir korrigieren uns vorsichtig gegenseitig und beurteilen unsere Arbeiten nach eineinhalb Stunden mit neu erworbener Sachkenntnis und großzügigem Lob.

Schräg gegenüber sitzt Uli, der den Polsterer Beruf erlernt hat und Peter, der sich auch redlich beim Freihandzeichnen müht, hat schon den Tischlermeister in der Tasche. Er ist ein paar Jahre älter. Eine tolle Clique ist da zusammen. Wir alle, voller Hoffnungen und Erwartungen, treffen jeden Mittwochabend in der Meisterschule ein, lassen uns von Stillleben oder Stuhlarrangements überraschen, die wir exakt wiedergeben sollen. Von Stunde zu Stunde wird es lustiger. Es entstehen Bekanntschaften, Freundschaften, Gemeinsamkeiten werden entdeckt und Wochenendtermine vereinbart. Das Zeichnen wird leichter und rückt in den Hintergrund.

"Gehst du auch zur <Laterna Magica>?"

"Was ist denn das?" Fragen schwirren durch den Klassenraum. Peter war im letzten Jahr auf der <Laterna>, und er führt uns ein, "fünf Tage Rabatz mit Musik, sage ich euch. Das haut einen um. Die Räume, die Treppenhäuser alles ist dekoriert und überall sind Bars". Er holt erstmal Luft, "und alle sind verkleidet, völlig verrückt!" Er überlegt, ob er weitererzählen soll. "Einer hatte sich letztes Jahr mit Vogelkäfig auf dem Rücken als Vogelhändler dekoriert und stellt euch nur vor, an dem Käfig hatte er ein Schild, darauf stand: Suche Frau, die gut zu Vögeln ist". Glucksende Stille, dann suchende Blicke im Kreis, lachende Augen und Kichern ohne Ende.

"Wann ist denn die Laterna Magica?"

"Das ist ein Faschingsfest, also so Ende Februar, manchmal Anfang März, aber immer vor dem <Schrägen Zinnober>".

"Und was ist das?" will ich wissen. Peter erklärt, "das ist ein Faschingsfest der Hochschule der Künste, da sind die Mädchen noch verrückter verkleidet, manche haben fast nichts an".

"Ich glaube, ich gehe erstmal zur Laterna", sage ich. Und Karlheinz meint, "also dann, sehen wir uns alle bei der Laterna? Wir müssen uns noch auf bestimmte Tage verabreden. Ich kann nicht fünf Mal hintereinander die Nacht durchmachen".

Laterna Magica

Was für eine Aufregung! Zum ersten Mal ein richtiges Kostümfest. Tagelang die Überlegung: "Was soll ich als Idee wählen?" Cowboy-kostüm ist out. Als Künstler auf einem Fest der Meisterschule für das Kunsthandwerk zu gehen wäre peinlich. Don Juan ist eine hübsche Idee, aber was macht einen Don Juan aus? Seeräuber ist ehrlich zum Gähnen langweilig. Bleibt also nur ein Fantasiekostüm. Mir kommt nun die Idee, als wandelnde Küchengerätesammlung aufzutreten. Über schwarze Strumpfhose und Oberteil, einfach Utensilien der Küche um mich herum aufhängen. Auf den Kopf ein Gemüsesieb als Helm, Kochlöffel um die Taille und alle möglichen Siebe und Quirle um den Hals mit Schnüren festgemacht. Als ich mich im Spiegel betrachte, muss ich lachen. Urkomisch sehe ich aus. Hoffentlich kann ich mit dem Kostüm tanzen. Wenn ich mich drehe, fliegen die Teile nur so um mich herum und es klappert und scheppert.

Es ist eine sternenklare Nacht, als ich um 22 Uhr vor der Meisterschule meine Eintrittskarte an der großen Eingangstür vorzeige. Das Sieb trage ich noch in einer Tasche. Ich wollte nicht auf dem Weg zum Fest als Verrückter von Passanten festgehalten der Polizei übergeben werden. An der Garderobe ziehe ich die Jacke aus und ordne meine Utensilien, setzte das Sieb auf den Kopf und reiche Jacke und Tasche zur Aufbewahrung. Schon ernte ich den ersten großen Überraschungserfolg bei der Studentin, die die Garderobe entgegennimmt. "Eh, da haste dir ja wat einfallen lassen", ruft sie mir aufmunternd zu. Ich hatte nicht geahnt, dass ich mit meiner Idee so ein Aufsehen erreichen würde. Alle drehen sich um, zeigen auf mich, kichern, einige schütteln den Kopf. Andere begeistern sich an meinem Aufzug, als ich die Treppe zum ersten Stock hinauf gehe. Mir begegnen andere witzige Kostüme: ein großer Pappkarton steigt ungelenk die Treppe hinab, Negerweiber mit Baströcken und die Haut mit Schuhcreme geschwärzt, "Wie die das wieder abbekommen wollen?" Ein Scheich mit drei Frauen in Schleiern, ein Seil um die Taillen der Schönen geschlungen, zieht sie hinter sich her. Einer wagt auf Stelzen in langen Beinkleidern, mit karierten Sakko und der Melone von Chaplin auf dem Kopf die Stufen zu überwinden. Echt schräg! Das Treppenhaus ist mit Papierbahnen bespannt. Darauf sind die Silhouetten von Paris mit Eiffelturm, Sacre Coer, Moulin Rouge, Hausfassaden von Montmartre und die typischen Treppen des Quartiers in raffinierter Perspektive wiedergegeben. Ich bin animiert.

Ich wende mich in der 1. Etage in Richtung Dixieland Musik. Eine Traube von Kostümierten drängt sich an der Tür zu einem Raum, aus dem es dunkelrot flackert, im Rhythmus der Musik. Eine Trompete spielt life einen Chorus über das Thema <Muskrat ramble>. Es klingt fast wie bei Kid Ory. Jetzt höre ich die Posaune darunter, die Klarinette umspielt die Melodie, ein Schlagzeugsolo, ein Klaviersolo und wieder das Thema, zum Schluss die Schlagzeugbreaks mit der Trompete im Wechselspiel. Gejohle, Begeisterungsschreie, Klatschen, Trampeln. Da geht die Post ab! Schade, dass sie jetzt eine Pause machen. Piraten, Clowns, Sterntaler und Marktfrauen drängen in den Flur zur nächsten Musik. Jetzt kann ich den Raum blicken und sehe einige vertraute Gesichter. Peter als Pirat verkleidet, Jutta als OP Schwester und Karlheinz als Seebär mit Bart. Ich habe ihn nur an der Stimme erkannt, "Was schleppst du alles mit dir rum, Mecki?" Ich setze mich zu ihnen und lass mir berichten, was noch alles so los ist, wobei ich über <Mecki> erstmal überrascht bin. Wieder ein neuer Name, gefällt mir aber besser als <Ernste>. Es hat ja auch nicht jeder so eine Igelfrisur, die heute unter dem Metallsieb verborgen ist. Ich erinnere mich nicht mehr, wo und wann die Utensilien verloren gingen, in wie vielen Armen ich gelegen habe, wie viele Stunden ich, mit x-beliebigen Partnern eingezwängt in der Menge, getanzt habe. Um 5 Uhr früh warteten in der morgendlichen Kälte etliche Taxen vor der Meisterschule, die ihren Fahrgästen sicher waren.

ON THE SUNNY SIDE

Eine Reise mit Mutter in die Erinnerungen

Nach dem ersten Semester in der Meisterschule für das Kunsthandwerk gab es endlich sechs Wochen Ferien. Das war auch nötig, denn das Studium der Innenarchitektur stellte sich als eine Schule mit einem straffen Stundenplan von 8 bis 16 Uhr heraus, sechsmal die Woche in den Fächern Werkkunde, Schrift, Farbe und Baukonstruktion.

Um Geld für die Ferien zu haben, arbeite ich nun drei Wochen in meiner Tischlerei als Geselle. Die bekannten Gesichter zeigen sich überrascht, mich nach Monaten wieder zu sehen. "Dass du bei uns wieder arbeiten willst!". "Nee, nee, ich bleibe nur für ein paar Wochen", kläre ich sie auf, "muss ein bisschen Tischlerstaub schnüffeln". Fensterbau im Akkord wird gut bezahlt und nach dem vielen Schulbankdrücken ist praktische Arbeit reines Vergnügen.

Weniger Vergnügen ist die einwöchige Reise, die ich Mutter versprochen hatte. Sie wollte unbedingt mit mir nach Pottenstein. Jedes Jahr fährt sie für 10 Tage im Bus von Berlin in den <Luftkurort> in die fränkische Schweiz, immer zur selben Pensionswirtin. Jetzt soll ich mir die Naturschönheiten auch ansehen. Fichtelgebirge, fränkische Schweiz oder Harz, das waren die beliebtesten Ziele für die Berliner Kurzurlauber. In dieser Region ziehen sich dunkler Nadelwälder über Höhen und Täler. Wegschneisen durchziehen gradlinig die endlosen Forste. <Luftkurorte> sind in der Regel Dörfer mit privaten Vermietungen und einer Hotelpension, in der ein Raum zur Kaffeestube herausgeputzt wurde. Viele Male schlendern wir durch das Dorf mit den alten Fachwerkhäusern, zu einer höher liegenden Burgruine und zu niedrigen Neubauten am Ortsende. Jägerzäune oder horizontale, ungesäumte Bretter begrenzen Vorgärten, die mit Nadelbaumgewächsen bepflanzt sind. Wege aus Betonsteinplatten führen durch Maschendrahttüren direkt zur Hauseingangstür mit einer Stülpschalung, darüber das Vordach aus der Asbestzementwelle. Das Regenwetter mildert den Eindruck der Trostlosigkeit durch einen Grauschleier. Sonnenlicht treibt uns dann hinaus zu den Rundwegen, anschließend in die Kaffeestube zu hausgemachtem Napfkuchen. Was tut man nicht alles aus Familiensinn, wobei es schwierig ist, einen Sinn für eine Familie aus nur zwei Personen zu erhalten. Eher sind wir eine Partnerschaft. Ich muss die Rolle des Ehemanns ersetzen.

Zu meiner Überraschung hat Mutter Fotos aus alter Zeit mitgenommen. Sie hat wohl schon geahnt, dass ich ein wenig Abwechslung brauche. Ein großes Familienfoto aus dem Jahr 1920 zeigt ihre Großmutter Auguste Heese anlässlich ihres 80. Geburtstages

und die meisten Familienmitglieder mütterlicherseits. Der Großvater Robert Heese war schon mit 69 Jahren verstorben. Von den sechs Kindern sind auf dem Foto vier zu sehen. Erich Heese und Conrad fehlen. Erich war als Veterinär in Meseritz tätig und Conrad in Gleiwitz Justizrat. Die älteste Tochter Martha sitzt vorn links auf dem Bild. Sie sieht verhärmt und abgearbeitet aus. Ihr Mann, der Organist Karl Retzow, steht neben Ernst Heese. Ernst, behaglich, stolz mit Schnauzbart, war Sanitätsrat in Schievelbein, das lag in Pommern. Dort hatten wir 1944 einige Monate vor den Bombenangriffen Zuflucht gefunden. Die Retzows lebten in Stargard, hatten einen Sohn und zwei Töchter, die Lene und Johanna, beide sehr begabt. "Weißt du noch, die haben wir doch in Elze besucht", unterbricht Mutter die Erklärungen. "Die Lene spielt Orgel, die Hanne Geige. Der Krieg hat sie nach Elze bei Hannover verschlagen". Und neben Lene steht Gertrud Heese, die jüngste Tochter. Sie war meine Großmutter, 1947 verstorben. Seit 1904 war sie mit dem Zollinspektor Reinhold Winter verheiratet. Sie hatten zwei Kinder, die auf dem Bild in der Mitte **zu** sehen sind: Ursula und Gerhardt. "Also bist du das Mädchen dort auf dem Tisch sitzend mit der Haarschleife?" frage ich nach, "und neben dir ist Gerhardt, nicht wahr, der dich immer geärgert hat". Mutter nickt still. Neben Gerhardt steht Ernst Retzow, der Bruder von Lene und Johanna, seinem Vater sehr ähnlich. "Johanna war die Hübscheste der Familie Retzow. Sie war schon verlobt und hatte dann die Bindung wieder gelöst, weil sie ihre kränkliche Mutter nicht allein lassen wollte", ergänzt Mutter.

Vorne rechts sitzt die zweite Tochter der Familie Heese. Gertrud Ist klein und zierlich. "Tante Hete lebte in den Kriegstagen bei uns in der Kantstraße. Erinnerst du dich noch an sie? Sie wollte nicht mehr in Friedenau allein sein".

"Sie war auch nicht verheiratet?" frage ich nach.

"Nein, sie war immer nur ein Teil der Familie. Sie war kränklich und oft bei uns".

"Die Urgroßmutter Auguste sieht auf dem Foto schon arg alt aus", sage ich so für mich und dann "die Männer in ihren weißen Stehkragen, (sog. Vatermörder?) machen auch einen sehr steifen Eindruck".

"Ja, wenn   man bedenkt, dass die Aufnahme 40 Jahre alt ist. Die Zeiten haben sich doch sehr gewandelt", endet Mutter und legt das Foto zu den anderen.

"Hier ist noch ein Bild aus Wannsee, da haben meine Eltern in den 20er und 30er Jahren eine schöne Wohnung gehabt. Sie waren vom Tiergarten nach der Pensionierung deines Großvater Reinhold Winter dort hingezogen".

"Wann ist denn Großvater verstorben?"

"Im Jahr 1938, nach einem langen Leiden. Er hatte sich im Ersten Weltkrieg eine Beinverletzung zugezogen, die nicht ausheilte. Er hinkte und wurde frühzeitig in den Ruhestand versetzt".

"Und er war Zöllner?"

"Ja, er war als Zollinspektor der Leiter der Zollstation in Strahlen, einem ganz kleinen Ort an der holländischen Grenze. Da bin ich geboren. Ich bin sozusagen ein Kind des rheinländischen Karnevals".

Sie lachte schallend und packte alle Fotos zurück in die mitgebrachte Schachtel. "Herr Ober, zahlen bitte!

ON THE SUNNY SIDE

Schöne Zeit

Der Weg zur Meisterschule in der Straße des 17. Juni bis kurz vor der Charlottenburger Brücke erscheint lang mit Jesus Latschen an den Füßen. Mit der Zeit gelingt es mir, die Zehen beim Laufen so nach unten zu drücken, dass die flachen Latschen nicht bei jedem Schritt von den Füßen rutschen. 3 Kilometer können da eine Herausforderung für die Konzentration werden, wenn ständig an die Zehen gedacht werden muss. Zum Glück gehen mir noch andere Gedanken durch den Kopf.

Heute haben wir 2 Stunden Architekturphilosophie beim Direktor und Architekten von Möllendorf. Das wird sehr interessant. Er ist ein vielbelesener, unterhaltsamer Lehrer, der uns in die Hintergründe der Architekturgeschichte und der Entwurfsideale, um nicht zu sagen Ideologie einführt. In der letzten Woche hatte er die Entwurfsprinzipien von Hans Scharon, Mies van der Rohe und Walter Gropius, sozusagen aus dem Ärmel geschüttelt und mit Grundrissen an die Tafel gezeichnet. Wir waren verblüfft, wie einfach das so Komplizierte wurde. Dazu vermittelte er Lebensweisheiten, die mich unmittelbar berührten. "Ihr könntet jeden Tag eine Stunde für euch nutzen. Eine Stunde meditieren, ein Tagebuch führen oder eure Gedanken aufschreiben. Was da in einem Jahr zusammen kommt!"

Wir diskutieren mit ihm über philosophische Fragen des Seins und des Nichts.

Die Gedanken, die mich seit der Begegnung mit den Schriften von Jaspers und Heidegger bewegen, hat er durch einen Hinweis auf die französischen Existenzialisten, auf die Werke von Sartre und Camus, bereichert. So sprachen wir während des Unterrichts über die Aspekte der Existenz jenseits von Gut und Böse, jenseits der Religion. Ob der Mensch a priori gut oder böse wäre? Als Quintessenz der Auseinandersetzung einigten wir uns auf die

Feststellung: der Mensch hat die Fähigkeit, sowohl gut als auch böse zu sein. Das deckte sich mit meiner eigenen Vermutung, dass der, in die Existenz geworfene Mensch sein Leben selbstverantwortlich gestalten könne.

In diese Gedanken versunken, vor mich hin schlurfend, höre ich die Stimme von Karlheinz, "Hallo Mecki! Warte auf mich! Mecki!". Ich halte inne und sortiere mich und denke Mecki? Ach ja, sie sagen jetzt fast alle Mecki zu mir, wegen des Bürstenhaarschnitts. Da gibt es eine Comicserie in der Illustrierten von einer Igelfamilie und die zentrale Figur der Geschichte ist ein Mecki.

"Na", sagt Karlheinz, "du bist ja trotz der Schlappen ganz schön in Trab. Gar nicht so einfach dich einzuholen". Ich gebe ihm die Hand. Er ist kräftig gebaut mit einem Tischlerhanddruck, gutmütigem Gesicht, kleinem Schnurrbart und verschmitztem Lächeln. Jeden Tag kommt er von Lankwitz mit den öffentlichen Verkehrsmitteln bis zum Ernst-Reuter-Platz und von da zu Fuß gelaufen. Wer hat auch schon 1960 ein Auto?

Ich habe letztes Jahr den Führerschein gemacht. Beim zweiten Anlauf. Das erste Mal hatte ich einer Straßenbahn die Vorfahrt genommen. Beim zweiten Mal im Dezember 59 lag 5 cm Schnee und es war kaum Verkehr. Ich eierte mehr oder weniger gekonnt so um die Kurven. Der Prüfer hatte großes Verständnis für mein Können.

"Hallo, Karlheinz, wie geht's? Freust du dich auch schon auf die erste Stunde? Entwerfen bei Putzar?!" "Naja, du weißt doch, ich bin mehr der Praktiker. In den Stunden danach, zur Architekturphilosophie, gehe ich lieber in die Mensa. Das verstehe ich überhaupt nicht".

Ich bin überrascht: "Wirklich? Das ist aber schade, ich erkläre dir in der Pause die Zusammenhänge. Bleibt immer was hängen".

"Ja, wenn du meinst", gibt er nach und wir nähern uns der großen Eingangstür, als von der anderen Straßenseite Gerhardt M. und Jutta R., die Fahrbahn überquerend, uns zuwinken. "Hallo ihr zwei Künstler", ruft sie, wobei sie wohl mehr mein Äußeres im Blick hat. "Wo hast du eigentlich die alte Hebammentasche aufgetrieben?" "Habe ich in einem Schrank gefunden. War eine Arzttasche. Muss meinem alten Onkel gehört haben, dem Sanitätsrat in Pommern. Ja, schaut mal, was da alles reingeht".

Ich öffne die beiden Verschlüsse, die die mit Leder umwickelten Metallbügel zusammenhalten. Der Ledergriff ist daran festgemacht. Die Bügel reichen bis in die Mitte der Seiten, so dass die Tasche wie ein Beutel Platz für alle Zeichenutensilien und eine Frühstücksdose bietet. Außen ist das graue Leder schon ein bisschen zerkratzt, aber es besticht eben durch die Patina.

Ich merke noch die Blicke der Umstehenden, die sich nun vor der Türe unangenehm stauen. Blicke, die von "Naja!" bis "wahnsinnig blöd" reichen. Kopfschütteln ist noch die geringste Reaktion. "Gut", denke ich, "ein außergewöhnliches Image ist dir mal wieder gelungen", während wir alle gemeinsam in den ersten Stock steigen.

Der Vormittag beginnt mit Patzers Einführung in die Entwurfslehre. Jeder soll ein Einfamilienhaus für eine vierköpfige Familie planen. So einen Idealentwurf. Er ist Architekt, Mitte 50, ruhig, bestimmt und betreut unsere Versuche mit aufrichtiger Güte, korrigiert mit freundlichen Hinweisen und lobt auf eine nüchterne, unspektakuläre Art.

Räume entwerfen, auch wenn sie nur zweidimensional im Grundriss existieren, ist äußerst befriedigend. Für mich ist das Räumliche, also die dritte Dimension, in jedem Strich enthalten. Ich erlebe beim Aufzeichnen die Räume als Ganzes mit der Lichtführung, den Materialeigenschaften, unter Einschluss der Konstruktion und der Oberflächentextur. Auf dem Papier sehe ich das Objekt bereits körperlich fix und fertig. Der Modellbau des Innenraumes ist eine Bestätigung der eigenen Vorstellung. Die anschließende Perspektive des Wohnraums verfeinert die Dimensionen des vorgestellten Raumes und ermöglicht weitere Details.

Nach dem Entwurf schließe mich der Gruppe an, die die Mittagspause in der Mensa zur Diskussion um Architektur und Raum nutzen, aber auch einen Happen zu sich nehmen will.

ON THE SUNNY SIDE

Mensageschichten

Mittags in der Mensa. Das Licht fällt ungehindert durch die Scheiben des angebauten Pavillonflachbaus. Eine Viertelkreis Glasfront von der Decke bis zur Brüstung. 3 Meter Helligkeit. Die Sitzbänke an der Glasfront sind begehrt. Die Theke an der Rückfront des Raumes neben der zweiflügeligen Eingangstür bietet Kuchenteilchen und Würstchen mit Kartoffelsalat, mittags auch Eintopf. Bouletten sind auf Tellern gestapelt. Die dicke Betreiberin hat alles gut im Blick. Bedienung entfällt. Trotz des kargen Angebots finden wir uns regelmäßig ein.

Unser Stammplatz ist gleich vorn rechts, die Stelle, wo die umlaufende Sitzbank an der lichten Fensterfront beginnt. Davor steht der längliche Tisch mit den einfachen, stabilen Stühlen, auf denen schon Jutta und Gerhardt sitzen und sich nach uns umdrehen. Jutta winkt. Ihr runder Nacken mit den hochgesteckten Haaren ist unverkennbar. Die durch die überhängenden Lider etwas zu schmalen Augen werden im Lächeln noch schmaler. Der kleine Mund und das schmale Kinn verdichten den Eindruck einer gewissen Jungfräulichkeit. Gerhardt, ihr derzeitiger Freund und Tischnachbar, blinzelt uns verschmitzt zu und lädt uns und auch die hinter uns Kommenden mit einer Handbewegung zu dem Tisch ein. Hansfried und Peter folgen der Aufforderung und auch Edgar, der sonst gerne abseits bleibt, schließt sich an. Warum sollte er auch alleine sitzen?

Wir, Karlheinz und ich, nehmen neben Jutta und Gerhardt Platz. Ich neben Jutta. Peter schiebt seinen Stuhl neben Gerhardts. Hansfried, der Kommunikator und <Friedensstifter> setzt sich an die rechte Stirnseite des Tisches. Von dort kann er wie immer ein bisschen die Gruppe lenken. Die linke Stirnseite hat zu meiner Überraschung heute Edgar, der Stille, besetzt. Peter, Tischlermeister mit eigener Werkstatt, der Kleinste und Älteste von uns, legt sein rundes, friedliches Gesicht in Sorgenfalten und fragt, "was trinken wir?" Alle überlegen noch, als eine Gruppe aus der Mode-klasse auf unseren Tisch zusteuert und sich in die noch freie Bank an der Fensterfront hineinschiebt. Wir kennen manche vom Sehen und einzelne von der Laterna Magica. So als kompakte Vierer-gruppe sind die Mädels eine Überraschung. Wir hatten die Bank eigentlich für Uli und Hartmut freigelassen und wollten in die Sonne und auf die Charlottenburger Brücke blicken.

Nun lenken uns die <Damen> in ihrer Aufmachung und den et-was anzüglichen Posen von unseren Vorhaben ab. Jetzt geht es erstmal um die Getränke. Es wird Bier und Wein vorgeschlagen, Cuba libre für die Damen. Karlheinz opfert sich als Bedienung. Dann geht's um Termine für Partys, von denen ich noch gar nicht wusste, dass die schon regelmäßig stattfinden. Hansfried und Pe-ter bereiten irgendetwas Großes vor.

Ich nehme mir Zeit, die <Modemädels> genauer zu betrachten. Die Eine kenne ich bereits von der Laterna. Ein apartes Gesicht, fein geschnittenes Profil mit Pagenkopf. Die Augen hervorragend groß geschminkt. Ich glaube, sie heißt Isabell.

Rechts neben ihr eine kräftige, sportliche Note mit Pferde-schwanz, offenen Augen, lautem Lachen, spitzem Mund und scharfen Äußerungen. Eine schöne Brust zeigt sie ansatzweise im Ausschnitt.

Auf der linken Seite sitzt Gisela, eine zarte Person, die es faust-dick hinter den Ohren hat. Mit listigem Augenlächeln und spötti-schem Grinsen der Mundwinkel fragt sie, "seid ihr alle von den Innenarchitekten, he?" Würde man nicht darauf kommen, dass diese zarte Person so eine ordinäre Stimme hat. Sie trägt einen hautengen, roten Pullover bis an den Hals geschlossen, aber of-fensichtlich ohne BH und schön spitz dazu. Wie sie das schafft, ihre Brust so zur Geltung zu bringen!?

Je länger wir so sprachlos um uns schauen, desto unsicherer werden wir. Karlheinz blickt mich schon ein paar Mal von der Seite ungläubig an. "Was wollen die Hühner von uns?" flüstert er mir zu. "He, Dicker" wirft die spitze Brust ein, "kannst ruhig laut mit uns reden. Kommst de denn ooch zur Party am nächsten Wochenende?" "Keine Ahnung, ich weiß von nichts", antwortet er verlegen. "Und du? Du bist doch der Mecki, nich´?" mischt sich jetzt die Gisela neben dem Spitzbusen ein. Ich zögere noch mit der Antwort, blicke zu Hansfried und Peter, die mir aufmunternd zunicken.

"Also klar, wenn ihr euch richtig hübsch macht", gebe ich zurück. "Was willst du denn, gefallen wir dir etwa so nicht, wie wir aussehen?" fragt nun die Letzte in der Reihe ganz links neben dem roten Pullover, die bisher als ruhender Pol alles beobachtete. Eine Hochgewachsene mit kurz geschnittenen, roten Haaren, schräg stehenden Katzenaugen, Ohrgehänge, aufgeworfenen Lippen und gerader Nase, die sie im Augenblick etwas kraus gezogen hat. Sie hat so ein Kittel an, wie wir sie im Unterricht beim Zeichnen tragen. Ihr Kittel ist jedoch mit geometrischen Mustern in blaugrün bedruckt, passend zu ihrer Augenfarbe. Oben wird er durch einen tiefsitzenden Knopf und in der Taille von einem schmalen Ledergürtel zusammen gehalten. Sie hockt mit angewinkelten Knien auf der Bank. Ihre Brust kann ich nur im Ansatz ahnen, während ich mich ihr zuwende, aber dafür sehe ich plötzlich ihre Scham in ganzer Schönheit, als sie ihre Knie von der einen zur anderen Seite ohne große Eile herum schwingt. Der Kittel öffnet sich beim Umsetzen wie zufällig über ihren Schoß.

Ich bin nicht der Einzige, der für einen Moment die Luft anhält. "Das ist schon ein starkes Stück", denke ich. Edgar, der mir am nächsten sitzt, läuft rot an und stottert, er müsse was erledigen. Die kurze Pause des Schweigens wird durch räuspern, in die Seite stoßen und "Na denn Prost" überspielt. Die Kittelkleid Frau bleibt cool, tut so, als wäre nichts dabei ohne Slip. Vielleicht gehen ihre Freundinnen auch so?

Hansfried klärte mich später auf, "in der Modeklasse studieren manche nur, um einen Typ zum Heiraten abzuschleppen". Aber trotzdem, ich muss schon zugeben, mir gefallen die Mädels schon so wie sie sind.

Mehr kann man doch wirklich nicht verlangen! Oder?

ON THE SUNNY SIDE

Farbe und Form

Der Nachmittag scheint hell durch die großen Fenster, die zur Straße des 17. Juni gehen. Die Vorhänge aus dunkelgrauem Sackstoff sind teilweise vorgezogen um die Sonne vom Zeichentisch abzuhalten. Der Zeichentisch von Ingrid W. steht günstig zwischen zwei Fenstern an einem Mauerpfeiler. Sie hat viel Licht um sich herum und genug Schatten auf dem Blatt Papier. Aufgespannt auf einem Zeichenbrett und mit Klebeband ringsum befestigt, ist das Blatt DIN A3 jetzt getrocknet und es würde wie eine Trommelhaut klingen, wenn man mit den Fingerspitzen auf das getrocknete Zeichenblatt rhythmisch klopfen würde.

Aber warum sollte man? Ingrid sicher nicht. Ich schon eher. Mein Karton ist aber noch feucht und wirft noch Wellen. Ich muss noch warten mit dem Auftragen der Farben. Habe einfach zu spät mit den Vorbereitungen angefangen. Um mich herum eilen schon einige mit Wasserbehältern vom Wasserhahn zu ihren Tischen. Die Pinsel werden gewaschen, um die Farbreste vom letzten Mal auszuspülen.

Achim E., links von mir, hat sich schon für Rotschattierungen entschieden und trägt mit Bedacht verschiedene Rottöne auf das Papier. Seine Zunge ist zwischen den Zähnen zu sehen, während er vornüber gebeugt den Pinsel in das Wasserglas steckt. Ein netter Kerl ist Achim, ganz ruhig und bedächtig, freundlich und unauffällig, immer richtig angezogen in seinem weißen Kittel, der nicht so eingesaut ist wie meiner.

Was macht eigentlich Karlheinz vor mir? Kann er sich wieder nicht zwischen graugrün und grünbraun entscheiden? Er blickt etwas bedeppert zu mir hinüber, "mit welcher Farbe soll ich anfangen?" "Das ist egal", antworte ich, "du sollst nur Farbstufen absetzen und mach nicht so kleine Farbflächen. Ich möchte auch welche von dir haben. Mach sie so groß, dass mindestens vier Teile von der Größe einer Briefmarke daraus entstehen". Wir sollen die Abschnitte miteinander teilen, um viele verschiedene Farbproben zur Innenraumgestaltung zu sammeln.

Ulli, der rechts hinter mir sein Reich in der großen Nische mit Jutta, Gerhardt und Gesine teilt, alle in einer Reihe zu meiner rechten Seite, hat vorhin eine Menge Stoff aus der Polsterei seines Vaters in kleine Abschnitte geschnitten und verteilt. Jetzt ist er schon mit dem ersten Blatt in Königsblauabstufungen fertig und schneidet gerade mit einem Messer die einzelnen Farbtöne auseinander.

Es ist eine anregende Atmosphäre, die den Raum erfüllt: kratzen, klappern und streichen auf Papier. Jeder ist animiert beschäftigt und im Augenblick fällt kein Wort. Ulli tritt ein wenig zurück und bewundert die fertige Arbeit, die nun in einzelne Teile zerfällt. Die kleinen Blättchen wandern zu den Nachbarn in Pappschachteln.

Herr Reise, der Lehrerkünstler, hat sich von seinem Buch gelöst, das auf dem Tisch liegt. Sein Lehrertisch steht separat von den Studententischen an der Frontwand, wie üblich. Er schlendert langsam durch die Reihen und bleibt mit Verwunderung an meinem Blatt stehen, "nanu, Herr Günter heute ein Versuch über das Weiße und das Nichts?" foppt er mich. Sein etwas hintergründiger Humor findet nicht bei allen Zustimmung.

Er ist ein Mann von Mitte 40, ein wenig jovial, gutmütig mit scharfem, klarem Blick. Ein brillanter Zeichner, der mit wenigen Strichen die Natur lebendig werden lässt. Die Stunden im Zoo, beim Zeichnen nach der Natur, haben uns beschämt. Tiere mit so wenig Strichen in typischen Haltungen zu fixieren, bewies sein großes Talent. Auch die Farbdurchdringungen in den letzten Wochen waren interessant und kurzweilig. Alles das geht mir durch den Kopf, während ich nach einer plausiblen Antwort suche. "Ich wollte erstmal abwarten, welche Farbstufen so um mich herum entstehen", versuche ich meine zögerliche Arbeitsweise zu entschuldigen. Aber er ist schon weiter.

Von dem Farbrausch eines blaugrünen Blattes angezogen, steht er nun bei Jutta R. und nickt zustimmend. "Machen sie doch ein paar Mischungen ins hellere Türkis", rät Herr Reise und wendet sich zur Fensterseite, zu Peter und Hansfried, die sich bereits um das zweite Blatt bemühen. "Nun, meine Herren", unterbricht er ihre leise Diskussion um die nächste Farbentscheidung, "finden Sie nicht, dass sie ein zu graues Verhältnis zur Welt haben?"

"Mehr Mut! Mehr Farbe! Mehr Kraft!" fordert er nun, sich an die ganze Klasse wendend, "seien Sie nicht so zögerlich. Stürzen sie sich in die Welt der Farben! Sie können nichts falsch machen".

Er schlendert weiter durch die Reihen. Bei Ingrid W. bleibt er für eine Minute stehen und empfiehlt: "Mehr Rot in das elegante Grau".

Bei Bernd Z. gerät er ins Entzücken, "wunderbar, wie sich dieses Gelbgrün ins Orange wandelt!" Bernd blickt ihn etwas zweifelnd an, als wäre es eine ironische Anmerkung.

Mit der Zeit wird es unruhig im Raum: Stimmen, die den Tausch der Farbproben begleiten, Stühle rücken, Schritte zum Wasserbecken, Gläser klirren beim Ausspülen der Behälter, Ausklopfen der Pinsel.

Jetzt muss ich mich aber sputen. Die meisten sind fast fertig und ich hab mich noch nicht zwischen Violett und Karminrot als Ausgangsfarbe entschieden. Großflächig setze ich von beiden Seiten jede Farbe kraftvoll in Streifen an, helle sie mit jedem weiteren Strich daneben auf, bis sie sich in der Mitte pastelltönig begegnen. Jetzt muss das Blatt trocknen. Nun habe ich wieder Zeit,

ein bisschen umherzugehen, den anderen ein paar Proben abzu-
schwatzen.

"Übrigens", sagt abschließend Herr Reise, "nächste Woche sind
sie alle dazu eingeladen in meinem Atelier einige meiner Arbeiten
anzusehen. Das Atelier befindet sich am Ku-Damm beim Maison
de France. Wir treffen uns davor am Dienstag um 15 Uhr. Also bis
zur nächsten Woche!" Er verlässt uns, wir sind sprachlos und begeistert. Ein richtiges Atelier? Niemand von uns hat bisher ein Ma-
leratelier von innen gesehen.

ON THE SUNNY SIDE

Uli und Susanne

Uli W. aus der Goltz Straße in Schöneberg ist ein Kopf größer als ich, schlank, mit etwas gelocktem, kurz geschnittenem Haar. Er ist freundlich vermittelnd in seinem Ausdruck. Aufmerksam zuhörend, lässt er sich diplomatisch beeinflussen. Er lebt mit seiner Mutter in einer kleinen Wohnung im ersten Obergeschoss des Hinterhauses eines alten Miethauses, in dem die Polsterwerkstatt seines Vaters an der Straße liegt. Die Eltern sind schon länger geschieden. Seine Mutter arbeitet im PX in der Clayallee. Von dort bringt sie amerikanische Zigaretten, Whisky und Corned Beef zu erschwinglichen Preisen mit und auch Platten mit Soulmusik, Ray Charles und Musik der <black american soldiers>. Zuhause bei ihm genießen wir nun sowohl die Drogen als auch diese erotisierenden Altsaxophonsoli über dem langsamen Bluesrhythmus, der uns sehnsuchtsvoll auf Partys einstimmt. Wegen Mangel an Gelegenheit gehen wir dann nur ins Kino mit einem anschließenden Besuch einer Currywurstbude in der Winterfeldstraße. Zum Glück ist die Currywurst in der nächtlichen Kälte schön scharf und die Musik aus dem kleinen Radio des Budenbesitzers führt die Bluesmusik mit einem Tenorsax fort. Diese Ausflüge in das Berliner Nachtleben werden immer häufiger durch Susanne, der Freundin von Uli, bereichert. Eine kleine, lebhafte Person mit Pferdeschwanz, großen, munteren Augen, gut angezogen aus einer Architektenfamilie. Sie muss aus Zehlendorf mit der S-Bahn anreisen, wenn Uli sie nicht mit seinem Käfer abholt. Er ist einer der wenigen mit Auto und für seine Susanne ist ihm kein Weg zu weit. Sie wollen sogar heiraten. Keine Ahnung, warum. Vielleicht darf Susanne vorher nicht mit ihm schlafen. Ich frage lieber nicht. Er ist jedenfalls total auf sie abgefahren und schwärmt von der Zukunft, "eine Familie gibt doch wirklich Halt. Ich fühle mich in ihrer großen Familie wohl. Das kenne ich doch nicht, so immer allein, nur mit einer Mutter". Aber manchmal fühle ich mich wie das 5. Rad am Wagen.

ON THE SUNNY SIDE

Hin und hergerissen von Gisela K.

Vor mir in der ersten Reihe der Zeichentische hat Gisela K. ihren Platz. Ihre Stimme höre ich oft durch die Dispute hindurch schallen. Die Tonlage ist ein kräftiger Sopran. Ihr Körperbau ist zwar zierlich, aber die Stärke ihrer Stimme überrascht mich immer wieder. Weiblich in der Aufmachung, strahlt sie die Sicherheit eines gut situierten Elternhauses aus. Der Vater ist Arzt und betreibt eine eigene Praxis. In der Ruhe ihres Auftretens präsentiert sie die Harmonie einer intakten Familie. Für sie ist alles ohne Zweifel in der richtigen Reihenfolge. Sie brauchte auch keine Gesellenprüfung abzulegen. Zwei Jahre Praktikum bei mittlerer Reifeprüfung reichten zum Studium der Innenarchitektur. Für Frauen ist eine Gesellenprüfung im Tischlerhandwerk auch noch sehr ungewöhnlich.

Gisela ist unterhaltsam und gesprächig ohne neugierig zu wirken. Sie interessiert sich für vieles und auch für junge Männer wie mich. Häufig gelingt es ihr in meiner Nähe einen Platz in der Mensa zu finden. Manchmal begleite ich sie auf dem Weg nachhause. Für mich ist es kein großer Umweg. Die Gespräche sind leider irgendwie nichtssagend. Etwas Unbekanntes hält mich davon ab, sie näher auszufragen oder sogar eine Freundschaft zu beginnen. Ich spüre eine Hülle um sie herum, die nicht verletzt werden darf. Ihre Augen betrachten mich wie aus weiter Ferne. Ich komme mir dann wie eine andere Gattung vor, die eine gewisse Neugier erregt. Vorsicht ist geboten! Mir selbst erscheint sie in diesen Situationen wie von einem Schutzwall umgeben, den ich keinesfalls durchbrechen möchte, weil ich darin ein Gefängnis der Angepasstheit und guten Erziehung vermute. Alles bleibt so in der Schwebe und ich betrachte sie von weitem mit Neugier. "Es wäre ein Opfer, das sich nicht lohnt!" hätten wir vermutlich beide über den Anderen gesagt, wenn es eine Frage gewesen wäre.

ON THE SUNNY SIDE

Hin und hergerissen von Ingrid W.

Ja, Ingrid W. ist aus einer anderen Welt. Was macht sie überhaupt hier bei uns? Sie schreitet, sie schwebt, sie äußert sich nicht, jedenfalls nicht laut. Sie ist dezent, wie ihre Kleidung: Schottenrock und Seidenbluse, Glockenrock und Feinripppullover. Sie ist ordentlich frisiert. Manchmal trägt sie eine Perlenkette um den schlanken Hals und Armreifen, die hin und wieder klingend die Aufmerksamkeit auf sie lenken. Es umgibt sie eine Aura eines vornehmen Grau´ mit zartrosa Einsprengseln. Sie ist eine Frau, die zu dem gut situierten, gebildeten Herrn in den besten Jahren passt. Ich tue ihr Unrecht, bestimmt. Denn sie ist noch jung, 20 Jahre circa alt und Hansfried hält oft anregenden Hof bei ihr. Dann lacht sie vornehm kokett und hält sich bisweilen die Hand vor ihren hübschen, wohlgeformten Mund, um nicht zu sehr ihre gleichmäßigen Zähne zu zeigen. Trotzdem, ich muss diese Zutaten doch schon alle irgendwo gesehen haben.

Also, was finde ich nun außerdem interessant an ihr? Sie hat eine ruhige, um nicht zu sagen beruhigende Art mit Aufgaben umzugehen. Es gibt keine Ekstase, keine begeisternde Aufschreie. Wenn sie tanzen würde, wäre es ein Foxtrott oder ein Walzer. Ihre mittelblonden Locken, die bis in den Nacken fallen, würden sich im Rhythmus der Musik wippend in Form halten und das eigentlich entzückende Lächeln würde sich beim Drehen um sich selbst zu einem ausgewogenen Dankeschön an den Partner verfestigen. Langeweile kann auch wirklich etwas Faszinierendes sein.

Wie gut hat das Schicksal es mit den gesellschaftlichen Schranken für uns beide eingerichtet. Eine Version der <Amerikanische Tragödie> auf berlinerisch wäre auch zu absonderlich. Der Abstand von ihren Tisch zu meinem, getrennt durch Achim E., spiegelt deshalb die Wirklichkeit genau wieder.

ON THE SUNNY SIDE

Hin und hergerissen von Gesine K.

Warum nicht Gesine K? Eigentlich existiert sie nicht für mich als Frau. Ihr Platz, schräg rechts von mir, zwei Tische entfernt, dazwischen Gerhardt M., ist meistens leer. Ist sie segeln oder schoppen? Die Nichtexistenz als Existenz. Vielleicht täusche ich mich auch und müsste Abbitte leisten. Vielleicht nehme ich sie nur dann wahr, wenn sie nicht an ihrem Zeichentisch sitzt. Die Aura der Gesine erweckt in mir die Vorstellung einer Doppelgängerin. Vielleicht arbeitet sie auch, wenn sie nicht anwesend ist, vielleicht muss sie Geld verdienen für das Studium? Vielleicht bin ich auch nur neidisch auf sie, auf ihre Art, alles so leicht zu nehmen, anscheinend.

Sie ist ja so ein sportlicher Typ, so eine flotte Junggesellin. Alles ist flott an ihr, Frisur, Kleidung, Beschäftigung mit dem Stoff des Studiums, mit dem Stoff des Lebens. Schnell mal herein schauen, schnell ein paar Worte verlieren, schnell hinaus flutschen. Trotzdem, sie erledigt die Arbeiten, wie wir alle!

Ein Talent der leichten Hand ist sie mit Kenntnissen, über die wir nicht verfügen, mit Kontakten, die wir verspotten, weil wir sie nicht haben und sie uns nicht `mal vorstellen können. Sie ist so präsent in ihrer Abwesenheit. Ein Zauber der Fremdheit, des Unverständnisses umgibt ihren Platz, auch ihren Namen, und alles was sie von sich äußert und mehr noch alles das, was sie nicht äußert.

Die Beziehung von mir zu ihr gleicht einer Tangente zu einem Planeten, der sich um sich selbst dreht und die Berührungsentfernungen täglich neu einstellt, sodass die Oberfläche mal mehr oder weniger deutlich in mein Blickfeld gerät. Ob der Planet warm oder kalt ist, ob er bewohnt ist, ob Informationen oder Kontaktsignale gesendet werden, ich weiß es nicht. Meine Antennen versagen.

Begeistert von Jutta R.

Einen weiblichen Kumpel, gibt es das? Ja, wie Jutta R. über ihren Zeichentisch gebeugt, gleich rechts von mir, arbeitet, so intensiv und ehrgeizig, das ist typisch Jutta. Als wäre sie ein Teil von mir, so diskutieren wir miteinander ohne viel voneinander zu wissen. Ich weiß nur, dass sie eine Tischlerlehre beendet hat. Sie ist handfest, zierlich, stabil gebaut, ihre weibliche Körperformen sind unter lockerer Kleidung raffiniert verborgen. Sie ist nicht die Frau, nach der sich Männer umdrehen. Ihr Verhalten ist direkt, klar, zielorientiert mit eindeutigen Ansagen.

Das schmale Gesicht mit den Augenschlitzen unter den hängenden Lidern hat etwas Asiatisches und das im Gesicht angelegte Lächeln verwandelt sich nicht selten zum lauthalsen Lachen, das mich und alle um sie herum ansteckt. Mit ihren langen Haaren wirkt sie an den Tagen, wenn sie sie offen trägt, mädchenhaft spitzbübisch, mit der hochgesteckten Frisur gelingt ihr fast ein altjüngferliches Image.

In vielen tiefgehenden Diskussionen über Entwurfskriterien, zusammen mit Uli, der an seinem Tisch neben Jutta, schräg hinter mir arbeitet, erfahren wir unsere Gruppe als einen kreativen Kern der Innenarchitekten. Dank Juttas eigenwillig intelligenter Art gehen die Auseinandersetzungen unter uns männlichen Streithähnen oft zu aller Zufriedenheit inspirierend friedlich aus. In der Mensa ergeben sich außergewöhnliche Gespräche, bestimmt durch ihre Unvoreingenommenheit und ihre Neugier. Sie ist in dieser Hinsicht für mich eine ideale Ergänzung, wie ein guter Freund und Kumpel. Als Freundin oder gar als Liebschaft kann ich sie mir nicht vorstellen. Es gibt einfach keine körperliche, sexuelle Resonanz. So sehr ich das <Bildnis des Dorian Gray> liebe, einer Identitätsspiegelung zu verfallen, kann ich nichts abgewinnen.

ON THE SUNNY SIDE

Bernd Z.

Bernd sitzt weit genug von mir entfernt in der Fensterreihe, sodass die Konkurrenz zu ertragen ist. Mit Harald M. und einigen anderen bildet er den zweiten kreativen Kern unseres Jahrgangs der Innenarchitektur.

Extrovertiert, lustig mit verschmitztem Charme scharrt er mit seinen perfekten Zeichenkünsten eine Gruppe um sich. Außergewöhnliche, raffiniert gezeichnete Sportwagenfantasiemodelle sind seine Lieblingsmotive. Seine Entwürfe zeichnen sich durch ungewönliche Form- und Farbkombinationen aus. Sie wirken auf mich praktisch, gut überlegt und einfach richtig. Er ist der einzige, der für alle Situationen eine durchdachte, praktikable Lösung findet, die durch eine gewisse Eleganz besticht. Seine Ausstrahlung, geprägt von einem Gesicht, das auf mich harmonisch wirkt, mit einer gerade Nase, vollen Lippen, tiefen, leuchtenden Augen und umrahmt von dem dunklen, kurzen Kraushaar, lässt niemals an die Klarheit seines Tuns zweifeln. Er hat etwas von einem italienischen Macho in einer liebenswürdigen Variante.

Die Gruppe, die sich um ihn versammelt, begeistert sich für Partys, Vergnügungen und vielfältige Aktivitäten, die den Studienablauf unterhaltsam unterbrechen. Gemeinsame Wochenend- und Semesterferienreisen im VW-Bus und immer wieder Feste mit den Mädels von der Mode, die wohl auch in rauschhafte Sonntagmorgenkater enden können. Nichts für mich. Ich vertrage keinen Alkohol, ich rauche nicht. Ich habe zurzeit keine Lust auf irgendeine Freundin. Ich erfreue mich an der Situation im Zweifel zu existieren, zu theoretisieren und am Wochenende Entwurfsideen zu entwickeln.

So ein Ziel, wie es Harald M. formulierte "In den nächsten 10 Jahren will ich 1 Million machen", ist außerhalb meiner Vorstellung!

Semesterarbeit 61

Zu Beginn der letzten Semesterarbeit vor dem Diplom stelle ich mir die grundsätzliche Frage: Wie komplex kann die Lösung des geforderten Entwurfes eines Ausstellungspavillons zu dem Thema <das Wohnen an sich> sein, und trotzdem so einfach wie möglich dargestellt werden? Ich möchte mit Architekturelemente eine Balance zwischen männlichen und weiblichen Ausdrucksformen erreichen? Die Frage ist, gibt es überhaupt Unterschiede in den Ausdrucksformen der Geschlechter? Oder sollte ich eher einen Ausdruck finden, in dem die Dimensionen des Rationalen und des Emotionalen für den Besucher dreidimensional erlebbar werden?

So entstand die Idee eines Vorentwurfes: Die Besucher des Ausstellungspavillons werden vom Verstand geleitet, sich dem Gefühl des Geborgenen, des Weichen, des Geschützten zu nähern und zu überlassen. Zwei Elemente bestimmen daher den Entwurf: Die Eingangssituation und eine <Wohnhöhle>, das heißt eine rationale, geometrische Struktur leitet und korrespondiert mit einer freien schwingenden Form. Es sind die ersten Vorannahmen für einen Prototyp Entwurf.

Nach tagelangen Untersuchungen, entscheide ich mich für eine dreiteilige Wohnschale, die 1. das zurückgezogene, intime Erlebnis, 2. das Familienleben und 3. den halböffentlichen, den Freunden und Bekannten zugeordneten Bereich repräsentieren soll. Auf dieser Basis gestalte ich drei verschieden große Schalenkörper, die ineinander übergehen und durch ihre Größe, die Farbunterschiede und die Zwischenräume zueinander deutliche Abgrenzungen erzeugen.

Jede Wohnschale erhält eine prototypische Möblierung, die nur durch Andeutung der wesentlichen Elemente definiert wird. Die innere, kleine Schale, in einem kühlen Türkis gehalten, präsentiert den Rückzugs-, Meditations- und Lese Ort. Die mittlere

Wohnschale, in einem warmen Rot getaucht, ist der Ort der Familienaktivitäten, strukturiert von einer aus dem Schalenmaterial geformten Sitzbank und einer frei im Raum hängenden Kombination von Tisch und Leuchte. Und die äußere Schale, die als Eingangshalle den Übergang zum öffentlichen Leben andeutet, lädt mit freistehenden Säulenelementen für die Garderobe, eine Bar und die Unterhaltungstechnik, zum Empfang, Feiern, Spielen, und Tanzen ein. Hier ist alles in gelborange gehalten.

Als nächste Stufe arbeite ich unter dem von mir umbenannten Titel <Elementares Wohnen 1961> die Ideen durch und stelle zur Präsentation ein Modell im Maßstab 1:100 her.

Dazu setze ich die geometrische Eingangsstruktur von Stütz- und Lastelementen aus Sperrholzstreifen zusammen und klebe das

Raster als <Leitplanke> zu den Wohnschalen auf eine Platte. Die Schalen, die ich aus Gips über aufgeblasene Luftballons geformt habe, werden nun geschnitten, geschliffen, gefärbt und auf der Grundplatte ebenfalls befestigt.

Zum Schluss formuliere ich meine Ideen anschaulich in einer Erläuterung. Ich habe ganz auf meine Intuition vertraut. Da Ich gut in der Zeit bin und die Arbeit rechtzeitig abgebe, bin ich mit mir im Einklang. Aber nun kommt die Hauptaufgabe: Wieder und wieder muss ich den Kommilitonen alles erklären. Die Reaktionen sind nicht unerwartet: Kopfschütteln, Unverständnis, aber auch Anerkennung, alles wie gewohnt.

"Und woraus sollen die Schalen in Wirklichkeit sein?" fragen sie. "Wie beim Bootsbau aus armiertem Kunststoffschaum oder aus doppelschaligen Gummihäuten mit Luftkammern", antworte ich. Mit der Farbgebung ist Herr Putzar, der Prof. nicht ganz einverstanden. "Farbe und Material könne man doch trennen, Kunststoff ist heute in schöner, starker Farbigkeit herstellbar", gibt er zu bedenken. Ich bleibe bei meinem emotional begründeten Konzept.

Abschließend, beim Verabschieden in die Sommerferien, nimmt er mich nochmal zur Seite, "Herr Günter, lassen Sie sich nicht beirren, machen Sie weiter so und lassen Sie sich Zeit." Ich blicke ihn fragend an, was er damit sagen will. "Ich meine", fährt er fort, "Sie brauchen für Ihre Entwicklung noch einige Jahre. Sie sind ein Suchender. Legen Sie sich möglichst nicht vor dem 30. Lebensjahr fest. Probieren Sie einiges aus und genießen Sie jetzt die Ferien".

Ich stehe eine Weile wie verloren und denke über den Rat nach. "Acht Jahre suchen. Was meint er damit?"

Und dann? "Ich soll mich nicht festlegen!" wiederholt eine innere Stimme. Wie ist das eigentlich, wenn man sich festlegt? Festlegen womit?

Semesterferien 61

Dieses Jahr will ich nicht nur bei den Filmfestspielen meine Zeit verbringen. Ich will raus aus Berlin. Aber nicht in die Fränkische Schweiz oder in den Harz. Karlheinz möchte mit Rucksack nach Skandinavien und ich soll ihn begleiten. Allein würde ich so eine Reise wohl nicht machen, aber mit ihm zusammen ist das keine unmögliche Idee.

Also, mit 'nem Rucksack durch die DDR und dann irgendwie nach Kopenhagen, Malmö, Stockholm, in den Jugendherbergen übernachten. Das ist eigentlich nicht mein Ding. So mit anderen den Schlafraum teilen, Stockbetten, gemeinsame Duschen. Gut, mit Karlheinz wird es schon irgendwie gehen. Er ist ein lieber Kerl.

In der Meisterschule sitzt er direkt vor mir und oft dreht er sich zu mir fragend um, "Sag mal, Mecki, welche Farbe nehme ich denn für diese Wand der Badeanstalt?" oder "Findest du, dass der Essplatz richtig angeordnet Ist?" Viele Dinge fallen Ihm schwer. Dann steht ihm der Schweiß auf der etwas niedrigen Stirn und auch auf dem Oberlippenbart sammeln sich die Tropfen.

Ich erinnere mich nicht, wie er die Aufnahmeprüfung bestanden hat. Er war ja damals auch schon in dem Vorbereitungskurs für die Prüfung mit uns allen zusammen. Ein guter Tischler ist er bestimmt. Die Statur hat er, sein Händedruck ist kräftig. Er scheint mir oft träumerisch abwesend.

Seinen etwas traurigen Hundeblick kann ich auch nicht jeden Tag ertragen. Das hängt natürlich von den Fächern ab, in denen er sich nicht wohlfühlt: Farbe und Form, Entwerfen. Dagegen lebt er in Materialkunde, technischem Zeichnen und Statik auf. Dort ist er auch für mich eine Hilfe und ich vertraue auf den Kumpel für unser Abenteuer.

Leider gibt es noch ein Hindernis: das Geld. So eine Reise ist zwar nicht teuer, kostet aber doch einiges. Mutter verdient mit der Schneiderei grade genug für unser Essen. Die Miete bezahlt sie aus den Einnahmen der Untervermietung und der Unterhaltszahlung vom Vater.

Ich habe mich also nach Studentenjobs umgesehen. Noch mal Tischlerei wollt ich nicht. Außerdem verdient man in der Industrie mehr Geld.

Die Lösung scheint Siemens in Berlin-Gartenfelde zu sein: Kühlschrank- und Waschmaschinenmontage fünfmal in der Woche mal Früh-, mal Mittags- mal Nachtschicht. Zweimal jede Schicht ergibt 6 Wochen Arbeit und Geld.

Die Nachtschicht ist mir die liebste. Um 21 Uhr mit der S-Bahn nach Siemensstadt. Um 22 Uhr beginnt die Schicht und dauert bis 7 Uhr früh, dazwischen zwei Pausen. Ordentliche Nachtzuschläge versüßen die Arbeit.

Es ist ein ekliger Job. Plastikgestank, elektrostatisch aufgeladene Atmosphäre in der Werkhalle und der Lärm der Maschinen! Jedes Mal ertönt ein Knallen, wenn die Plastikplatte nach dem Erwärmen vom Vakuum an die Form gesaugt wird. RUMMS! Die Form öffnen, die fertige Innenschale des Kühlschrankes herausnehmen und zum entgraten weiterreichen. Dann die nächste Platte einlegen, festklemmen, Maschine anstellen und RUMMS!

Der Berg der Kühlschrankschalen wächst neben mir und der Plattenstapel wird kleiner. Wenn der Typ, der entgratet, wegen Krankheit nicht erscheint, übernehme ich seine Arbeit. Beim Anheben der Schalen muss ich aufpassen, sonst reiße ich mir im Nu die Hände ein.

So zähle ich die Stunden, begrüße die erste Pause, arbeite weiter, begrüße die nächste Pause und teile mir den Rest der Arbeit bis zur Morgendämmerung ein.

Die Augen wollen zufallen, die Füße tun mir vom Stehen weh.

Endlich kommt die Morgenröte durch die hochliegenden Fenster gekrochen. Die Sirene zum Schichtwechsel klingt wie Schalmeien in meinen Ohren und ab geht's zur Stempeluhr um die 8 Arbeitsstunden festzuhalten. Duschen interessiert mich nicht. Einfach die Jacke überziehen und raus in die frische Luft zu dem Gezwitscher der Vögel, zu dem Klingeln der Straßenbahn, zu der sich langsam über den Horizont erhebenden Sonne. Dann den Vormittag im Bett verbringen, bis 3 Uhr nachmittags schlafen und noch ein paar Stunden mit "ich weiß nicht was ich tun soll" zubringen. Ein bisschen Musik aus dem Radio zum Abendbrot hören und dann wieder los.

Nach drei Wochen werde ich zur Kontrolle der Waschmaschinen-dichtigkeit eingeteilt. Die U-förmigen Behälter werden mit einem Gummistöpsel verschlossen, mit Wasser gefüllt, die Trommel rotiert, die Abdichtungen werden geprüft und das Wasser wird wieder raus gelassen. Der nächste Behälter rollt heran. 8 Stunden und 2 Pausen darin. Ich fange nachmittags um 3 Uhr an, muss also um 2 Uhr los und komme um Mitternacht wieder nach Hause. Todmüde falle ich ins Bett und habe dann den Vormittag für mich, den ich bis zum Mittagessen verbummle. Dann geht die Mühle wieder los.

Die Wochen mit der normalen Frühschicht von 7 bis 3 Uhr sind die Alltäglichsten. Nach 6 Wochen habe ich wirklich das Gefühl, dass ich das Geld auch verdient habe.

Noch ein paar Tage Nichtstun als Erholung von der Maloche und dann stehen wir beide endlich an einem Dienstagmorgen um

10 Uhr an der Autobahnraststelle Dreilinden und warten. Wir warten mit den Rucksäcken zu unseren Füßen auf einen Trucker, der uns mitnimmt nach Norden, in Richtung Lauenburg. Diese Strecke kenne ich noch nicht, nur die nach Helmstedt im Westen und die nach Hof im Süden der Republik.

30 Minuten warten und ein Bärtiger mit einer 40 t Zugmaschine macht eine Leerfahrt zurück nach Hamburg und braucht ein bisschen Unterhaltung mit jungen Leuten. Wir klettern dankbar hoch in die Fahrerkabine, begutachten all die Kleinigkeiten, die er so um sich herum als Souvenir und Liebesbeweise versammelt hat.

Endlich bewegen wir uns durch die Volkspolizei-Grenzkontrolle: Langanhaltende Gesichtsbetrachtungen und Dokumentenbesichtigungen durch eine herrisch auftretende Blondine in knapper Uniformjacke mit sächsischen Dialekt: "Wohin soll´s denn gehen? Zeigen se mal de Säcke. Haben se verbotenes Schriftgut mit?" Wir lassen es über uns ergehen. Die leere Ladefläche wird gründlich inspiziert und der Unterboden des Fahrzeuges mit Spiegeln betrachtet. "Nu können se fahren". "Na also. Los geht´s", verkündet der Bärtige und außer Hörweite der Vopos, "was die immer für ´n Heck meck machen."

Aus der Fahrerkabine habe ich eine Rundumsicht, wie noch nie vorher. Das Land dehnt sich in die Weite. Abgeerntete Getreidefelder wechseln ihre Farbe von hellbraun zu graubraun, dazwischen die Maisfelder mit den graugrünen Blättern, Wiesen in Grünstufen, je nach Bewegung und Sonnenstand, von dunkelsatt bis trockengelb. Alleen, die sich im Horizont verlieren, gekreuzt von anderen Baumreihen, die parallel mit unserer Fahrtrichtung nicht enden wollen. Kirchtürme, Haufendörfer mit Weiden, Kastanien und Linden, die schützend die Anwesen umgeben.

Der Himmel liegt unendlich blau über uns, von Kumuluswolken betupft, wirkt er noch tiefer. Eine dunkle Wolke im Osten kündet vielleicht einen leichten Sommerregen an. Die Temperatur ist schon jetzt auf 25° gestiegen. Wir könnten eine Abkühlung vertragen. Der Fahrtwind braust mit Wärmeböen durch die herunter gedrehten Fenster in unsere Gesichter. Motorlärm und Reifengeräusche wirken auf mich wie Musik.

Der Geruch des Sommers: Blütendüfte, Heu und Geruch von Erde ziehen abwechselnd durch die Kabine. Ich lehne mich entspannt zurück, auf die Zukunft wartend.

Schöne Zeit endet

Es stimmte wirklich, was damals vor drei Jahren die alte Dame In unserem Haus zu mir gesagt hatte, "man kann fast alles lernen, wenn man sich mit einer Aufgabe liebend verbindet". Damals als sie mir die Zeichenmappe des ehemaligen Studenten zeigte und ich zweifelnd sagte, "das kann ich niemals lernen!" hatte ich es nicht geglaubt. Aber nun halte ich das Diplom der Innenarchitektur in den Händen, honoriert mit einer guten Note für den Entwurf einer Kindertagesstätte, einschließlich einer gelungenen Innenraumdarstellung. Als Prüfungsaufgabe sollte ein vorgegebener Grundriss innenarchitektonisch gestaltet werden. Wer sich von den Studierenden herausgefordert fühlte, durfte den Grundriss auch abändern. Ich fühlte mich mehr als herausgefordert und entwarf einen ganz neue Kita, in der der Eingang Bereich funktionell zur Garderobe mit Waschgelegenheit erweitert wurde. Auch die Gestaltung sieht nun anders aus, als die von dem Studenten, eben auf meine Art. Es sind auch Jahre vergangen.

Als Auszeichnung boten die Architekten der Prüfungskommission den Studenten der vier besten Abschlussarbeiten an, sie in das eigene Büro zu übernehmen. Wer also noch nicht anderweitig für einen Job gesorgt hatte, wäre bei ihnen als Anfänger eingestellt worden. Mir waren die 500 DM als Salär, die das Büro von Geber & Risse zahlen wollte, zu wenig. In Westdeutschland verdiente man als Anfänger 600 DM. So blieb ich erstmal ein paar Wochen in Warteposition.

Um die Zeit zu nutzen, besuchte ich Kunstausstellungen und Ausstellung von Architekturwettbewerben. Die 60er waren die Jahre, in denen viele neue Schulen, Kindertagesstätten und Kirchen, also öffentliche Einrichtungen für die Neubausiedlungen, errichtet wurden. Der Senat von Berlin schrieb dafür Wettbewerbe unter freischaffenden Architekten aus, um herausragende Lösungen zu prämieren und in Auftrag zu geben.

In jenen Tagen hatte ich auf der Suche nach einer Anstellung auch den Planungsleiter der Hochbauabteilung des Berliner Senats aufgesucht. Mein Vater drängte mich, diesen Versuch zu unternehmen, "dann kannst du für dein Alter mit einer guten Pension rechnen." empfahl er mir, "Ich hätte damals nach dem Krieg auch so eine Stelle haben können. Jetzt bedaure ich es, sie nicht angenommen zu haben. Nun bin ich gezwungen, bis zu meinem Lebensabend zu arbeiten, weil die Rente, die ich erhalte, zu gering ist". Daraufhin hatte ich einen Termin mit dem Leiter verabredet, mich vorgestellt und ein wenig von mir berichtet.

Herr S. war ein aufmerksamer Zuhörer, sympathisch, gar kein typischer Beamter, wie ich vermutet hatte. Er war leger gekleidet und hatte mit etwas längerem Haar und seinem unkonventionellen Auftreten ein künstlerisches Image. Ich war ziemlich überrascht. Seine hellen, aufmerksamen Augen betrachteten mich lange ohne unangenehm in mich einzudringen.

Nach einer kleinen Pause sagte er unumwunden, "Sie könnten bei uns anfangen, Herr Günter, aber ich vermute, sie würden sich bei uns langweilen. Gehen Sie in die freie Wirtschaft. Mit ihrer Einstellung lernen sie dort viel mehr. Es wird Ihnen da draußen mehr Freude machen als beim Senat. Später können sie ja immer noch diese Laufbahn einschlagen."

Er nickte mir aufmunternd zu und verabschiedete sich. Im ersten Moment fühlte ich nach dieser direkten Äußerung eine leise Enttäuschung, aber dann auch eine Erleichterung, sogar Freude. Nun hatte ich meinem Vater seinen Wunsch erfüllt und meinen inneren Wunsch nach Freiheit bestätigt gefunden.

Ein paar Tage später begegnete ich zufällig Herrn von Möllendorf, den Direktor der Meisterschule, in einer Wettbewerbsausstellung <Grundschulbau Charlottenburg Nord>. Mit ihm hatte ich während der Studienzeit sehr angeregt über philosophische Themen diskutiert. Ich glaubte, dass er mich mochte.

Eine geraume Zeit war ich mit dem Analysieren einzelner Entwürfe beschäftigt, da traf ich zu meiner Überraschung auf die Arbeit von v. Möllendorf, der auch an dem Wettbewerb teilgenommen hatte. Sein schöner, freier Entwurf in der Art von Hans Scharoun, der die Philharmonie gebaut hatte, hatte einen Ankauf erhalten.

Während ich in dem Studium der Arbeit vertieft war, kam er unerwartet aus dem Hintergrund der Halle auf mich zu und sprach mich schon von weitem an, "Hallo, Herr Günter, was machen Sie denn hier? Ich dachte, sie arbeiten schon in dem Büro von Geber & Risse, bei den Architekten aus der Prüfungskommission." Ich war doch etwas verlegen und antwortete zögerlich, "Ja, wissen Sie, Herr v. Möllendorf, die 500 DM waren mir nicht genug. Wenn ich vielleicht demnächst für eine Familie sorgen muss….", ich machte eine vielsagende Pause. Die letzte Bemerkung kam einfach so ohne mein Zutun heraus. Nun, das Unterbewusstsein wusste anscheinend schon mehr.

"Ja, hm", bemerkte Herr v. Möllendorf nachdenklich, "wenn das so ist, rufen Sie doch mal bei dem Büro Mocken in der Lietzenburgerstraße an. Fragen Sie direkt nach Herrn Mocken und bestellen Sie ihm einen schönen Gruß von mir. Er wird sie dann für 600 DM einstellen. Das Büro arbeitet zurzeit an dem Klinikum Steglitz. Er hat immer Bedarf an guten Mitarbeitern."

Er wandte sich zum Gehen, nickte mir ein, "Viel Glück" zu und entfernte sich. Ich stand wie vom Blitz getroffen vor den Blättern seines Entwurfes. Ich konnte ihm noch nicht mal sagen, wie gut mir seine Arbeit gefallen hatte, und dass ich sie genauso gut wie den 1. Preis aus dem Büro Geber & Risse fand. Aber das wäre ihm sicher auch egal gewesen. Es haute mich einfach um, mich mit so einem Überraschungsgeschenk zurückzulassen, Schließlich schaute ich mir dann nochmal dem ersten Preis an, um die Qualität der Arbeit auf mich wirken zu lassen. Unter den Verfassern stand als verantwortlicher Mitarbeiter der Name Hans Bandel. Er hatte die Schule in zwei Pavillongruppen aufgelöst, die sich rhythmisch aufeinander bezogen mit viel Freiraum und einigen Höfen dazwischen. Das war nun ein ganz nüchterner, rationaler Entwurf, ökonomisch und funktional. Eine Architektur, die ich nach dem vielen Architekturträumen des Studiums nicht sehr bewunderte.

Natürlich konnte ich damals, als ich über die Qualität des Entwurfs beim Verlassen der Ausstellung nachdachte, noch nicht wissen, dass ein Jahr später diese Schule auf meinem Zeichentisch in dem Büro von Hans Bandel liegen würde, mit dem Auftrag die Ausführungspläne und Details zu bearbeiten.

Das Schicksal entschied für mich.

Noch eine Lehre

Was man alles auf sich nimmt, wenn man dazugehören will, wenn man glaubt, dass Architektur eine Berufung sei, wenn man unbedingt 100 DM mehr im Monat verdienen will. Dann landet man unter Umständen in einem großen Saal mit vielen Mitarbeitern.

Die Fenster des langgestreckten Raumes gehen von der Brüstung bis zur 3 Meter hohen Raumdecke und sind nach Süden orientiert. Als ich im März anfing, war ich von der Lichtfülle begeistert. Auch noch im April und Mai, aber dann ab Juni wurde es unangenehm heiß. Es gibt zwar Vorhänge, aber die Wärme dringt durch die großen Glasflächen und staut sich hinter den Vorhängen. Sie quillt über die Tische bis in die hinterste Ecke, wo die Zeichnungen in den Holzschränken darauf warten, erneut vervielfältigt zu werden oder auf meinem Tisch ausgebreitet, wieder und wieder eine letzte Korrektur über sich ergehen zu lassen.

Die Zeichnungen bestehen schon aus vielen eingearbeiteten Intarsien. Immer wieder werden gravierende Änderungen an dem Projekt Klinikum verlangt, so dass fast alle Mitarbeiter damit beschäftigt sind, Teile der bereits fertigen Zeichnungen herauszuschneiden und durch jungfräuliches Papier zu ersetzen, dieses exakt einzupassen, einzukleben und die neuen Lösungen darauf zu <verewigen>. Daher sehen die Zeichnungen wie Verletzte aus, deren Haut hier und dort transplantiert werden musste.

Die Änderungswelle, veranlasst durch die vielen Chefärzte, wird schon irgendwann aufhören, spätestens wenn Teile des Baus betoniert sind, dachte ich, als ich schon einige Wochen dabei war. Irrtum, solange ich hier arbeite, überprüfe ich Zeichnungen auf die Anschlüsse zu den benachbarten Blättern. Anfangs blickte ich überhaupt nicht durch. Pro Geschoss gibt es sechs Blatt für die beiden Bettenhäuser und sechs Blatt für den Labortrakt, der dazwischen liegt. Mit den 2 Tiefgeschossen und den 8 Obergeschossen sind es dann wohl 120 Blätter und jedes Blatt im Maßstab 1: 50 hat die Größe von 120 x 90 cm. Über den Daumen gepeilt, habe ich circa 120 m² mit Bleistift gezeichnete Pläne in dem Jahr auf meinem Tisch gesehen.

"Herr Günter", ruft Vater Weiß (so nennen alle den Büroleiter) schräg hinter mir, "holen Sie bitte dem Plan L. II O Nr.6 aus dem Schrank und vergleichen Sie mal den Flur der Achse 10 mit dem Flur vom Blatt Nr.7, das hier auf dem Tisch liegt". Ich verstehe erstmal gar nichts, bis er mir anhand eines Übersichtsblattes erklärt, wie die Zeichnungen im System geordnet sind. "L. bedeutet Labortrakt, II O steht für zweites Obergeschoss und Nr. 6 ist der sechste von 12 Plänen. Alles klar?"

Vater Weiß ist ein netter Kerl, Mitte 30, agil, besonnen, mit unglaublicher Geduld, einem markant geschnittenen Gesicht, schmaler Nase, ausgeprägtem Mund, kurze anliegende Haare. Er spricht fantastisch gut Englisch. Muss er auch, weil er der Vermittler und Übersetzer der beiden Amerikaner im Nebenraum ist. Die beiden Architekten gehören zu dem Entwurfsbüro aus den Vereinigten Staaten. Der Entwurf und das Geld für den Bau kommen von dort.

Und wir, das Fußvolk in dem großen Zeichensaal, dürfen die Ausführung des Projektes vorantreiben. Wobei die Mannschaft die in Zweierreihen unter der Sonne brät, eine tolle Truppe ist. Es sind alles Bauingenieure mit Riesenerfahrung und Wettbewerbserfolgen, was ich aus den Gesprächen mitbekomme. Da wird zu Radiomusik gesungen, Unterhaltungen gehen von Tisch zu Tisch über Frauen und Kinobesuche, Telefonanrufe kommen von draußen und gehen nach draußen. Jeder Mitarbeiter hat seinen eigenen Telefonanschluss.

Die Luft im Raum ist vollgesogen mit abgestandenem Kaffee und Papiermief. Kein Wunder, dass mir nach den ersten Tagen der

Kopf brummt und ich die Mittagspause sehnsüchtig herbeisehne. Dann geht's aber mit den Gesprächen erst so richtig los. Ich fliehe nach draußen und laufe zum Olivaerplatz, zum Filmkunsttheater Lupe.

<Das Schweigen> von Ingmar Bergman läuft seit einer Woche. Ich habe schon einiges darüber gehört. Da soll es doch eine Szene geben, in der ein Liebespärchen während eines Kinobesuches rittlings auf einem Kinositz zum Orgasmus kommt: Im Halbdunkel einer Filmvorführung, biegt sie ihren Oberkörper, auf ihn sitzend, ekstatisch über die Brüstung des Ranges. Da könnte ich endlich etwas Neues sehen. Oder doch nicht? Ich fange nämlich wieder an, ins Kino zu flüchten. In letzter Zeit finde ich mich oft nach Büroschluss in diesen dunklen Traumräumen wieder.

Also erneut zurück in`s Büro, in den Zeichensaal. Ich lerne zwar eine Menge über Organisation, Büroablauf und Zeichenknechtschaft, nur Entwerfen und Konstruieren ist für mich in weite Ferne gerückt. Ich beginne aufmerksam zu vergleichen, Fehler zu erkennen. Ich sehe, wie auch andere Fehler machen und lerne mit dem Bleistift so zu zeichnen, wie man es nur im Büro lernt. Ich verstehe die Zeit einzuteilen: in Zeit des konzentrierten Arbeitens und in Zeit des Herumsitzens, in die Zeit des <so tun, als ob man arbeitet>.

Denn im Sommer ist es ab Mittag wegen der Hitze und des Lärms unmöglich sich zu konzentrieren. Außerdem ziehen die Ausdünstungen von Kaffee und alter, staubiger Transparentpapiere durch den Raum. Was ich nicht in den 4 Stunden von 9 bis 13 Uhr schaffe, wird auf den nächsten Tag verschoben. Selbst wenn es bedeckt ist, ändert es nichts an der Wärme in dem Raum, geschweige an dem Lärmpegel durch Musik, Telefonate und Gespräche. Ich kann mich ja dann auch nicht die ganze Zeit nur so am Tisch festhalten. So gehe ich von einem zum andern mit einem beschäftigten Gesichtsausdruck.

Da sehe ich doch zwei Tische vor mir den Bauleiter, der die Sammellisten aller Fenster und Türen in zig Aktenordnern auf dem Laufenden hält, wie er zwischen 3 hochgestellten DIN A4 Ordnern seinen Kopf auf die auf dem Tisch liegenden Hände gelegt, süß und entspannt den Nachmittag verschläft. Hoffentlich ist sein Hintermann so solidarisch, ihn zu wecken, falls der Chef reinkommt. Er bräuchte dann nur den Kopf von den Händen zu heben und hätte wieder die ideale Arbeitshaltung zwischen seinen Akten eingenommen.

Andere haben nachmittags Blätter auf dem Tisch, die ich den Grundrissen vom Klinikum nicht zuordnen kann. Es geht mich ja nichts an. Wir sind schon alle vom Sekretariat ermahnt worden, die Mittagspause nicht über den ganzen Nachmittag auszudehnen. Sie müssten sonst eine Stechuhr anschaffen. Die Drohung hat etwas geholfen. Jetzt wird mehr innerhalb der Bürolandschaft umhergewandert. Besuche auf den Toiletten sind nachmittags auch eine Abwechslung. Zigarettenrauch, Samengeruch und auch Onaniergeräusche begrüßen den Eintretenden. Bis auf die Sekretärinnen sind ja nur Männer in den <besten Jahren> hier tätig.

Die Sekretärinnen werden dank ihrer eigenen Toilette nicht behelligt.

Der Chef, Herr Mocken hält sich im Hintergrund. Nur selten tritt er in den Saal, in dem jeder für sich selbstverantwortlich einen Teil des Projektes bearbeitet. Er führt die Mannschaft an der langen Leine. Geld spielt offensichtlich keine Rolle. Er hat mir ja sofort die 600 DM bewilligt, obwohl er wusste, dass ich wochenlang mit Orientierungsproblemen beschäftigt sein würde und als Neuling sowieso nicht sehr nützlich sein könnte.

Ich versuche deshalb mein Image durch Engagement aufzubessern. Prompt bekomme ich einen Dämpfer verpasst. "Mr. you shouldn't think. Your job is just working in details, isn't it?!" Puh!

Diese Amis sind sowas von arrogant. Jedenfalls der eine, kleine, mit gedungener Körperbau und einem Gesicht, das an die Verfolgten des Jahrhunderts erinnert, frisierte Haarwelle, gescheitelt, näselnde Aussprache, übertrieben sicher im Auftreten, bestimmt er über die innere Gestalt des Bauwerks und über alle Details mittels vollendeter Zeichnungen in allen Darstellungsweisen, die er dann <Vater Weiß> auf den Tisch legt, um später die Ausführung in den Detailzeichnungen zu prüfen.

Nicht nur die Lobbys mit allen Möbeln und die Einrichtungen der Krankenzimmer werden von ihm entworfen, alle Lampen, alle Türen, alle Stationsküchen, jeder Labortisch findet sich in dreidimensionaler Ansicht festgehalten. Er ist ein Fließbandarbeiter für die Gestaltung des Projektes.

Die Außenfronten werden von seinem Partner in beeindruckend schönen dreidimensionalen Perspektiven mit Menschen, Fahrzeugen, Bäumen und Wolkenbildern in Aquarell hingetupft. Auf diesen Bildern erkennt man bereits, dass der mittlere Baukörper für die OP`s und die Labore mit einer Screen-Fassade aus überdimensionierten Wirbelknochen zugehängt wird, die als vorgefertigte Betonteile die Fassade verbergen.

Ich bin seit einiger Zeit dabei die Fassadenelemente zu katalogisieren. Entwerfen kann man das nicht nennen. Die Fassade besteht aus Elementen, die von Decke zur Decke reichen und auf Achsen bezogen, alle die gleiche Größe haben, bis auf die Ausnahmen an den Übergangsstellen. Das ist auch der Grund, um alles zu dokumentieren, damit jede Abweichung erfasst und in die Ausschreibung berücksichtigt wird.

Das Katalogisieren mache ich ebenso mit allen Flur- und Türelementen, die die Abteilungen untereinander und die Lobbys begrenzen. So entstehen riesige Blätter mit immer wiederkehrenden Türansichten in unter schiedlichen Abmessungen mit oder ohne Oberlicht, zwei-, drei oder mehrflügelig, alle durch eine Kennzeichnung beschriftet um sie in Positionen zu beschreiben.

Deshalb komme ich auch hin und wieder in Kontakt mit den Entwurfsarchitekten. Denn, noch gibt es nicht für alle Ecken eine Gestaltungslösung und, wenn ich dann in meiner Einfalt dem Herrn Entwerfer einen Vorschlag unterbreite, erhalte ich den obligaten Hinweis: "You shouldn`t think. Your job here is just working in details, isn`t it?!"

Halbzeit

Ein halbes Jahr im Büro Mocken ist nun rum. Ich habe mir Anspruch auf Urlaub erworben. Und den werde ich auch nehmen. Nach all diesen Wochen! Ich will etwas Neues erleben, eine Reise in den Süden muss es sein. Alle Welt fährt nach Italien. Im Herbst soll es dort noch schön sein, das Wasser in der Adria warm, die Weintrauben reif und die Strände nicht mehr voll.

Leider gibt ein Problem, ich habe kein Geld für die Reise. Selbst wenn ich eine Busreise buchen würde, kostet diese mit Unterkunft mehr, als ich in einem Monat verdiene. Das Geld reicht aber sowieso nur immer bis zum 25. Danach muss ich mir schon Geld fürs Kino leihen oder verzichten. Der Frust nimmt zu, die Reise muss aber sein. Ich kann nicht ohne neue Eindrücke so weitermachen.

Es bleibt nur die Bank, Geld leihen, einen Kredit aufnehmen. Ich bin durch meine Festanstellung kreditwürdig und erhalte ohne weiteres 1000 DM, die ich über zwei Jahre mit monatlich 60 DM abstottere. Das ist mir die Sache wert. Und wer weiß, wie viel ich nächstes Jahr verdiene oder vielleicht begegne ich auch mal einer reichen Frau?

Apropos Frau, zurzeit bin ich mit der Christa befreundet. Fragt mich nicht, wie es dazu gekommen ist. Ich weiß es nicht. Ich brauchte einfach eine Partnerin für die Partys. Am Wochenende immer allein sein, war mir zu blöd. Kinobesuche solo kannte ich genug aus früheren Jahren. Aber jetzt, wo wir alt genug sind, die aufrührerischen Filme von Antonioni, Pasolini und Bergman zu verstehen, ist eine anregende Diskussion über die Filme in einer Kneipe ein gelungener Abend. Auch ist es ist besser <Das Schweigen> von Ingmar Bergman zu zweit anzusehen, wenn hinterher die Triebe beruhigt werden sollen.

Naja, so habe ich ihr mal 'ne Postkarte geschrieben. Und wir gehen, wie man so sagt, seit einiger Zeit miteinander. Sie ist ja ziemlich apart, macht sich fesch zurecht. Ihre Figur ist mädchenhaft und sogar weiblich proportioniert und sie ist intelligent, insoweit genug intelligent, um sich mit mir auseinander zu setzen. Was will der Mensch mehr?

Gut, sie ist ziemlich verschlossen, ruhig, etwas scheu und sexuell unerfahren, auch nicht wirklich die <Lustbiene>. Es brennt halt nicht drinnen. Für die alltäglichen Erfordernisse ist es schon ausreichend und für 14 Tage Urlaub in Italien eine gute Basis. Vielleicht lässt sich noch etwas an den Stellknöpfen drehen, den Empfang und die Lautstärke feiner einstellen.

Also, zu zweit im September mit dem Nachzug an die Adria zu einem drei Sterne Hotel mit Vollpension, alles pauschal gebucht. Wie gut, dass ich mir dabei nicht über die Schulter gesehen habe. Ich hätte sicher den Kopf über diese Dummheit geschüttelt.

Es ist kurz gesagt alles so, wie man es aus den Filmen über Italien kennt: das Zimmer geht mit dem Fenster aufs Meer, dasselbe zieht sich bis ganz nach hinten zum Horizont in spiegelnder Bläue. Das Essen ist reichlich, natürlich italienisch und nette Leute grüßen von den Nebentischen aufmunternd zulächelnd zu uns, dem jungen Paar hinüber. Habe ich das nicht schon alles bei <Monsieur Hulot> von Jaques Tati gesehen?

Dann sprechen uns die Tischnachbarn an, ob wir nicht auch Lust hätten zu dem Busausflug nach Florenz. "Florenz?" frage ich, "ja, warum nicht? Wenn wir schon so weit unten sind, könnten wir auch dazu noch Ja sagen". Am nächsten Morgen sitzen wir also mit einem Frühstückspaket im Bus zwischen den bildungsbeflissenen Deutschen, die uns aus dem Baedeker die vorbeifliehenden Orte und Baudenkmäler beschreiben. "Sehen Sie doch mal, wie bezaubernd die kleine romanische Kirche dort hinten, hier im Buch steht: im 13. Jahrhundert errichtet".

Herr im Himmel, warum muss das Leben so unüberschaubar vielfältig sein? Vor dem Mittag treffen wir auf dem Parkplatz über Florenz ein. Dort, wo die Busse Stoßstange an Stoßstange stehen. Alles stürzt aus dem Bus, Fotos werden geschossen, Panoramafotos von Florenz, von der Reisegruppe vor dem Bus und wir mittendrin. Wer kennt bloß noch die Fotografen? Ich hätte gerne nachträglich ein Zeugnis meiner Existenz. Die Gruppe setzt sich zur Stadtbesichtigung in Bewegung. Ein Führer hat sich gefunden.

Wir haben unser eigenes Leben, erkundigen uns nach der Abfahrtzeit und winken hinter ihnen her. Vier Stunden Florenz auf eigene Faust reichen uns, um den David von Michelangelo und den Frühling von Botticelli in den Uffizien zu besuchen. Schmale Gassen, bewachsene Mauern, steile Treppen und eine kleine Trattoria mit köstlichen Vorspeisen haben uns selige Verliebtheit spüren lassen. Und auf dem Rückweg einen Espresso.

Heiter beschwingt sitzen wir am Nachmittag wieder in dem Bus zwischen erschöpften Ehepaaren, denen die Augen zufallen und die sich auch sonst nichts zu sagen haben. Sie sind eben einfach zu müde!

Solche Ausfahrten sind lehrreich in Bezug auf die Beziehung und auf die Ausdauer der Partnerin! Wenn diese dann, nach so einem Ausflug, den heiteren Besichtigungen, einem Abendessen und dem anschließenden Baden im Meer, einer weiteren Strandpromenade, nach wildem Rock 'n Roll im Club und abschließendem Mondspaziergang, auf dem Weg zum Bett das Parfüm nicht vergisst und die rechte Position findet, um den Orgasmus wirklich zu genießen, war der Tag doch recht erfolgreich.

Das Vergnügen wird sich dann nicht nur in der Erinnerung ein-
prägen, sondern als lebender Beweis einige Monate später schrei-
endes Zeugnis ablegen. Das ist aber noch nicht vorherzusehen.
Also gehen die restlichen Tage Urlaub in schöner Unbekümmertheit dahin.

Die Trauben sind süß und die Eissorten werden weniger, die
Abende werden kürzer, die Wogen wilder und der Wind eines
Abends schon kühl. Eine Rückreise ist nicht die Hinreise. Men-
schen werden nachdenklich. Auch ich.

Zwischenbericht

Die Tage im Herbst werden kürzer, das Klinikum wächst aus dem Boden in die oberen Geschosse. Bauleiter werden krank oder müssen Urlaub nehmen. So eine Baustelle braucht einige Jahre. Niemand kann so lange durchhalten. Also müssen Vertretungen ran. Alle Mitarbeiter des Büros sind gefordert, reih um. Auch ich muss eines Tages in Gummistiefel steigen, den Bauleiterhelm aufsetzen, den Walkie-Talkie ausprobieren und werde um 22 Uhr auf der Riesenbaustelle ausgesetzt.

Ich soll die Betonarbeiten als verantwortlicher Bauleiter bis morgens um 7 Uhr beaufsichtigen. Tag und Nacht muss durchgehend betoniert werden. Viele Scheinwerfer beleuchten die Betonpumpen, die den Beton von den Mischern über flexible Rohre hoch in die Geschosse pumpen. Es muss nass in nass gearbeitet werden. Niemals darf eine Pumpe ausfallen. Dann müsste ich die Nummer eines Notdienstes anrufen. So renne ich ohne Kenntnis als Wichtigtuer mit meinen 22 Jahren über die Baustelle, nicke den Arbeitern zu und komme mir so blöd vor, wie noch nie. "Alle haben mal so angefangen", sage ich mir und "Andere kochen auch nur mit Wasser". Um Mitternacht sitze ich dann in der Baubude vor dem Bautagebuch und beschreibe die Vorkommnisse, also, "keine besonderen Vorkommnisse". Und gegen Morgen, wenn trotz Coca-Cola die Augen zufallen und ich immer wieder durch den Matsch der Baustelle laufe um nicht auf dem Stuhl der Bude einzuschlafen, denke ich bei mir, "wird schon schief gehen".

Überraschenderweise kommt pünktlich die Ablösung. Ein richtiger Bauleiter, und er schlägt mir anerkennend auf die Schulter mit der Bemerkung "na, sehen Sie, alles halb so schlimm. Jetzt hauen ´se sich mal aufs Ohr und ruhen ´se sich mal aus. So haben wir alle mal angefangen". Da nicke ich zustimmend und verschwinde.

Ende gut, alles gut?

So dreht sich das Alltagskarussell weiter. Ich verliere mit der Zeit die Lust an den Aufgaben im Büro Mocken. Die Hoffnung auf einen Wechsel in das Büro von Hans Bandel, in dem schon Ulli, mein Studienkollege mit seiner Susanne arbeitet, drängt sich in den Vordergrund.

Vor dem Winter werden von Vater Weiß und den Amis die gesamte Einrichtung eines Stationszimmers in Originalgröße präsentiert, nach ihren Entwürfen hergestellt, begutachtet, den Ärzten und anderen Ehrengästen vorgeführt. Ich, dazwischen mit Protokollen, Besorgungen und Änderungswünschen für jede Einzelheit, verliere mich in dem wichtig <Überflüssigen> mehr und mehr.

Bis ich plötzlich überrascht aufschrecke von der Nachricht, dass Christa schwanger sei. Freude ist nicht der Zustand, in den ich gerate. Mir scheint die Situation eher unwirklich, etwas, womit ich überhaupt nicht gerechnet habe. Die Arbeit rückt immer weiter zurück, das Problem drängt zum Handeln. Es drängt nach einer Lösung!

Abtreibungsversuche schlagen fehl, weil die Methoden dilettantisch sind. Ein medizinischer Eingriff wird wegen fehlender Adresse und den Konventionen "so was tut man nicht" verworfen. Ein uneheliches Kind ist für alle Rat- und Hilfesuchende undenkbar. Also bleibt die letzte Handlungsalternative: Heiraten!

Die bürgerliche Gesittung legt sich wie ein angewärmtes Leichentuch über mein Freiheitsstreben. So geht das eine aus dem anderen hervor. Verantwortung zieht Verpflichtung nach sich. Ist das nun ein selbstgewähltes Schicksal?

Die freie Wahl reduziert sich auf den Termin der Hochzeit, auf die Zahl der Gäste, auf die Wahl der Trauzeugen. Die Entscheidung, ob aus Anstandsgründen nur eine standesamtliche Trauung oder etwa doch, weil ja noch nichts zu sehen ist, die klassische, weiße Hochzeit in der unverzichtbaren Kirche stattfindet, wird zur Schicksalsfrage, die ich mit Gleichmut hinnehme, als sich die Mehrheit für die theatralische Inszenierung begeistert. Ich teile also die Meinung der Mehrheit. So wie ich noch weiter mehrheitsfähig bleibe, einfach um zu erleben, wohin es mich treibt, was geschieht eigentlich, wenn ich stille halte.

Ich überlasse meine Existenz dem Beobachter, den ich schon lange kenne, der rechts hinter mir seine Meinung kundtut, mir über die Schulter blickt, hin und wieder seinen unsichtbaren Kopf schüttelt, oft kritische, abwertende Einwände erhebt, die mich aus der Bahn werfen können. Nur, wenn ich ganz bei mir bin und das Sein sich in lebendiger Fülle ausbreitet, höre ich nichts von dort hinter mir rechts. Dann, wenn ich eigentlich eine Zustimmung erwarte, gibt es keinen Kommentar. Dann ist absolute Stille! Eigenartig, nicht wahr?

Kurz vor Weihnachten 62 fährt also der alte Studienfreund Hansfried in seinem Firmenauto die Brautleute vor die Trinitatiskirche und hilft formvollendet der Braut aus dem Wagen. Orgelmusik umfängt das Brautpaar. Sie, mit einem stolzen Blumenkrönchen auf den kurz geschnittenen Haar (ein Wunsch des Bräutigams) und er ernst, gefasst, mit vorwärtsgewandten Blick, durch die scharfe Brille der Intelligenz gezeichnet. So schreiten sie hinein die unabänderliche Initiationszeremonie einer Ehe.

Es kam sogar zu einer Hochzeitreise im Überlandbus zum verschneiten Harz. Das Zimmer war nicht luxuriös, eher klein und einfach, eigentlich angemessen, wenn man die finanziellen und auch die familiären Bürden berücksichtigt. Beide sind ja Einzelkinder, nur von ihren Müttern bekocht, besorgt, bewacht, diese selbst betrogen von der Vergangenheit. So blieb nicht nur das kleine Zimmer kühl.

Zu allem Überfluss kam mit Einverständnis des Bräutigams auch noch seine Mutter nach, die über Weihnachten nicht allein bleiben wollte.

Kann man sich überhaupt noch weiter vom eigenen Selbst entfernen?

Über den Autor

Im November 1939 in Berlin geboren, prägten Kriegs- und Nachkriegsjahre seine Jugendzeit. Mit 16 erlernte er das Tischlerhandwerk, studierte dann Innenarchitektur und arbeitete als Architekt in Berliner Büros.

1970 bereiste er 5 Monate im VW-Bus den Vorderen Orient und Afghanistan. Anschließend studierte er Stadtplanung an der HdK Berlin, machte sich selbstständig und errichtete Solar-Passiv-Häuser in Berlin.

Ab 1980 erweiterte er seine Fähigkeiten mit Studien in der Astrologie, Meditation, NLP-Therapie und der Feldenkrais Methode. 1986 gründete er das Centrum für bewusstes Leben (CBL) in Hameln.

Seit 2000 lebt er an der Küste der Algarve in einer Herberge, die er für Gäste, Freunde und der eigenen Familie erbaut hat. Er ist verheiratet und hat 4 Kinder.

Neben den visuellen Ausdrucksformen Film und Malerei, die ihn seit seiner Studentenzeit beschäftigt hatten, begann er in den 70ger Jahren zu schreiben. Es entstanden ein Gedichtband im Selbstverlag, Reisebeschreibungen und 2010/11 die vorliegende Autobiographie.

Seit 2013 erschienen von dem Autor unter seinem Pseudonym Satgyan Alexander mehrere Romane in dem Verlag tredition GmbH.

https//tredition.de/autoren/satgyan-alexander-21790/

Zeitfracht Medien GmbH
Ferdinand-Jühlke-Straße 7
99095 Erfurt, Deutschland
produktsicherheit@kolibri360.de